Barbara Schilling

Meine Berliner Jugend

Barbara Schilling

Meine Berliner Jugend

Zwischen Hunger und Verantwortung

rosenheimer

www.rosenheimer.com

Titelfoto: © Bundesarchiv, B 145 Bild-D00011453, Puck-Archiv
Lektorat: Carmen Oberlechner, Rosenheim und Christine Rechberger, Rimsting
Satz: Carmen Oberlechner, Rosenheim
Druck und Bindung: GGP Media GmbH, Pößneck
Printed in Germany

ISBN 978-3-475-54902-1

1

Es war kalt, die Eisblumen am Fenster machten ihrem Namen alle Ehre. Helene drehte den Kopf zur Wand, blinzelte. Das Baby und die Kleinen schliefen noch. Gut. Wer schläft, ist nicht hungrig. Sobald sie wach waren, würde das Gejammer losgehen. Und sie hatte keine Ahnung, was und ob überhaupt etwas im Brotkasten zu finden war.

Behutsam zog Helene die kratzige Wolldecke bis zur Nase des Babys hoch. Sie zögerte. Sein Köpfchen war trotz des dünnen Häubchens kühl. Helene zog die Bettdecke noch ein Stückchen höher. Besser ersticken als erfrieren. Sie hielt inne. Durfte sie das? Durfte sie so etwas denken? Sie betrachtete ihren eigenen, missgestalteten Zeh, der fast erfroren war, als sie ein Kleinkind gewesen war. Es tat so weh, heute noch, ihn auch nur anzusehen. Die nie ganz verheilten Frostbeulen. Nicht einmal richtig schnell rennen konnte sie damit.

»Lahme Ente«, riefen ihr die Kinder in der Straße nach und lachten. Manchmal hatten sie Steine nach ihr geworfen. Das taten sie allerdings nicht mehr, seitdem sie einen der Strolche erwischt und nach Strich und Faden übers Knie gelegt hatte.

Seufzend legte Helene das Gesichtchen des Babys wieder gänzlich frei und achtete dabei darauf, dass die anderen zwei Geschwister ausreichend von der

Decke bedeckt wurden, vor allem an den Füßen. Die ollen Wollsocken allein reichten nämlich nicht aus. Im Zimmer war es fast so kalt wie draußen, auf den Berliner Straßen, wo Dutzende frierende Menschen die Bürgersteige entlanghasteten. Jeder mit einem anderen Ziel, alle mit mehr oder weniger gebeugtem Rücken. Der kühle Morgen kroch ihr ins Gesicht. Sie wappnete sich innerlich, sie biss die Zähne zusammen, sie hasste das – diese Kälte, dieses Zimmer, dieses Leben. Aber sie hatte kein anderes. Und sie musste da sein, für die Kleinen, die brauchten sie. Die Mutter würde es nicht allein schaffen. Mühsam stemmte Helene sich vom Bett hoch, peinlich darauf bedacht, kein Geräusch zu machen, um ja noch keines der kleinen Monster zu wecken.

Bevor sie sich überlegen würde, wo sie ein Frühstück herbekam, musste sie erst einmal den Ofen befeuern. Doch ein Blick in den Kohleneimer daneben ließ sie mutlos zurücksinken. Kein Stückchen war mehr übrig. Auch das noch. Ihre Laune sank, wie sie kaum hätte tiefer sinken können. Gestern hatte sie vergessen, noch welche zu besorgen, zu leihen, notfalls zu stehlen. Missmutig beugte sie sich zum Fenster hin. Das zerkratzte Fensterbrett wies feine Risse, schwarze Linien auf weißem Grund, auf. Sie linste hinaus auf den Hof. Kein Glück. Nichts war da, das brennbar aussah. Kein Brett, kein Papier, nicht einmal Äste hatte der Wind herabgeweht. Sie unterdrückte einen Bierkutscherfluch, der sich gewaschen hatte. Im Gegensatz zu ihr; dazu war es definitiv zu kalt. Sie kramte in den Schubladen herum, fand in der untersten eine fast leere

Flasche Braunen, schraubte sie auf, roch daran, überlegte kurz – ob das gegen ihren Hunger half? Aber schon bei dem scharfen Geruch des Alkohols wurde ihr übel und sie legte die Flasche zurück. In der Ecke lag ein altes Hemd, es war weich und musste einmal weiß gewesen sein; sie hob es hoch. Als sie es ausschüttelte, fiel ein vertrocknetes Lavendelsäckchen heraus. Die Motten hatten den Stoff dennoch durchlöchert, der Lavendel hatte nichts genützt. Plötzlich musste sie schlucken. Unangenehm.

Der helle Stoff erinnerte sie an das Totenhemd ihrer Oma. So hatte es ausgesehen damals, irgendwie rührend, beinahe feierlich. Noch immer erinnerte sie sich an den Geruch ihrer Großmutter. Vor allem, wenn sie sie in den Arm genommen, vor- und zurückgewiegt und »Lenchen, mein Lenchen« genannt hatte.

Nun war ihre Oma schon seit einem Jahr tot. Seitdem war viel passiert. Leider wenig Gutes. Die Befürchtungen ihrer Mutter schon damals am Grab, die Erde war hart gefroren und der Wind unerbittlich gewesen, »ick weeß et nich, ick weeß nich, wie wir das ohne Oma schaffen sollen«, hatten sich bewahrheitet. Sie schafften es nicht. Es ging bergab. Tag für Tag schien ihre Situation auswegloser zu werden. Mit Oma war es schwer gewesen, die Familie durchzubringen, nach dem Krieg, das Essen war knapp, die Kohlen waren knapp, der Wohnraum war knapp, alles Wichtige war knapp, aber ohne sie, war es schier unmöglich. Vor allem, seitdem ihre Mutter vor zehn Monaten das neue Baby zur Welt gebracht hatte. Lotta. Knautschig und rot hatte sie ausgesehen, als Helene sie das erste Mal gesehen hatte. Wie eine Puppe, über die man ein zerknittertes Tischtuch gelegt hatte.

Vom Bett her kam ein Geräusch. Susi, die Zweitjüngste, bewegte die Ärmchen im Schlaf, noch hatte sie die Augen fest geschlossen. Um keine weitere Zeit zu verlieren, stopfte Helene das zerschlissene Hemd kurzerhand in den Ofen, nahm Streichhölzer und die Zeitung zur Hand, die sie gestern auf der Parkbank ergattert hatte. Die Flammen fraßen gierig das trockene Papier. Knisternd verbrannte die Schlagzeile »Die Frauenmorde von Moabit« vor ihren Augen. Der gestrige Tag war kalt gewesen, beim Gedanken an den heutigen fröstelte sie schon jetzt.

Dabei hatte die Woche doch so gut angefangen: Frau Schulze aus dem Vorderhaus hatte ihnen ein Mittagessen spendiert, ein richtiges. Mit fettem Kohl und Fleischstückchen in der Suppe – auch wenn Helene lieber nicht zu fragen gewagt hatte, von welchem Tier das sehnige Fleisch in der Suppe stammte. Die Kleinen hatten vor Begeisterung ganz rote Wangen bekommen und zu glucksen und lachen begonnen. Wie sie alle so um den großen Topf herumsaßen, die angestoßenen aber gut gefüllten Teller vor sich, hatte Helene so etwas wie Glück empfunden, zumindest aber Zufriedenheit. Und mit Erstaunen festgestellt, dass sie seit langer Zeit das erste Mal wieder diese Wärme durch den Körper fluten fühlte, die sie bis in die Haarspitzen entspannte. Sie genoss sie noch einige Augenblicke. Dann hatte Susi eine Tasse zu Boden gestoßen und ihre Mutter war in Tränen ausgebrochen. Einfach so. Wenn sie da war, weinte sie. Das war fast schlimmer, als wenn sie nicht da war. Bevor das Gedankenkarussell Fahrt aufnehmen und seine ganze unheilige Macht entfalten konnte, wurde Helenes Aufmerksamkeit auf den Ofen gelenkt. Der Qualm bahnte sich einen Weg durch die Ritzen der Ofenklappe. Er war nicht dicht und schwarz, und doch reizte er Helenes Schleimhäute, sodass sie sich gezwungen sah, das Fenster zu öffnen. Quietschend bewegten sich die Scharniere in den Angeln. Helene fürchtete das Erwachen der Kinder.

Sie schürte das Feuer, doch allzu viel gab es da nicht zu schüren. So gierig die Flammen auch an dem dünnen Baumwollhemdchen emporgezüngelt hatten: Nun leckten sie an den Innenwänden des altersschwachen Ofens vergeblich auf der Suche nach Nahrung. Wie der winzige grau-melierte Spatz auf dem Dach, der jeden Morgen kam, und den sie manchmal heimlich fütterte. Doch heute hatte sie nicht einmal Krümel.

Nichts bleibt nichts, egal, wie man es dreht und wendet, dachte Helene bitter und sah dem Grau des vor ihr liegenden Morgens angstvoll ins Gesicht. Heute war nicht ihr bester Tag.

»Wat jibts zum Frühstück?«, piepste ein Stimmchen in ihrem Rücken.

»Guten Morgen«, antwortete Helene – bang die Antwort schuldig bleibend. Sie ging zu dem kleinen Mädchen, das sich nun aufrecht sitzend eng in die Decke gekuschelt hatte. Es schmiegte sich geschmeidig an ihr Bein, wie eine Katze. Helene ließ sich aufs Bett sinken und genoss noch einige Augenblicke die

Ruhe vor dem Sturm. Der warme Körper drängte sich an sie, suchte ihre Nähe und roch so angenehm. Vertrauensvoll schlang Susi die dünnen Ärmchen um Helenes Hals. Helene drückte ihre Schwester fest an sich, doch dann schob sie sie entschlossen fort. Die Pflicht rief. Es war schon spät – zumindest, was das Frühstück anging.

»Steh nicht auf«, bettelte Susi, doch Helene löste sich aus ihrem Griff. Sie gab der Kleinen einen zärtlichen Kuss auf die Stirn.

»Ihr fresst mir noch die Haare vom Kopf. Wenn wir etwas essen wollen, muss ich uffstehen.« Widerwillig gab Susi ihren Widerstand auf. »Ich muss kurz weg«, sagte Helene und Susis Lächeln schmolz augenblicklich dahin.

»Nein, Lene nicht weggehen«, protestierte die Kleine fast panisch. Ihr Protest hatte das Baby aufgeweckt, das sich nun unter den Decken- und Kissenbergen zu bewegen begann. Helene kniff die Augen zusammen. Nun würde es noch schwieriger werden, jetzt musste sie alle drei mitnehmen. Helene fröstelte in ihrem alten Männerhemd, das ihr als Schlafanzug diente. Das Baby beugte und streckte die dicken Beinchen. Oje, gleich würde es weinen.

»Mitkommen«, quengelte Susi. Helene schüttelte den Kopf. Das kleine Mädchen mit den schmalen Schultern gab nicht auf. »Ick will mitkommen.«

»Aber du hast doch noch Matratzenhorchdienst«, versuchte Helene sie zum Liegenbleiben zu überreden.

Prompt schlug Irma nun die Augen auf. »Ich komme auch mit«, verkündete diese sofort erstaunlich wach. Wie stets war sie gleich voll da; ein Donnerschlag könnte sie aus dem Schlaf reißen, sie wäre sofort wach und ruhig. Von jetzt auf gleich.

»Na gut«, lenkte Helene resigniert ein. »Wir gehen alle.« Leise fluchend suchte Helene die Klamotten für die Bande zusammen. Sie warf Irma das Unterhemd – könnte auch mal wieder gewaschen werden, aber nicht jetzt, essen hat Vorrang – und die Hose aufs Bett, den Rest musste die Große selber suchen. Dann raffte sie rasch Röcke, Hemden, Jäckchen und Socken zusammen. Wo war verdammt noch mal die Mütze? Ach, da unter dem Stuhl lag sie ja. Gott sei Dank, sie hatten zur Zeit nur diese eine für Susi, die allerdings beim Anblick besagter Mütze sofort zu meutern begann.

»Nicht die, die kratzt«, schrie sie und strampelte bockig.

»Hopp hopp, jetzt!«, drängte Helene, ohne auf Susis Geplärr einzugehen. »Keene Extrawürste!« Susi warf die Kratze-Mütze in hohem Bogen vom Bett. Sie landete auf dem Fensterbrett, gleich neben dem Kerzenstumpen und der verbogenen Blechdose mit allerlei Kinderschätzen wie Hornknöpfen, Schneckenhäusern, Vogelfedern, glatt geschliffenen Scherben und bunten Steinen. Ärgerlich nahm Irma die Mütze und drückte sie Susi unsanft auf den Kopf. Susi heulte und boxte, das Baby weinte und Irma trödelte nun. Helene war schon wieder woanders: Die Fäustlinge? Wo waren sie nur, verflixt noch eins? Ei der Daus, hier war was los. Und das alles auf leeren Magen. Wenn nur ihre Mutter da gewesen wäre.

»Jetzt kneif' die Backen zusammen!«, schalt sie sich selbst. »Das ist doch nicht das erste Mal …«

Doch ihr Schwesterchen gab keine Ruhe: Susi riss sich beim Aufstehen die Mütze vom Kopf und stieß versehentlich den Unterteller vom Nachttisch. Das Tellerchen zerbarst.

»Verdammt, kannste nicht uffpassen?«, herrschte Helene sie an. »Wie 'n Elefant im Porzellanladen, ick bin doch keen Krösus!« Rasch sammelte sie auf dem Boden kniend die Überbleibsel zusammen. Schon wieder Scherben … Ein Gutes aber hatte Susis Malheur wenigstens: Helene fand unter dem Bett die Fäustlinge.

Susis Ungestüm hatte sie schon einiges an Porzellan gekostet. Nicht, dass es schade um die paar Teller und Tassen war, aber von irgendetwas mussten sie ja essen, wenn sie es nicht vom Boden tun wollten – vorausgesetzt, es war überhaupt etwas da. War es nach den allerersten Nachkriegsjahren besser geworden, waren sie nun wieder tiefer denn je in die Armut gerutscht, ohne dass Helene genau zu sagen wusste, woran das lag.

Wer nicht isst, braucht auch keinen Teller, dachte Helene zwischen zwei Seufzern, während sie die Fäustlinge in die Tasche steckte. Sie brauchten jetzt wirklich dringend was zwischen die Kiemen. Schlechte Laune auf leeren Magen, das war doppelt blöd. Sie atmete tief ein und aus. Kurz, einen Augenblick nur, lehnte sie sich an den Türrahmen, schloss die Augen und betastete die innere Schwärze, die auf sie zukam wie ein weiches Kissen. Sie war versucht, sich hineinsinken zu lassen und nicht mehr denken oder handeln zu müssen, nicht entscheiden oder aufstehen zu müssen, gar nichts mehr zu müssen. Doch dann schob sie die Schwärze zur Seite. Nur jetzt nicht ohnmächtig werden, das fehlte noch. »Hungerschlaf« nannten die Erwachsenen das. Helene fühlte sich schwach, bückte sich und führte die leicht zitternde Hand mit dem Kehrblech vorsichtig nach vorn, um Scherben und Bodenschmutz in den Eimer in der schimmeligen Ecke zu schütten.

»Alle Mann raus jetzt, macht euch uff die Socken! Stante pede!«, hörte sie sich selbst sagen. Leiser als beabsichtigt. Im Hausflur herrschte vormittägliche Ruhe. Es war Samstag. Die meisten Hausbewohner waren auf der Arbeit, standen nach Lebensmitteln an oder verdingten sich als Hausierer, Tagelöhner, manche als Bettler. Die Alten verbrachten die Zeit mit Schlafen oder Sorgen machen oder beides zugleich. Schlechte Träume begleiteten den Schlaf der meisten Leute in diesem Karree. Das Wasser dort im Löscheimer am Treppenaufgang war gefroren. Schnell schloss sie Wohnungstür, rüttelte vorsichtshalber am Knauf, zu war zu, und wickelte das Baby in ein zusätzliches Tuch, das sie sich vor den mageren Leib band.

Endlich standen alle halbwegs angekleidet vor der Wohnungstür. Sie überlegte kurz, einen Zettel zu schreiben, falls die Mutter doch eher wiederkäme, entschied sich aber dagegen. Erst das Fressen, dann die Moral. Das sagte immer Hannes. Der machte gern einen auf Belesen, bloß weil sein Vater mal Schriftsteller gewesen war. Bevor der Krieg begann, bevor dieser alles veränderte und bevor man selbst für fleckige Äpfel ein halbes Vermögen ausgeben musste. Schmerzhaft zog sich ihr Magen zusammen. Fallobst wäre jetzt ein Festmahl. Nervös nestelte sie am Schlüsselbund in ihrer Tasche herum. Alle Schlüssel da.

»Los jetzt, ihr Trödeltanten«, scheuchte sie die in der Gegend herumstehende Bande auf. »Ab nach unten.«

Ihre Gedanken kreisten. Wohin sollten sie gehen? Die Mutter konnte sie nicht um Rat fragen. Sie war keine Hilfe. Schon wieder musste sie ins Krankenhaus. Die Augen. Es wurde immer schlimmer. Syphillis-Spätfolgen hatte jemand gemunkelt. Helene war das sehr peinlich gewesen, ohne wirklich zu wissen, worum es ging. Sie konnte sich aber noch allzu gut daran erinnern, wie sie oft ihre zeitweise fast blinde Mutter als kleines Mädchen an der Hand zur Klinik hatte führen müssen. In diesen Momenten schon war sie die Mutter und ihre Mutter das Kind gewesen. Oma hatte gearbeitet und das Brot auf den Tisch gebracht. Nachdem sie ihre Mutter am Eingang zu dem weiß getünchten, nach Desinfektionsmitteln riechenden Gebäude abgegeben hatte, war Helene gleich in die Schule in der Letteallee gerannt, meistens war sie zu spät gekommen. Ihre Lehrerin Frau Lehmann schimpfte stets und ständig mit ihr, aber schlug sie wenigstens nicht, wie die anderen Lehrer es gern »aus erzieherischen Gründen« taten.

Auch Helenes Schwester Irma ging nun dort zur Schule. Die körperlich strafenden Lehrer gab es noch immer. Überhaupt, die Kleinen mussten stets am meisten leiden, fanden Helene und ihre Freundinnen. Weshalb ihre Freundin Margot keine Kinder haben wollte und bei jedem Anlass flachste: »… und vergiss nich: ›Liebe verjeht, Mutterschaft besteht‹.«

Das musste Margot Helene nicht zweimal sagen. Und tatsächlich: Schwanger war die Mutter wohl auch wieder … Dabei waren die zwei Zimmer hier jetzt schon viel zu klein. Helene schob die Sorgen unter Aufbringung all ihrer Kräfte beiseite. Sie hatte bereits genug Muffensausen vor der nächsten Woche. Und Vater?

»Was ist mit ihm?«, hatte Irma sie neulich gefragt. Helene kannte ihren jedenfalls nicht. Und der Vater ihrer Geschwister war, seitdem ihm klar geworden war, dass er früher oder später noch ein Mäulchen mehr zu stopfen haben würde, auf und davon. Länger als sonst. Bislang war er immer wiedergekommen. Abgebrannt, betrunken, nicht selten mit einem blauen Auge. Doch dieses Mal war er »bei Schneewittchen«, da war sich Helene sicher, das hieß in Gertruds Jargon: über alle Berge. Der würde nicht wiederkommen. Nicht in diesem Leben. Das hatte auch ihre Mutter gesagt. Und wieder geweint. Machte nichts, auf seine Prügel, die ihre Mutter und sie als Älteste regelmäßig eingesteckt hatten, konnte Helene gern verzichten. Nur das bisschen Geld, das er doch dann und wann nach Hause gebracht hatte, fehlte nun schmerzlich. Noch öfter musste ihre Mutter nun den Lappen schwingen, wenn sie dazu körperlich in der Lage war. Für alte Zausel, die ihr dabei auf den Hintern starrten, hatte sie Helene mal bitter erzählt.

»Ach. Solange sie nur gucken ... Gusche halten und weitermachen«, wiegelte ihre Mutter ab.

»Aber geig denen doch mal die Meinung«, hatte Helene aufgebracht insistiert. Die Augen der Mutter wurden tief und dunkel.

»Wozu denn? Jibt nur Ärger und die Stelle bin ich dann auch wieder los.«

»Aber dit können die doch nicht machen.«

»Doch können se ...« Helene wollte etwas erwidern, doch ihre Mutter winkte ab. »Halt die Backen still, Helene, und fang bloß nicht an, aus der Reihe zu tanzen. Vergebene Liebesmüh.« Das war ihr Credo. »Leute wie wir sind und bleiben unten.«

An Tagen war diesen war Helene geneigt, ihr zuzustimmen.

»Ick habe Hunger«, quengelte Susi so nachdrücklich, dass Irma mit den Ohren schlackerte.

»Stell mal die Lauscher uff, Susi«, sagte Helene. »Wir gehen jetzt runter und besorgen wat, ok? Solange musste noch aushalten. Und jetzt: Ruhe im Karton!« Sie fühlte sich zunehmend gereizt. Schuld waren der leere Magen und die Verantwortung schon am frühen Morgen.

»Ick habe Hunger«, wiederholte Susi unbeeindruckt. Helene fluchte innerlich: Sie konnte sich Fusseln an den Mund reden ... Nie hörten die Kleinen auf sie. Egal. Sie mussten jetzt dorthin, wo es etwas zu beißen gab. Aber: Wohin zum Teufel konnten sie gehen? Zum Gemüsestand an der Ecke? Angefaultes taten sie dort weg, das konnte Helene manchmal einsammeln und verwerten. Aber nein, dort waren sie und die Geschwister zu oft gewesen in letzter Zeit, die letzten Male hatte man sie weggescheucht. Wie räudige Hunde. Schlimm war das. Schlimmer als der Hunger. Helene grübelte.

Irma war klug genug, ihren Mund zu halten, diesen angestrengt nachdenkenden Blick von Helene kannte sie schon. Da war nicht gut Kirschen essen mit ihr. Ihnen allen knurrte der Magen. Schon seit gestern. Es musste etwas geschehen, das war klar. Und das Baby brauchte Milch für seinen Brotbrei. Ein paar weiche Kartoffeln, irgendetwas. Helene trat der Schweiß auf die Stirn. Wenn sie wenigstens einen Kanten Brot auftreiben könnte. Aber woher?

Susis Stimme wurde lauter, energischer. Alle wollten etwas von ihr, um alles musste sie sich kümmern, und dabei fühlte sie sich so schwach, selbst so schwach …

Plötzlich sackte Helene das Blut in die Füße. Sie schwankte. Der Treppenabsatz drehte sich, sie riss erschrocken die Augen auf. Stehen, stehen, stehen bleiben. Ängstlich presste sie den Babykörper an ihre Brust, Hühnerbrust spöttelte Achim gern, weil sie im Gegensatz zu den anderen noch kaum den Ansatz eines Busens vorzuweisen hatte. Nicht fallen, um Gottes Willen … Sie ballte ihre Hände zu Fäusten, verkrampfte den Kiefer unwillkürlich. Kreidebleich stand sie schwankend am Treppenabsatz, angestrengt bemüht, die Contenance zu behalten. Nur nicht fallen, nicht auf das Baby fallen … heulen kannste auch später noch. Sie mit ihren 14 Jahren als Älteste hatte das Kommando, da gab es nichts zu rütteln, alles hing von ihr ab. Ohne sie herrschte Chaos. Ein noch viel größeres Chaos als ohnehin schon. Sie allein musste die ganze lastenschwere Verantwortung für diese Mädchenbande stemmen.

Manchmal wünschte sie sich, wegzulaufen, um dann am Abend voller Schuldgefühle ins Bett zu kriechen, sich an ihre Schwestern zu kuscheln und am nächsten Tag wieder ihr Bestes zu geben. Für alle. Aber das reichte eben nicht. An Schule war da sowieso kaum zu denken. Immer kam etwas dazwischen. Nicht allein, dass sie ihre Versäumnisse wegen der fehlenden Kalorien schade fand, denn in der Schule gab es regelmäßig Milch und Suppe, die Schulspeisung, ohne Frage das Beste an der Penne.

Helenes Fehltage wurden mehr und mehr zum Problem, sie konnte schon jetzt nicht richtig schreiben, also was die Rechtschreibung anging, oft war ihr das peinlich. Rechnen. Ja, im Rechnen war sie gut. Aber die Diktate waren ihr ein Gräuel; sie machte so viele Fehler. Sie fehlte einfach viel zu oft im Unterricht. Helene saß mehr mit den kranken Kindern zu Hause, als dass sie die Schulbank drückte. Und dabei musste sie doch was lernen. Sie ahnte, wie wichtig das war. Für ihr ganzes Leben. Und sie mochte es, sie lernte gern, auch wenn sie die Lehrer hasste – und manche Mitschüler, die sie Läuse-Erna nannten und die Enden ihrer langen, dicken Zöpfe in die Tintenfässer tunkten.

Nur Hannes, Margot und eine kleine Handvoll anderer Leidensgenossen waren nett. Meistens. Ab und zu übte Hannes sogar mit ihr – das fehlerfreie Schreiben und Lesen. Darin war er gut. Hatte er auch Löcher in den Schuhen und Schmutzringe am

Hals, beim Lesen und Schreiben und beim Zeichnen konnte ihm keiner was vormachen.

Irma zerrte an Helenes Hand. »Gehen wir jetzt?«, fragte sie zaghaft.

»Ja, natürlich, los jetzt.« Sie setzten sich in Bewegung. Morgen ist Sonntag, dachte Helene, da konnte sie mit den Kleinen zur Kirche, Gott sei Dank. Da hatten sie immer etwas für sie, obwohl sie nicht einmal katholisch waren, geschweige denn getauft.

Helene sammelte sich und drückte motiviert Susis Hand, bis diese verärgert protestierte. Ein letzter Blick in Irmas dunkle Augen, die schon viel mehr gesehen haben, als sie sollten, und dann … dann ging es wieder. Für den Augenblick. Das war die Kunst: nur bis zum nächsten Augenblick zu denken. Andernfalls würde man noch verrückt vor Sorge.

»Weiter im Text!« Gemeinsam nahmen sie die Stufen nach unten. Immer zwei auf einmal. »Abwärts jeht's ganz von alleene«, pflegte Gertrud, das Nachbarsmädchen und Helenes Vertraute hier im Hause, zu sagen. Aber dann lachte sie stets und zeigte ihren schräg abgebrochenen Schneidezahn, der ihr etwas Keckes verlieh.

Langsam schlichen sie den Flur entlang, Bohnensuppe, Urin, Staub und Bohnerwachs. Die Gerüche dieser Mietskaserne waren ihnen so vertraut wie die Risse in den ausgetretenen Stufen. Im dämmrigen Halbparterre brannte Licht, Morgenlicht. Erschöpft lehnte Helene den Kopf an die wurmstichige Tür. Auf dem verbogenen Klingelschild stand in einfachen Buchstaben »Schulze«.

»Bitte, lass sie Erbarmen haben«, betete Helene lautlos und klingelte zaghaft. Irma blickte besorgt drein, Susi kaute auf der Unterlippe. Schlurfende Schritte hinter der Tür. Sie hörten das Seufzen und Schnaufen der alten Frau, die nun vorsichtig die Tür einen Spalt breit öffnete. In der Vergangenheit war dieser Spalt genauso häufig wieder schnell geschlossen worden wie er verbreitert worden war, je nach Tagesform der alten Dame. Hoffentlich würde die Tür heute für sie geöffnet werden. Sie hatten es nötig.

Die knochige Gestalt dahinter, bereits an der Neunzig kratzend, hatte mehrfach Krieg und Hunger überstanden, Mut und Glück oder beides gehabt. Sie hustete zum Gotterbarmen. Helene zögerte jedes Mal aufs Neue, mit den Kleinen einzutreten – doch besser später an der Schwindsucht sterben, als jetzt zu verhungern. Margot war da ganz pragmatisch, wenn ihr Helene etwas verschämt von ihrer Nachbarin und ihnen als Bittsteller erzählte.

»Immer ran an die Bouletten, schlimmer wird's nicht.« Und Margot musste es wissen, hatte sie doch schon drei Geschwister verloren, zwei im ersten Babyjahr, eines an die Schwindsucht.

Ein blassblaues, von dünner, faltiger Haut umrahmtes Auge linste durch die Lücke, die zwischen Tür und Rahmen entstanden war. Helene zwang sich zu einem Lächeln. Die alte Frau erkannte sie, zögerte.

»Na, du bist mir 'ne ganz Ausjebuffte … Schon wieder?«, fragte sie nur. Dann nichts weiter.

»Schon wieder«, antwortete Helene und schämte sich. Gleichzeitig flehte sie stumm und inständig, die Tür würde sich für sie und ihre Mädchen öffnen. Ihr Flehen wurde erhört. Es rasselte laut, als die Kette gelöst wurde. Die Frau wandte sich ohne ein weiteres Wort um und schlurfte in das Innere der kleinen, höhlenartigen Wohnung. Die Mädchen folgten ihr auf Zehenspitzen. Es roch muffig, es war stickig, es sah schäbig aus. Aber sie waren drin. Eingelassen worden.

Drinnen schimpfte die Nachbarin beim Anblick der jämmerlichen Kinderschar. »Wo ist denn eure Mutter schon wieder?«, fragte sie.

»Im Krankenhaus ...«, erwiderte Helene kleinlaut und schämte sich schon wieder, obwohl weder sie noch jemand anderes etwas dafür konnte. Die alte Frau nickte nur, lächelte nichtssagend.

»Macht die Tür zu, es zieht.« Dankbar, erleichtert und doch angespannt folgte ihr Helene weiter durch den engen Flur. »Nicht in die gute Stube«, rief die Nachbarin plötzlich erstaunlich vernehmbar. Sie drängelten sich in dem schmalen Flur, was den Vorteil hatte, dass keiner mehr fror, die Luft stand. Mehr stehend als sitzend, eng aneinandergedrückt wie die Hühner auf der Stange, harrten die Kinder geduldig der Dinge, die da kommen mögen. Und es kam immer etwas bei Frau Schulze. Aus irgendeiner verstellten Schublade zauberte sie immer eine Kleinigkeit zum Essen. Auch jetzt saß Susi wieder mit großen Augen da und verfolgte aufmerksam jede Bewegung der alten Frau. Ihre Mägen knurrten im Chor.

Frau Schulze – Näherin, Wäscherin, Kriegswitwe – zog geräuschvoll den Rotz hoch und machte schmale Augen. Susi drängte sich dicht an Helene heran. Ihr war die Greisin unheimlich. Nicht eine Sekunde wollte sie mit ihr allein bleiben. Und Helene achtete darauf, dass sie das auch nicht musste. Die Mädchen stapelten ihre von der Mutter und Oma gestrickten Handschuhe, Mützen und Schals in einer Ecke und drückten sich weiter im Flur herum.

»Nun kommt schon rein, oder muss ich zweimal bitten«, winkte die Alte sie in die verrußte Küche. Sie zwängten sich an einer Reihe frisch gewaschener Liebestöter, die wie Vögel auf der Wäscheleine saßen, vorbei, ängstlich darauf bedacht, den sackartigen Unterhosen der alten Frau auszuweichen.

Als sie die niedrige Schwelle der Küche passierten, atmeten sie erleichtert auf. Die Wände zierten hier schäbige blumengemusterte Tapeten. Solch ein Muster hatte Helene schon einmal gesehen. Sie sah unwillkürlich Judith vor sich. Judith mit bleichem Gesicht, als sie vor solch einer Wand gespielt hatten, damals in den Trümmern, und plötzlich Gliedmaßen eines Toten zwischen dem Schutt entdeckt hatten. Dort, wo sie hochgeklettert waren und Vater, Mutter, Kind gespielt hatten. Judith, die beim Nachhausegehen Schnitte an den Händen aufgewiesen hatte und als Folge eine Sepsis erlitt, an der sie fast gestorben wäre – wegen der Toten dort in den Ruinen, in denen sie gespielt hatten. Und diese hatten sich das ja auch nicht ausgesucht.

»Krieg ist böse«, hatte Tinka, das jugendliche Mädchen mit dem Verstand einer Vierjährigen mal geschrien; sie wusste gar nicht, wie recht sie hatte …

Helene schüttelte die bösen Erinnerungen ab und konzentrierte sich auf ihre Aufgabe. Von Augenblick zu Augenblick; das war die einzige Möglichkeit. Der Tag hatte noch viele Stunden. Erst einmal etwas in den Magen kriegen. Sie ignorierte die dicke Luft in der Küche und freute sich wie die anderen auf eine anständige Mahlzeit bei ihrer mitfühlenden, einsamen Nachbarin.

2

Dort in der Küche – Tisch, Stühle, Kochstelle, Waschbecken, Unterschrank – legte die ebenso gütige wie schlecht gelaunte Nachbarin nun richtig los. Sie redete die Einsamkeit fort. Die Kinder waren ihr Publikum: Sie schimpfte wie ein Rohrspatz. Meckerte und zeterte. Auf das Wetter, den Krieg, der nichts gebracht hatte, den Frieden, der auch nichts brachte, außer höhere Kartoffelpreise, den Bäcker, der nicht mehr anschreiben ließ, die Jugend im Allgemeinen und ihre Enkelkinder im Besonderen, die entweder tot oder fort waren, sie jedenfalls nie besuchten. Sie ließ auch an Helenes Mutter kein gutes Haar, verurteilte deren Lebenswandel, ihr Aussehen und ihre Erziehungsmethoden, kommentierte das fehlende Benehmen der Kinder, die Kleidung und deren düstere Zukunft. Dabei kochte sie unablässig Mehlsuppe. Von Männern hielt die Alte absolut gar nichts. Die kamen bei ihr nicht gut weg. Kein Einziger. Helene war ziemlich froh, dass sie hier alle Mädels waren. Sie war nicht sicher, ob sie sonst immer wieder hereingelassen worden wären.

»Vertraut niemals einem Mann. Ganz gleich, wie sehr er euch Honig ums Maul schmiert, seid auf der Hut. Wenn es drauf ankommt, gönnt er euch nicht mal das Schwarze unter den Fingernägeln. So sind se, die Mannsbilder. Beknackt oder verschlagen, ick weeß nich, wat schlimmer is.« Während sie sich ereiferte, wurde ihr fast zahnloser Mund noch schmaler.

Schnell drehte Helene den Kopf weg. Sie wollte auf keinen Fall sehen, wie die alte Frau beim Reden Speichel versprühte. Nicht jetzt. Nicht beim Kochen. Helene krampfte die Hände fest um den Stuhlsitz. Gleich würde die Suppe fertig sein.

»Nicht mal in die verdammte Kirche kann man jehen, überall sind die Bänke weg, Feuerholz halt …« Helene versuchte sich die verhärmte Nachbarin demütig vor dem Kreuz niederkniend vorzustellen, es gelang ihr nicht. Sicher hätte sie noch Jesus die Leviten gelesen. Schließlich war er ein Mann gewesen. Irma grinste zu ihr herüber; sie schien ihre Gedanken zu lesen.

Schon in der Vergangenheit war es oft genauso vonstattengegangen: Frau Schulze redete und redete und schimpfte und prangerte an. Aber nach jedem Wortschwall kam etwas zu essen auf den Tisch. Das war der Preis: Zuhören gegen Futter. Worte schlucken für Suppe. Helene war es recht.

»Kann eure Mutter nicht für euch sorgen? Oder du, als Älteste?« Die Alte wartete keine Antwort ab. »Na, an dir is ja ooch nüscht dranne.« Sie hustete – es klang nicht gut.

»Nee? Dann müsst ihr ins Armenhaus, in ein Kinderheim …« Ein zu Tode erschrockener Blick von Irma traf Helene. »Wo soll denn das hinführen? Ich kann doch nicht eine ganze Kinderschar mit durchfüttern, fremde Kinder, … wo eins ist, da sind die anderen nicht weit.« Die alte Nachbarin war bei ihrem Lieblingsthema angekommen: Sich selbst …

»Nun ist das Kind in' Brunnen jefallen«, flüsterte Helene grinsend.

Susi schaute dumm aus der Wäsche. »Welches Kind is in' Brunnen gefallen?«, wollte sie angstvoll wissen. »Das arme Kind ...«

Doch Irma lachte nur: »Flitzpiepe! Nicht in echt. Dit sagt man nur so ...«

»Echt?«, entgegnete Susi gleichermaßen erleichtert wie entrüstet.

»Nee, nicht echt«, antwortete Irma. Die Verwirrung war perfekt.

Die Greisin setzte erneut an: Nun verfiel Frau Schulze in ihren leidenden Tonfall, eine Moritat auf das Leben, ein klagender Singsang. »Und ich bin selbst eine arme alte Frau, seht euch diese Hände an, ick hab nichts und niemanden – und dann wird man noch belästigt, ständig von hungrigen Mäulern, als hätte ich genug zu essen.« Sie lachte bitter.

Helene rutschte auf ihrem Sitzfleisch herum ... Aushalten. Aussitzen. Nur nicht widersprechen, das würde die Litanei nur verlängern. Auf Durchzug schalten. So würde Helene es auch heute halten. Noch herrschte die Vorstufe der Zurechtweisungen und Lebensweisheiten. Noch waren Pausen zwischen Frau Schulzes Ausbrüchen vorhanden. Doch schon bald war die Gnade der Stille vorbei.

Als die Suppe fast fertig war, verlegte sie sich aufs Lamentieren. Sie jammerte erneut über das Wetter, die leere Speisekammer und dass die Welt so ungerecht sei. »Ein Hort des Übels, wir alle dazu verdammt auszuharren, bis wir elendig krepieren«, war ihr Lieblingsspruch.

Irma hatte sich heimlich Watte in die Ohren gestopft, Susi schwankte mit Tränen in den Augen angesichts der furchtbaren Dinge, von denen Frau Schulze so gern sprach, zwischen Fluchtimpuls und Vorfreude auf die warme, nahrhafte Suppe, die vielversprechend auf dem Herd brodelte.

»Gleich ist sie fertig«, versuchte Helene Susi zu trösten und wusste selbst nicht, ob sie Frau Schulze oder die Suppe meinte. Die alte Frau guckte böse, doch stellte sie bereits Brot und Butter auf den Tisch. Echte Butter. Dafür lohnte sich das Aussitzen. Darauf folgte Marmelade, Mehlsuppe, Tee, Pfefferminz mit ein paar Krümelchen Zucker, es folgte Kohl auf Dauerwurst und ein paar kleine Kartöffelchen – ohne Augen diesmal – kamen hinzu. Diese wurden mit einem Schluck Milch für das Baby gequetscht, dabei schimpfte sie ohne Unterlass und in ansteigender Lautstärke. Sie schimpfte auf Gott und die Welt.

Den Kindern klingelten die Ohren. Sie aßen und schwiegen, bemühten sich, nicht zu schmatzen und gerade zu sitzen. Helene zählte die Minuten und passte auf, dass keiner zu kurz kam. Es stimmte: Hunger war der beste Koch. Helene lernte stets eine Menge neuer Worte bei Frau Schulze, ansonsten aber waren sie heilfroh, wenn sie satt und dankbar, aber ungeduldig und mit Hummeln im Hintern Frau Schulzes dunkles Reich der Lamenti wieder verlassen durften. Bis zum nächsten Mal.

Die beiden Ältesten, Helene und Irma, handelten sich noch Schelte ein, als sie versuchten, sich nützlich und den Abwasch zu machen.

»Alles verkehrt«, rief Frau Schulze vorwurfsvoll und warf die Hände in die Höhe, als würden die Kinder ihre Suppenteller mit Dreck einreiben. »Viel zu viel Wasser«, schimpfte sie. »Und überhaupt, weg da!« Unsanft schubste sie die beiden von der Stelle vor der Spüle und nahm selbst deren Platz ein.

Ratlos standen die Schwestern herum und schauten den arthritischen Fingern bei der Arbeit zu. Als die Nachbarin dies bemerkte, schnalzte sie verächtlich mit der Zunge.

»Ihr steht euch die Beine in den Bauch, in meiner Küche! Faulenzer brauche ich hier nicht. Atmen nur den Sauerstoff weg. Wollt ihr endlich nach Hause gehen? Sonst macht ihr noch was kaputt. Husch, husch. Macht, dass ihr rauskommt und zieht die Tür ordentlich zu, verstanden?!« Ihr Befehlston duldete keinen Widerspruch. Sie hatte genug Gesellschaft gehabt für heute. Zeit zum Rückzug. Nichts lieber als das …

Gern hätten sich die Schwestern trotz der harschen Worte der Nachbarin irgendwie erkenntlich gezeigt, doch keiner von ihnen fiel etwas Gescheites ein. Also stammelten sie wie die Orgelpfeifen ein verschämtes »Danke sehr«, Irma deutete sogar so etwas wie einen Knicks an und sie machten sich samt Baby daran, sich wieder in die oberen Etagen des zugigen Mietshauses zu verkrümeln.

»Nüscht wie raus hier, sonst steckt uns die alte Hexe noch in den Ofen«, zischte Irma Helene zu, aber diese hatte Frau Schulzes Augen glänzen gesehen, als sie Irmas Knicks sah. Helene hoffte, dass sie wiederkommen durften. Und das war im Moment alles, was zählte.

Sie brauchten frische Luft. Nun, mit gefüllten Bäuchen, sah die Welt gleich anders aus. Sogar das Baby gluckste angesichts des glitzernden Neuschnees auf den Laternen. Immer noch ragten Ruinen wie faule Zähne in die Luft. Kindergeschrei. Schneeflocken. Die Kräfte kehrten zurück und damit der Spieltrieb … Nicht lange, und es war eine wilde Schneeballschlacht im Gange. Da blieb kein Auge trocken. Auch einige der Passanten bekamen eine Fuhre Schnee in Kragen oder Schlimmeres.

»Saubande!«, »Verdammte Jören!«, fluchten sie.

»Kollateralschaden«, kommentierte Irma dies nur trocken. Und weiter ging's. Als ihnen die Nässe jedoch langsam durch Kleider und Fäustlinge drang, beschlossen sie, sich oben trockene Klamotten anzuziehen, die Kleine zu wickeln und Margot abzuholen. Die hatte immer eine Idee, wo man etwas abstauben konnte. Und schließlich war auch die Mittagszeit schon nicht mehr weit.

3

Sie bogen in den Hof einer ehemaligen Schuhfabrik ein und sahen zu den Hammerschmidts im ersten Stock hoch, Aufgang drei. Früher hatten sie in den alten Osramhöfen gewohnt, doch waren sie wegen Mietschulden rausgeflogen. Beim Umzug im vorletzten Frühling hatte Margot noch gewitzelt, als sie die Höfe verlassen hatten: »Bei Osram jeht det Licht aus.« Im Sommer hatten sie hier stundenlang zu fünft Kirschkernweitspucken gespielt, bis sie von den vielen Kirschen Bauchweh bekommen hatten.

Helene begann, Steinchen gegen das Küchenfenster zu werfen, während Irma sich bereits auf die Teppichklopfstange geschwungen hatte und Susi heulend davorstand.

Sie meckerte: »Ick komm nich hoch.« Sie streckte die Ärmchen aus. »Hilf mir, ick komm nich hoch«, jammerte sie. Die beiden älteren Schwestern ignorierten sie jedoch geflissentlich. Helene suchte weitere Kiesel, die sie werfen konnte, Irma turnte. Sie griente Susi an, die immer noch unten stand und hinaufwollte: »Da biste Neese …«

Susi schnaubte: »Du hast gleich Sendepause, wart nur ab!« Sie sprang und kletterte, doch schaffte es nicht hochzukommen.

»Jetzt mach keene Faxen«, erwiderte Irma. »Du bist halt noch zu klein.« Das reizte Susi nur noch mehr … Sie plusterte die Wangen auf und schnaubte wie ein kleiner zorniger Drache.

Als sich Helene das nächste Mal umdrehte, sah sie, wie Susi einen metallenen Ascheimer unter die Stange schob, unbeholfen daraufkletterte und schließlich mit einem breiten Grinsen kopfüber an der unteren Verstrebung der Teppichklopfstange baumelte.

»Schweinebammel«, lachte sie. »Da staunste Bauklötze, wa, Irma?«

Margot kam herunter. »Buh«, erschreckte sie Helene von der Seite her und stach ihr eher schmerzhaft denn kitzelnd in die Taille.

»Ach, du lieber Vater«, rief Helene protestierend. »Du kriegst gleich wat uff die Rübe«, drohte sie ihrer Freundin scherzend.

»Du lahme Ente kriegst mich doch eh nich«, gab Margot zurück und machte einen Satz vorwärts. Helene ließ es gut sein, vorerst. Sie würde ihre Rache schon noch kriegen.

Margots dicke Locken waren größtenteils unter einer schrecklich dilettantisch anmutenden, weil selbst gestrickten Mütze verborgen. Die Farben passten nicht zueinander und ab und zu fehlten gut sichtbar ein paar Maschen. Aber ihr Mantel war spitze! Das fanden auch Irma und Susi, beide nun kopfüber von der Teppichklopfstange hängend und Margot mit großen Augen musternd.

»Wow, du hast ja nen kessen Mantel. Der sieht warm aus und schnieke«, konstatierte Irma.

»Nicht wahr? Hab ich seit letztem Jahr, nachdem Sophie an Diphterie jestorben …« Margot stockte mitten im Satz. Einen Augenblick lang schien sie in ihren Gedanken stecken zu bleiben, dann fing sie sich wieder und sprach weiter. »Na ja, ihr wisst schon; seitdem sie aus dem Krankenhaus nicht mehr rausjekommen is.« Helene konnte sich gut erinnern. Seitdem war Margots Mutter nicht mehr dieselbe, obgleich sie schon in früheren Jahren Kinder verloren hatte, wie so viele Frauen in ihrem Alter.

Margot trat an die beiden Kleinen heran. Die beiden befühlten mit Kennermiene den Mantelstoff, ohten und ahten anerkennend und dann trabten sie los. Es war einfach zu kalt, um lange auf der Stelle stehen zu bleiben – und für dunkle Erinnerungen.

Margot erklärte aufgeräumt: »Ulrich hat dafür meinen Mantel bekommen. Den mit glänzenden Köpfen. Der hat sich 'n Loch in' Arsch gefreut!« Sie schlug sich auf die Schenkel. »Obwohl ich da damals uff der Kinderlandverschickung reinjekotzt hab ...«

Susi kicherte. »Iih!« Ihre unter dem Mützenrand hervorlugenden kurzen Locken wippten bei jedem Schritt. Margot zog konzentriert die Finger durch Susis Haar.

»He Trulla, haste endlich die Zotteln ab?«, fragte sie anerkennend und griff erneut beherzt in Susis Schopf. Diese nickte nur gelangweilt. Viel spannender als Margots Äußerung war der Hausierer vor ihnen auf dem Bürgersteig. Er trug eine alte Melone auf dem Kopf. Sie kamen an seinem Bauchladen vorbei, in dem er allerlei Krimskrams anbot: Salmiak-Pastillen, Streichhölzer, einzelne Zigaretten, keine Schachteln, weil sich die die meisten hier ohnehin nicht leisten konnten, und bunten Tand für die Kinder.

Der fliegende Händler musterte die Kinder gutmütig der Reihe nach. »Wie die Orjelpfeifen«, grinste er. Sie rückten unwillkürlich näher zusammen. »Alle für einen und alle für Dreifuffzig, wat?«, scherzte er, während er an einer Haustür klingelte, um seine Waren feilzubieten. Doch sie waren schon um die Ecke gebogen.

»Na, der verkooft ja mit einem Schisslaweng«, kommentierte Margot den Herrn.

»Ja, der is ’ne Type!«, befand auch Helene. »Hat det Arbeiten aber nich erfunden, sagt Frau Schulze«, fügte sie hinzu.

Die Ampel sprang auf Grün. Die Kinder waren angekommen: Sie starrten fasziniert auf den Hügel, auf dem es von Ameisen und Käfern nur so zu wimmeln schien. Dutzende Kinder hatten sich dort zum Rodeln versammelt. Susi hielt es kaum noch an Irmas Hand.

»Ick will ooch da hoch«, plärrte sie ungehalten. Helene lächelte. Hannes kam auf sie zu. Sie hatte ihn schon von Weitem erkannt, seinen leicht wiegenden Gang, seine schlaksige Gestalt, das Strahlen in seinen Augen, als er sie erblickte. Sie bekam heiße Wangen und konnte nichts dagegen tun. Doch die Freude währte nicht lange.

»Schlittenfahren is nich«, sagte Hannes betrübt, als er sie erreichte. »Den Schlitten hat mein Vadder neulich zu Brennholz jemacht.« Irma seufzte hörbar, Susi schlug sich die Hand vor den Mund. »Ja leider«, fuhr Hannes fort. »Als er besoffen war, hat er sich noch den halben Finger abjehackt dabei wegen der Kufen …«

Die vier Mädchen machten lange Gesichter, besonders die beiden Kleinen, die sich schon wie verrückt auf eine wilde Sause den Hang hinunter gefreut hatten. »Aber«, setzte er hoffnungsvoll hinzu, – Hannes wäre nicht Hannes, wenn er nicht noch eine Idee in petto gehabt hätte, dachte Helene stolz – »uff dem Ruinenhügel hab ick Klaus und Hans auf 'nem Blech rutschen sehen. Dit war schnell! Vielleicht können wir das auch machen.«

»'N Blech untern Hintern schnallen?« Irma und Helene schauten skeptisch, aber Susi und Margot waren schon Feuer und Flamme. Sie klatschten begeistert in die Hände. Helene und Margot fackelten nicht lange: »Na, dann ma los!«

Auf dem Ruinenberg, entstanden und »auferstanden« – wie der Name schon sagt – aus Ruinen und anschließend immer weiter aufgeschüttet, weil der Schutt ja irgendwo hinmusste in der Stadt, auch »Mont Klamott« genannt, war schon gut was los. Blitzschnell sausten einige Kinder an ihnen vorbei. Rote Wangen und glänzende Augen, hier und da ein verheultes Gesichtchen oder eine verrotzte Nase, wehende Schals und verlorene Handschuhe – im Ganzen ein wildes Durcheinander. Es war prima!

So ein »(be)fahrbarer« Untersatz musste her ... Sie suchten fieberhaft nach Blechstücken, die sich als Schlittenersatz eignen würden, doch nichts fand sich. Alles war bereits abgegrast.

Nach einer Weile gaben sie auf und setzten sich betrübt oben am Hang in den Schnee; sie sahen zu, wie sich die anderen bei zum Teil halsbrecherischen

Abfahrten köstlich zu amüsieren schienen. Die Stimmung trübte sich.

Plötzlich war Hannes fort. Doch schon wenig später stand er schnaufend vor ihnen, in der Hand ein verbeultes Blech, in dem sich schon die Doppel-Rundung diverser Pobacken abzeichnete.

»Musste ick tauschen«, sagte er. »Hab ick vom dicken Willi.« Die Freude war groß. Doch dann verengte Helene die Augen zu Schlitzen: Mit Schrecken bemerkte sie, dass Hannes keine Handschuhe mehr trug. Das war also der Preis für den Behelfsschlitten gewesen. Auweia.

Doch Hannes verschwendete keine Sekunde, er trauerte nicht seinen warmen Handschuhen nach, sondern packte die Gelegenheit beim Schopfe. Er stiefelte los und raste kurz darauf wie ein geölter Blitz die fast freie Bahn aus festgetretenem Schnee hinunter. Am Fuße des Berges angekommen, schrie er vergnügt: »Das ist spitze! Müssta unbedingt vasuchen. Aber Achtung: Is schnell!«

Nacheinander fuhren sie die Rutschbahn auf dem Blech hinunter und kreischten, lachten und stöhnten. In der Reihenfolge. Beim folgenden Aufstieg rieben sie sich die schmerzenden Hinterteile. Helene nahm Susi zwischen die Beine, währenddessen musste einer oben das Baby halten, das zwischendurch brabbelte und krakelte. Es war anstrengend, es war schmerzhaft, aber aufhören wollte keiner …

»Kiek mal, 'n Eiszapfen«, scherzte Margot, als sie Hannes beobachteten, wie er gedankenversunken gegen einen Baum pinkelte. Er bemerkte ihre Blicke. Zuerst wurde er rot, dann ging er in die Offensive.

»Ja, der da kann sogar schreiben«, protzte er. Er drehte sich ein wenig weg und schwenkte seinen Schwengel von rechts nach links.

»Sütterlin«, grinste Margot. »Ich wette, Herr Jakobs hätte seine wahre Freude an deiner Schönschrift«, höhnte sie. Das wagte Helene zu bezweifeln, warnte aber Susi ein weiteres Mal mit Blick auf das pissgelbe Gesamtkunstwerk:

»Und deshalb sach ick immer: Iss niemals jelben Schnee!« Ihr eigenes Gelächter ließ sie die Welt und deren Sorgen ein Weilchen vergessen, was schon mehr war, als man sich wünschen durfte. Helene sprang auf, um noch ein paar Runden den Ruinenberg hinunterzurutschen. Wann, wenn nicht jetzt … Ein Augenblick zum Durchatmen, das musste man nutzen, denn solche Momente waren rar in ihrer Welt.

Gerade als sie eine Pause einlegen mussten, das Baby und Susi mussten auch bald mal wieder ins Warme, passierte es. Ein spitzer Aufschrei, dunkelrote Spritzer und dann sahen sie ihn: Hannes stand zitternd unten am Hang und hielt die Hände vor sich. Blut tropfte in den Schneematsch. Jemand kreischte. Von seinen rot gefrorenen Fingern tropfte es sehr schnell hinunter; dunkle Rinnsale liefen ihm in die Jackenärmel. Erschrocken rannten sie zu ihm hin; Helene schluckte.

»Ach du heiliger Bimbam!« Susi weinte, Irma hielt sich die Augen zu. Helene zog rasch ihre Strickjacke aus und band sie Hannes so fest sie konnte um die Hände. Er wehrte sich nicht, stand einfach kreidebleich da und guckte durch sie hindurch. Er stand unter Schock. Er hatte noch gar nicht recht begriffen, was passiert war: Hannes hatte sich die Hände an den scharfen Kanten am Blech aufgeschnitten. Das sah gar nicht gut aus. Er musste schnell zu einem Erwachsenen, am besten zu einem Arzt. ’N Praktischer, ne, ’n Unfallchirurg wäre am besten … Gab’s hier nich, nur inner Klinik. Det war zu weit. Helene wusste von einem der letzten Besuche mit dem Baby, dass hier um die Ecke der Kinderarzt Busemann saß. Es war zwar Samstag, aber er wohnte direkt über seiner Praxis, vielleicht hatten sie Glück, und er war da.

Sie gab Margot das Baby und führte und stützte Hannes auf dem kurzen Weg.

»Ich war so schnell, so schnell«, wiederholte Hannes wieder und wieder und starrte dabei auf seine eingepackten Hände, deren tiefe Wunden an einigen Stellen die Strickjacke bereits dunkel durchweicht hatten. Verdammt, ging das schnell. Wenn sie nicht bald ankämen, würde er umkippen. Er war schon jetzt weiß wie die Wand.

Helene griff ihm fester unter die Arme und zog ihn mit sich die Straße hinunter. Sie rief Margot, Susi und Irma nur zu, wohin sie gingen, dann lief sie mit Hannes vor. Sie schleifte und trug ihn halb bis zur Tür. Durchgeschwitzt und mit letzter Kraft kamen sie an der Praxis an. Das Emailschild neben der »Papier-Schreibwaren-Lederhandlung« an der Hauswand wies die Sprechzeiten des Mediziners aus und bat um Voranmeldung.

Sie klingelte Sturm und hoffte das zweite Mal an diesem Tag, dass der liebe Gott … oder wer auch immer – ein Einsehen mit ihnen haben und die Tür öffnen würde. Doch nichts rührte sich. Hannes' blutleere Lippen formten stumme Worte. Panisch haute sie auf den Klingelknopf, als würde dies irgendetwas ändern.

Hannes war schon halb an der Wand hinabgesunken und murmelte vor sich hin. Seine Wangen hatten noch mehr Farbe verloren und die Jacke war nass vom Blut. Kinder haben einen Schutzengel, sagt man, in diesem Fall kam er keine Sekunde zu früh: Endlich ging die Tür auf. Helene hievte den wankenden Hannes in den dunklen Hausflur. Im Morgenmantel und mit Hauspantoffeln an den Füßen, empfing sie der kleine weißhaarige Mann in der Tür seiner Erdgeschoss-Praxis. Er roch nach Rasierwasser und Schlaf. Sein Gesichtsausdruck wechselte von Verärgerung zu Besorgnis, man sah förmlich, wie er die Worte, die er ob der ungehörigen Störung auf der Zunge hatte, wie Brocken trockenen Brots hinunterschluckte und sich augenblicklich vom unsanft Geweckten in den verantwortungsvollen Arzt verwandelte. Er half Helene, Hannes rasch in den Praxisraum zu ziehen. Zusammen legten sie ihn auf den Behandlungstisch. Mit fachkundigen Griffen löste der Arzt umgehend die wollene Jacke von den Händen. Blutige Fäden verklebten Haut und Kleidungsstück, es sah furchtbar aus. Erst jetzt wurde Helene klar, wie schlecht es auch ihr ging. Sie atmete schwer.

»Was ist passiert?«, fragte der Arzt. Die Wunden sahen schauderhaft aus. Als Helene das klaffende, verrutschte Fleisch sah, wurde ihr übel. Matt setzte sie sich auf den Boden und lehnte den Kopf an einen Stuhl.

»Schlitten, Blech …«, stammelte sie schwach. »Geschnitten.«

Doktor Busemann musterte sie kurz und forderte sie auf, sitzen zu bleiben. »Jetzt kipp nich aus'n Latschen, Mädchen.« Er sah sie durchdringend an. »Atme tief ein und aus und schau aus dem Fenster. Hör auf die Vögel, Autos, irgendwas … Um dich kümmere ich mich gleich. Aber jetzt muss ich das säubern und nähen. Und zwar sofort. Ich hoffe, es ist keine der Sehnen durchtrennt.« Er machte sich an die Arbeit, flink wie ein Wiesel, präzise wie ein Uhrmacher.

Helene atmete die zimmerwarme Luft und schaute bewusst woanders hin. Allmählich fühlte sie sich ein wenig besser. Das Herz klopfte nicht mehr ohrenbetäubend in ihren Ohren, die Farbe kehrte in ihr Gesicht zurück.

Der Arzt bemerkte es prompt und forderte: »Komm her«, sagte er drängend, »ich brauche deine Hilfe.« Vorsichtig erhob sie sich. Der Boden unter ihr schwankte nicht mehr. »Steh langsam auf, strecke die Arme nach vorn und strecke und beuge deine Finger, das unterstützt den Kreislauf. Halte dich am Tisch fest,« wies er sie an. »Und nun reich mir die Flasche da drüben, ja, und die Schere und neue Tupfer.«

Als sie ihm mit unsicherer Hand die verlangten Utensilien gereicht hatte und anschließend wie gewünscht Hannes' Ellenbogen auf dem Tisch festhielt, wagte sie erstmalig, wieder einen Blick in das

Gesicht des Freundes zu werfen. Es war aschfahl, unheilvolle lila Schatten hatten sich unter seinen Augen gebildet und er atmete flach und stoßweise. Sein Bewusstsein hatte er glücklicherweise verloren. So musste er die Schmerzen nicht ertragen, hoffte sie.

»Ich bin doch keen Chirurg«, schimpfte der Arzt leise, während er gewissenhaft mit seinen Gerätschaften hantierte und seinen Patienten dabei keine Sekunde aus den Augen ließ. Seine dicken Augengläser verliehen ihm ein gnomenhaftes Aussehen. »Fühl seinen Puls, ja, genau da …«, verlangte er von Helene, die gleichzeitig versuchte, tapfer zu sein und die Tränen hinter den Augen zurückzuhalten.

Was war das auch für eine bekloppte Idee gewesen!, schalt sie sich selbst. Doch es half nichts. Alles, was sie nun tun konnte, war für Hannes da zu sein, so gut sie konnte. Sie biss die Zähne zusammen und strengte sich mächtig an.

»Erledigt, jetzt müssen wir ihn gut beobachten.« Doktor Busemann wusch sich gründlich die Hände, setzte sich und nahm eine Flasche zur Hand. Er kippte sich ohne Umschweife einen Schnaps ein, einen doppelten. Seine Füße steckten noch immer in grünen Filzpantoffeln. »Das war ja was«, sagte er. »Ein Glück, dass ihr gleich hergekommen seid.«

»Und dass Sie da waren«, erwiderte Helene.

»Ja«, nickte er bedächtig. Und bot Helene auch einen Fingerhut voll Schnaps an.

»Nein, danke.« Es klingelte. Helene fuhr zusammen. Draußen stand rotnasig und verfroren von einem Bein aufs andere tretend der Rest der Bagage.

Mein Gott, die hatte sie ganz vergessen! Der Doktor winkte sie rasch herein.

»Wir wollten nicht stören«, stammelte Margot verlegen. Der bärtige Arzt schüttelte nur milde den Kopf. »Wir sind fertig.«

»Wie geht es ihm?« Margot musterte die Szenerie, wickelte dabei behutsam das Baby aus, das sie geschickt unter Schichten aus Stoff an ihrem eigenen Körper warmgehalten hatte. Das friedlich schlafende Gesichtchen der jüngsten Schwester trieb Helene plötzlich die Tränen in die Augen. So rosig und weich. Sie sah der kleinen Renate so ähnlich.

Die Erinnerung an damals versetzte Helene einen heftigen Stich: Renates Fingerchen hatten sich genauso um ihre Finger gelegt, sie hatte Helene, damals selbst erst sechs Jahre alt, mit ihren großen Augen gemustert, wenn sie ihr etwas erzählt hatte. Zarter Flaum war auf ihrem Kopf gewachsen, der den Abdruck der noch nicht zusammengewachsenen Fontanellen ahnen ließ, wenn man genau hinsah. Helene hatte so gern darübergestrichen, so weich, so musste sich reine Seide anfühlen.

Eines Abends war Helene wieder allein mit ihr gewesen, mit Renate, ihrer allerersten Schwester, ein kleines Würmchen von erst wenigen Monaten. Oma war ihre Schwester besuchen gefahren. Das tat sie nur selten. Und dieses Mal wollte sie gar nicht gehen, bis Helenes Mutter sie kurzerhand aus der Tür geschoben hatte.

»Nu mach schon, je früher du gehst, desto eher biste wieder da.« Oma hatte widerwillig genickt, ihre Tochter hatte ja recht, und dennoch: Sie hatte so ein ungutes Gefühl in der Magengegend, wie damals, als Opa Willy zum Angeln aufgebrochen und nicht mehr wiedergekommen war. Ihr Magengrummeln konnte allerdings auch von den alten Eiern herrühren, die sie heute Morgen gegen ihren Mantel eingetauscht hatte. Aus diesem Grund trug sie nun – sie sah etwas verwegen aus, aber das störte sie nicht im Geringsten – drei Jacken, zwei davon Strickjacken, übereinander. »Lieber warm als schön«, pflegte sie jeder Art von spöttischen Kommentaren den Wind aus den Segeln zu nehmen.

Sie setzte einen Fuß vor den anderen, redete sich selbst gut und zu, doch das Gefühl dumpfer Angst blieb. Alles in ihr sträubte sich an diesem Tag, ihre beiden Enkelinnen zu verlassen.

»Ick bin doch da, Mutter«, versuchte ihre Tochter Großmutters Zweifel zu zerstreuen, als hätte sie ihre Gedanken gelesen. Wieder nickte die alte Frau mit dem faltigen Hals und den lebendigen grauen Augen. Helene konnte in ihrem Gesicht ablesen, wie Herz und Kopf miteinander rangen.

Nach kurzem Zögern hatte Oma ins Zimmer hineingeschaut und gesagt: »Ick bring euch wat Schönet mit.« Es klang, als wolle sie sich selbst beruhigen. Diese dunkle Vorahnung ließ sich nicht abschütteln. Doch allein der Gedanke an ihre leidende Schwester und an etwas Handfestes im heimischen Kochtopf für die nächsten Tage – dort auf dem heruntergekommenen Hof vor der Stadt gab es immer noch mehr als hier – ließ sie schließlich doch gehen. Helene winkte ihr nach und freute sich schon auf Äpfel, Birnen, Käse oder Kaninchenkeulen, je nachdem wie erfolgreich Oma auf dem Land sein würde.

Als die Großmutter aus dem Haus war, wurde es ruhig. Zuerst flocht Helene ihrer Puppe versonnen die Haare, die aus schlammfarbenen Wollfäden bestanden, sang ihr vor und lauschte den vertrauten Geräuschen im Mietshaus. Ein Scheppern, ein Fluch, Gespräche, Wasser lief, irgendwo bellte ein Hund. Die Stunden vergingen, es begann zu dämmern.

Inzwischen war sie längst allein gelassen worden mit Renate. Eine Frau hatte circa zwei Stunden nach Omas Aufbruch an die Tür geklopft und ihre Mutter mit eindringlicher Stimme um Hilfe gebeten. Seitdem war Mutter unterwegs. Helene wusste nicht, wo. Aber sie wusste, was sie bei Renate, ihrer Minischwester, zu tun hatte, das hatte sie schon oft getan: Wickeln, im Arm halten, Fläschchen geben. Doch in den letzten Stunden hatte Renate immer nur geschrien. Helene hatte sie herumgetragen, ihr vorgesungen, sie im Nacken gekitzelt, wie sie es sonst so gern mochte. Doch Renates Gesichtchen war immer röter geworden. Ihr kleiner Körper immer heißer und Helene immer verzweifelter.

Als es dunkel wurde, nahm sie also, wie es ihr aufgetragen worden war, die schwere Glasflasche zur Hand und setzte den Nuckel darauf. Sie prüfte die Temperatur der Milch, damit sich ihre Baby-Schwester nicht den Mund verbrannte. Das hatte Mama ihr genau gezeigt. Schon vorhin hatte Renate nichts trinken wollen, ihre verquollenen Augen waren nur noch Schlitze, so sehr strengte sie das Schreien an.

Helene wandte sich Renate zu, die gefühlt seit Tagen weinte. Unterbrochen wurde ihr Schreien heute nur von immer öfter einsetzenden jämmerlichen Hustenanfällen. Sie soll viel schlafen, damit sie gesund wird, hatte Mama gesagt. Essen und schlafen, das würde helfen, vielleicht. Das Baby aber drehte den Kopf zur Seite, presste den Mund zusammen.

»Du musst doch was essen«, versuchte Helene ihrer kleinen Schwester gut zuzureden. Renate ballte die Fäustchen und öffnete wieder den Mund. Das nutzte Helene, steckte den Nuckel in das Mündchen und Renate trank, schluckte und schluckte. Endlich schrie sie nicht mehr. Helene fielen selbst schon halb die Augen zu, den ganzen Tag war sie auf den Beinen gewesen. Und hungrig war sie auch, sehr sogar.

Nun wurde es endlich besser, stiller. Renate weinte nicht mehr. Sie hustete nicht mehr. Sie war eingeschlafen. Helene legte die kleine Schwester in ihr Bettchen. So friedlich sah sie aus im Halbdunkel des Zimmers. Helene selbst schlief auch, neben ihrer Schwester wie eine Schnecke eingerollt, bis Mama kam. Die sah sie an, sah Renate an, riss das Baby aus dem Bett, schüttelte es, schrie und weinte dann. Helene war plötzlich hellwach. Renate schlief nicht. Sie atmete nicht mehr. Ihre Schwester war erstickt, wahrscheinlich beim Trinken.

Ein Polizist kam. Er sah Helene ernst an, ließ sich alles erzählen, befragte die Mutter und ging dann wieder – kopfschüttelnd und mit feuchten Augen. Renate wurde nicht zurück in ihr Bettchen gelegt, nie wieder. Sie steckten sie in eine kleine Kiste und brachten sie fort. Ihr neues Zuhause war auf dem

Friedhof an der langen Mauer zur Straße hin. Das hatte ihr Mama später erklärt. Renate würde nie wieder in Helenes Armen liegen, nie wieder mit den Ärmchen rudern und Babygeräusche machen.

Als Oma später erfuhr, was geschehen war, raufte sie sich die Haare, die über Nacht weiß geworden waren, und kam nie darüber hinweg, dass sie nicht auf ihr Bauchgefühl vertraut hatte.

Helene ging noch oft an dieser hohen Mauer des Friedhofs vorbei und kämpfte mit den Tränen, weil sie es sich ganz furchtbar vorstellte, allein in einer dunklen Holzkiste schlafen zu müssen, ohne Mama, ohne Oma, ohne sie. Helene hatte lange nicht recht verstanden, was damals genau geschehen war, und vermied es jetzt tunlichst, daran zu denken. Doch noch immer fühlte sie sich schuldig, wann immer sie an Renate dachte, noch immer versuchte sie, an ihren Schwestern etwas wiedergutzumachen.

Die Kinder saßen beim Doktor und warteten. Hannes' leichenblasses Gesicht zeugte von den Strapazen der letzten Stunden.

»Ist es sehr schlimm?«, wollte Margot wissen. Der Doktor schaute ernst drein.

»Es geht ihm den Umständen entsprechend gut«, sagte er. Und: »Ja, es ist schlimm.« Seine Patienten und deren Angehörige belog er nur im äußersten Notfall. Er war für die Wahrheit. Die kam im Alltag viel zu kurz seiner Meinung nach, vor allem in diesen Zeiten, selbst bei den Kindern.

Margot musterte Hannes erneut eindringlich, besah sich seine dick bandagierten Hände. »Wird er wieder … gesund?«

Vereinzelte Haare hingen dem Arzt in die hohe Stirn. »Ja, ich denke doch. Er ist jung und kräftig. Aber – wenn du die Finger meinst, ich bin mir nicht sicher, ob er seine Hände wieder so bewegen können wird wie früher.« Sie lauschten seinen Worten bestürzt. »Bei einigen Fingern waren die Sehnen verletzt, ich habe getan, was ich konnte«, fügte er hinzu. »Wir könnten ihn noch immer in ein Krankenhaus bringen, aber erst, wenn er stabiler ist.«

»Nee«, schüttelte Margot den Kopf. »Da werden die doch erst richtig krank. Kriegen Typhus oder Tuberkulose oder Lungenentzündung. Von denen, die reingehen, kommt die Hälfte nicht wieder heraus, sagt mein Opa. Und bei meiner Schwester war es genauso.«

Der Arzt nickte kaum merklich, Helene war sich einen Augenblick lang nicht sicher, ob sie richtig gesehen hatte. Der Moment verstrich. »Da hat dein Opa leider nicht ganz unrecht, aber die Versorgung wäre dort besser. Vielleicht würden sie nachoperieren.« Er wirkte nachdenklich.

Margot schwitzte nun vor Aufregung: »Aber, das können Sie doch jetzt übernehmen: Verband wechseln und so. Sie haben doch eh schon jetzt …« Sie unterbrach sich selbst, rotgesichtig und sichtlich aufgebracht. »Ich mein ja nur, heilen muss es doch jetzt ohnehin von allein, oder?«

Dr. Busemann nickte: »Ja, im Prinzip schon.«

»Na also. Und gesäubert muss es werden, und falls wirklich nachoperiert werden muss, können wa immer noch ins Krankenhaus gehen, oder?« Margot ereiferte sich immer mehr und sah mich flehentlich an. »Ihr wollt doch auch nicht, dass er ins Virchow oder so kommt, wo es eh nix jibt und die ganzen Kriegsversehrten da tagsüber stöhnen und nachts schreien? Wie soll er denn da jesund werden? Ick war da, ich weiß, wie es da ist.« Margot weinte jetzt. Helene versuchte sie zu trösten, doch sie ließ sich nicht beruhigen. »Bitte Dr. Busemann, Sie sind doch Arzt, Sie können dit, ich will nicht, dass er doch noch stirbt.«

Der Arzt schüttelte unwillig den Kopf, stand auf und kehrte ihnen den Rücken zu. »So einfach ist das nicht«, sagte er. »Er braucht Medikamente …«

»Die besorgen wir schon«, warf Margot leidenschaftlich ein. »Also, die bezahlen wir schon«, korrigierte sie sich.

Der Arzt sah sie an, einen nach dem anderen. »Wie Pech und Schwefel, wa?«, lächelte er. Er seufzte vernehmlich. Dann stimmte er zu. »Gut, wenn seine Eltern einverstanden sind, übernehme ich die Nachsorge.«

Helene hätte ihn umarmen mögen, Margot tat es einfach. Danach schmierte der Arzt Butterbrote für alle und sah nachdenklich aus dem Fenster zum Hof.

Helene brachte die Kleinen nach Hause; ihrer Mutter, die inzwischen wieder aus dem Krankenhaus entlassen worden war, ging es heute so gut, dass sie sich kümmern konnte, solange Helene bei Hannes blieb. Als Helene ihr von dem schlimmen Unfall erzählt hatte, hatte sie die Hände über dem Kopf zusammengeschlagen und ihr Genesungsgrüße aufgetragen. Außerdem hatte sie Helene angewiesen, sofort Hannes' Eltern Bescheid zu geben, aber diese waren noch auf der Arbeit.

Es dauerte Stunden in dem kleinen Behandlungszimmer, bis Hannes wieder richtig wach war. Zwischendurch hatte er ein paarmal kurz geblinzelt, »so schnell« gemurmelt und war wieder weggedriftet. Helene trank mit den anderen zusammen die dargebotene heiße Milch und dankte dem Arzt von Herzen. Sie war unfassbar erleichtert.

Fieberhaft überlegte Helene allerdings die ganze Zeit, wie sie ihn für seine Dienste bezahlen sollten. Helene wusste, er nahm nicht viel von denen, die nicht viel hatten, und das waren die meisten im Viertel, aber: Ein bisschen mussten sie zusammenkriegen, schon für die Medikamente. Hannes' Eltern hatten nichts außer einem Stall voll einst wilder Kaninchen.

Der Vater hatte seine Arbeit verloren, er war als Invalide aus dem Krieg wiedergekommen und konnte fortan nicht mehr als Schreinermeister arbeiten. Und Schriftsteller brauchte eh keiner. Einige Zeit hatte er als Zeitungsverkäufer gearbeitet, meist am Alexanderplatz. Zu jeder Tages- und Nachtzeit hatte er sich dort in den Windschatten gestellt und die neuesten noch druckfeuchten Schlagzeilen feilgeboten. Doch auch das war nun vorbei. Er verdingte sich als Tagelöhner, mehr schlecht als recht.

Hannes' Mutter versuchte sich als Putzfrau, doch sie war von schwacher Konstitution und die Arbeit mit den schweren Wassereimern machte ihr schwer zu schaffen. Sie behielt keine Stelle länger als ein paar Wochen.

Egal, ihnen würde schon etwas einfallen. Tat es doch jedes Mal. Zur Not würde Helene Gertrud fragen, die wusste immer einen Rat. Wenn auch nicht immer den besten.

4

Wochen später waren die Wunden verheilt. Hannes war wieder der Alte, nur seine Finger nicht. Mittel-, Ring- und kleiner Finger der linken Hand blieben gekrümmt. Die Sehnen waren so stark verkürzt, dass er die Finger nicht mehr richtig strecken konnte. Das vernarbte Gewebe machte die Haut dort zwar noch weniger flexibler, aber er lernte schnell, dass er mit dieser Hand von nun anders umgehen, greifen und agieren musste. Er trug es mit Fassung, zumindest nach außen hin. Wenn ihn jemand darauf ansprach, scherzte er: »Na, Konzertpianist werde ick wohl nich mehr ...«

Helene und Margot hatten zusammen mit den Erwachsenen die letzten Groschen hervorgekramt. Dem Arzt hatten sie einen Korb voll selbst gebackenen Brotes, Rosinenkuchen und Apfelmus als Dankeschön übergeben.

Irma hatte beim Zusammenpacken geschluckt, so sehr war ihr das Wasser im Mund zusammengelaufen. Doch dieses Mal hatte sie entgegen ihrer Neigung keinen einzigen Krümel stibitzt. Im Gegenteil, sie hatte ihre rote Haarschleife abgenommen und sie feierlich um den Henkel des Korbes gebunden, bevor die Kinder gemeinsam Herrn Dr. Busemann besucht hatten.

Es war Samstag. Ein schöner Tag und sie beide wollten noch einmal die weiße Pracht ausnutzen.

Hannes wartete schon. Helene holte ihn ab, sie waren zum Eislaufen verabredet. Der Winter hatte die Stadt fest im Griff, die Luft schimmerte, die Umrisse der Häuser und Bäume traten scharf hervor und die Kälte ließ die Augen brennen. Alles war irgendwie … sauber.

Heute war ein guter Tag. Helene hatte die Schwestern zu Hause bei ihrer Mutter lassen können, der es wieder etwas besser ging. Helene hatte sogar wieder die Schule besuchen können. Dort hatte sie sich auch für den Nachmittag mit Hannes verabredet, nur sie beide …

Auf dem Rückweg schlenderten sie durch die Stadt, beobachteten die Herrschaften, die diverse Einkäufe erledigten. Noch immer blühte der Schwarzmarkt und heimlich träumten Hannes und Helene von der dicken Blockschokolade und dem Corned Beef der Alliierten. Die Erinnerung an den Geschmack war aber auch zu schön.

An der Heinestraße legten sie eine kleine Pause ein. Noch etwas ungeschickt holte Hannes mit der verstümmelten Hand ein Päckchen hervor. Zerknittertes Zeitungspapier war um etwas Längliches geschlungen. Behutsam wickelte er es aus und grinste schief, als er Helene eine Hälfte einer Wurststulle hinhielt.

»Nicht schön, aber selten«, sagte er angesichts der etwas lädiert aussehenden Gabe. Helene griff erfreut zu und biss sofort hinein.

»Macht nüscht«, lachte sie. »Hauptsache, es macht Fettflecke.« Sie kauten vergnügt, drängten sich tiefer in den noch immer zerbombten Hauseingang, um Schutz vor dem eisigen Januarwind zu suchen.

Helene wischte sich die Krümel von den Handschuhen und sah tiefer in das dunkle Loch hinein, das einmal der Eingang in ein gar nicht so schäbiges Wohnhaus gewesen war. Einst mit Teppich versehene Stufen führten in den ersten Stock hinauf.

»Das müssen wir uns bei Gelegenheit mal genauer anschauen«, sagte sie.

Hannes nickte eifrig. »Unbedingt, das müssen wir ausbaldowern, aber heut is' schon zu spät.« Sie packten zusammen und gingen Seite an Seite nach Hause. Sie stupste ihn ungestüm in die Seite.

»Dumme Nuss«, gab er zurück und lachte.

Helene hatte eine Weile nachgedacht über sich und Hannes. Abends im Bett war sie kaum zur Ruhe gekommen, hatte an die Decke gestarrt, dem leisen Schnarchen Irmas neben sich gelauscht und sich vorgestellt, wie es wohl wäre, Hannes als Freund zu haben, als richtigen Freund.

Sie hatte es immer albern gefunden, wenn sie frisch Verliebte Hand in Hand gehen sah und wie die Täubchen turteln, doch so langsam begann sie zu ahnen, dass es irgendwie auch schön sein könnte. Dennoch fürchtete sie sich ein wenig davor, mit ihm allein zu sein, zugleich sehnte sie sich danach. Verflixt, es war nicht einfach. Mochte sie ihn? Liebte sie ihn gar? Nein, dafür war es noch zu früh. Aber, sie war sehr gern mit ihm zusammen, doch, ja. …

Ob er sie mochte? Ob er sich auch solche Gedanken machte? Ob er überhaupt an sie dachte? Sie glaubte schon … Zumindest wünschte sie es sich. Doch wie sollte sie es nun anstellen? Und ab wann war man eigentlich ein Paar? Ging das in ihrem Alter überhaupt? Und wie war das mit dem Küssen? Sie hatte so viele Fragen …

5

Helene hockte mit Gertrud unter der Treppe. Der Hohlraum unter den ausgetretenen Stufen war still, staubig und ihre eigene kleine Höhle. Hier trafen sich die beiden Freundinnen manchmal heimlich, um zusammen eine Zigarette zu rauchen, die das Nachbarsmädchen regelmäßig ihrem Onkel stibitzte. Gertrud war schon 16, kurvenreich und hatte es als Älteste mit fünf Brüdern faustdick hinter den Ohren.

Gerade erzählte sie von ihrem neuen Verehrer: Kurzwarenhändler und deutlich reifer als sie und sehr charmant. Natürlich durfte keiner davon wissen. Doch sie klang glücklich. Ein wenig dick trägt sie auf, dachte Helene, doch sie konnte immer etwas lernen bei Gertrud, und es war nie langweilig mit ihr. Außerdem brannte Helene eine Frage auf der Zunge; da war Gertrud sicher genau die Richtige …

Betont beiläufig fragte Helene sie: »Wie schmeckt denn so 'n Kuss? Ich meine, so ein richtiger?«

Gertrud hielt inne, blies runde Rauchwölkchen aus und musterte Helene aufmerksam und amüsiert. »Wat'n, biste valiebt?«

»Quatsch mit Soße!«, protestierte Helene etwas zu energisch. Vor Schreck verschluckte sie sich am kratzigen Zigarettenrauch und hustete lautstark. Sie schüttelte den Kopf.

»Is' ja jut, irgendwann erwischt et jeden«, lachte Gertrud. »Jott sei Dank!« Helene sagte nichts, versuchte unschuldig und desinteressiert auszusehen; beides misslang gründlich.

Gertrud knuffte sie in die Seite. »Mach nich so 'n Gesicht wie sieben Tage Regenwetter! Is doch irre toll! Ich sach dir: Die sajen, so Küsse wie im Kinofilm, die gibt es jar nich in echt. Abba ick sage dir: Die gibt et tatsächlich. Genau so und noch viel schöner!« Helene sagte immer noch nichts.

Gertrud ließ von ihr ab und besann sich auf die Frage. »Also, so 'n Kuss, so ein echter – nich dit Rumjesabbere uff'm Schulhof – ja, der schmeckt ... hm, schwer zu sagen: Irjendwie ... süß. Ein bisschen wie Schokolade.«

»Wie Schokolade?«, fragte Helene verwundert.

»Ja. Aber manchmal auch nach Linsen oder Tabak. Je nachdem«, grinste Gertrud. »Nur das Gefühl ... das ist ein bisschen wie Schokolade essen. Vorsichtig abbeißen und dann im Mund schmelzen lassen. Aber nur ...«, an dieser Stelle hob sie den Zeigefinger, »wenn du ihn wirklich sehr magst.« Sie drückte den Zigarettenstummel auf dem Treppenabsatz aus und steckte ihn in die Tasche.

Helene kam ins Grübeln. Kino ... Schokolade ... das klang doch gar nicht schlecht. Warum hatte sie dann nur solch einen Bammel davor? Einerseits wünschte sie sich nichts sehnlicher, andererseits hatte sie eine Heidenangst davor, Hannes zu küssen. Warum nur?

Sie ahnte die Antwort bereits: Weil es mit Hannes etwas ganz Besonderes war. Das war kein blödes

Kinderspiel, keine Mutprobe oder tölpelhaftes Ausprobieren – das hier war mehr. Das konnte sie ganz deutlich fühlen. In ihrem Bauch und in ihrem Herzen. Sie fasste Mut und beschloss, bei der nächsten Gelegenheit nicht wieder zu kneifen, sondern herauszufinden, wonach Hannes' Lippen schmeckten: Zartbitter? Vollmilch? Mandel-Nuss? Sie würde es herauskriegen, »dit ist mal sicha!«

6

Nach dem Aufruhr vorhin zu Hause – es gingen mal wieder die Läuse bei ihnen um –, genoss Helene die Zeit, die sie sich freigeschaufelt hatte. Sie wollte sich mit Hannes an der Brücke treffen und war schon auf dem Weg dorthin. Sie schmunzelte.

Die Geschwister, die alle den gleichen Kamm benutzten, hatten sich gerade eben zu Haus noch über das Backpapier gebeugt und zugeschaut, wie die ausgekämmten Läuse mit einem leisen Plong darauffielen. Jede wollte die Erste sein, die kleinen Körper mit dem Fingernagel knacken zu lassen. Die Mutter hatte sich geschüttelt und dann doch lachen müssen.

So durfte Helene noch einmal weg. Sie war einige hundert Meter auf dem harten Gepäckträger eines Fahrrads mitgefahren. Ein Schulkamerad, den sie unterwegs getroffen hatte, hatte es ihr angeboten. Ein eigenes Fahrrad besaß sie zur Zeit nicht. Nachdem ihr klappriges Familienrad, das sie damals gegen ihre Schuhe eingetauscht hatten, gestohlen worden war, hatte es keine Möglichkeit gegeben, ein neues zu besorgen. Helene bedauerte das sehr, fraßen die Fußwege doch viel Zeit. Zeit, die sie für anderes, als durch die Straßen zu latschen, verwenden wollte. Aber gut, sie würde sich mal mit Margot zusammensetzen und sich was einfallen lassen müssen …

Doch nun freute sie sich auf ihren Freund. Sie fühlte einen angenehmen Schauer beim Gedanken an Hannes' Mund und Augen, sein strubbeliges Haar, seine leicht vorstehenden Zähne, sein Lachen. Sie dachte überhaupt viel an ihn, musste sie sich eingestehen. Eigentlich immer …

Der Himmel schickte helles Licht auf sie herunter und Helene fühlte sich frei. Sie und Hannes waren zu der Hausruine zurückgekehrt. Auf der Südseite stand noch erstaunlich viel des alten Gebäudes, an der anderen Seite waren große Löcher in die Bausubstanz gerissen: Bröckelnde Backsteinmauern und marode Brandschutzmäuerchen zeugten von der Zerstörung der letzten Jahre. Gemeinsam taxierten sie forschend den Hauseingang.

»Komm, wir gucken mal«, sagte Hannes. Helene nickte. Sie folgte seiner spontanen Eingebung und ging ins Innere. »Vielleicht gibt es da oben noch wat zu holen. Eislaufen können wir auch ein andermal noch.« Helene ließ sich das nicht zweimal sagen. Sie war da ganz pragmatisch. Potenzieller Beute war sie nie abgeneigt. Zusammen hatten sie schon ein Dutzend Einmachgläser mit Obst, Gemüse und Marmelade nach Hause geschleppt, außerdem Messingzeug, Feuerholz, Decken, einmal sogar einen ganzen Herd. Sie hatten ihm die Rollen einer verbogenen Sackkarre untergeschoben und mühsam den ganzen Weg in die Hermannstraße bugsiert. Nur um dort beim Altwarenhändler festzustellen, dass er nicht mehr zu gebrauchen war und fast nichts einbrachte.

Im Halbdunkel des zugigen Flures schien es immer stiller zu werden. Sie kamen an verschiedenen

Wohnungstüren vorbei. Helene registrierte jedes Detail, den löwenkopfförmigen Türklopfer, die Zeitleiste im Treppenhaus, den einst dunkel lackierten Holzboden. Sie liebte fremde Räume. Am interessantesten waren die Kleiderschränke: Denn dort versteckten die Leute gern das, was sie für besonders wertvoll hielten. Helene hatte darin schon Orden, echte Spitze und Lebensmittel gefunden. Einmal sogar eine Schmuckschatulle. Die hatte sie dann aber doch dagelassen. Helene war ja keine Diebin. Sie besorgte nur Nützliches für ihre Familie, von dort, wo eben keiner mehr wohnte. Es war quasi, wie Dinge auf der Straße zu finden. Nur etwas umständlicher.

Sie stiegen die abgenutzten Stufen weiter hinauf und hielten zweimal inne, um zu lauschen. Nichts, nur das Rascheln von Mäusen. Im oberen Stockwerk hing die Tür in den Angeln. Sie waren nicht die Einzigen, vor allem nicht die Ersten, die hier ihr Glück suchten. Das machte das Plündern weniger schwer.

In der Wohnung roch es nach Ruß und Staub und alten Vorhängen. Die Scheiben waren geborsten, der Flur komplett ausgebrannt. Nur Ruß und Brandgeruch an den Wänden. Helene duckte sich unter zerfetzten Kabeln, herunterhängenden Leitungen und Deckenplatten hindurch, schob sich an umgekippten Möbeln vorbei, bahnte sich einen Weg durch das Chaos einer verlorenen Existenz. Berlin war immer noch tief verwundet, viele Menschen tot, verletzt, geflohen. Sie beide aber waren hier. Jetzt. Mit leeren Mägen und Köpfen, doch den Hauch einer Hoffnung – einander und ihrer Jugend geschuldet – verspürend.

Am Badezimmer ging es links vorbei. Fleißige Hände hatten bereits die Armaturen abgeschraubt, in Sicherheit gebracht, was noch eine Mahlzeit oder gar eine dicke Jacke bringen konnte. Einzig die bauchige Badewanne auf Klauenfüßen stand noch im Raum. Eine Reihe blau bemalter Kacheln säumte die Wand in Höhe des oberen Wannenrandes. Die Küche, ein hoher, heller Raum mit leicht durchhängenden Wandregalen und tönernen Töpfen auf der schmuckvollen Anrichte, war so restlos ausgeräumt, dass selbst die Mäuse Hunger litten.

Hannes und Helene durchquerten ein großes Zimmer, das einst sehr schön gewesen sein musste. Ein skelettiertes Klavier, ein vielteiliger Kronleuchter an der Decke, geschwungene Sitzmöbel, kunstvolle Gardinenstangen aus Metall und Reste von mit Gold bemalten Bilderrahmen, die einst Stillleben und Gemälde von Bergen und Auen gerahmt hatten.

Helene überlegte einen Moment, wie es wohl wäre, in solch einer Umgebung zu wohnen. Ihre Schwestern würden in einer Wohnung mit eigenem Bad aufwachsen, mit Kinderzimmern und einer Küche, die diesen Namen auch verdiente. Reine Wunschträume, aber schön. Sie konzentrierte sich wieder auf die vor ihr liegende Aufgabe und genoss dabei Hannes' Gegenwart. Unwillkürlich rückte sie näher an ihn heran. Mit ihm hier zu leben, wäre natürlich auch verlockend …

Als sie weiterliefen, stolperte Helene über einen verkohlten Puppenkopf und wurde schlagartig in die Gegenwart zurückkatapultiert. Hannes nahm ihre Hand.

»Wir müssen vorsichtig sein«, flüsterte er. Ob wegen der Einsturzgefahr oder etwas anderem, wusste Helene nicht, und es war ihr auch egal. Seine Hand war warm. Zusammen gingen sie weiter.

Vom langen Flur im hinteren Teil der Wohnung gingen verschiedene Türen ab. Ganz am Ende schien sich ein Dienstbotenausgang zu befinden: die Tür war verrammelt, mit Brettern vernagelt. Nun schlichen sie förmlich, unwillkürlich krümmten sie die Rücken und versuchten, die Geräusche um sie herum genau einzuordnen.

Sie öffneten die Tür zu einem Raum, der im Halbdunkel lag. Staub tanzte im Sonnenlicht, das in einem dicken Balken durch das vom Fensterkreuz geteilte Viereck fiel. Ein unbeflecktes Paradies. Nichts war versehrt. Es war unglaublich. Als wäre aller Schaden einfach an diesem Zimmer vorbeigegangen, hätte es einfach übersehen. Nichts hatte diesen Raum tangiert. Mitten im Chaos war es – einer magischen Bastion gleich – in seinem Urzustand geblieben. Nur von einem kleinen Schlüssel bewacht, der im Schloss gesteckt und mehr symbolischen Wert als schützende Funktion hatte.

Helene schaute sich verdutzt um: ein Schloss, Samttapeten, Damastvorhänge, Meissner Porzellan, weiche Teppiche, Holzintarsien an den Schranktüren. Es schien ihr unwirklich. Sie blinzelte. Schüchtern betrat sie den Raum, winkte Hannes herein und sah sich genauer um. Eine Kommode, ein Schminktischchen mit blindem Spiegel, eine Messinglampe mit seidenem Schirm. Was für ein schönes Zimmer! Helene fühlte sich königlich angesichts solcher Pracht.

»Wie im Museum«, raunte Hannes ehrfürchtig. Sie sahen sich um und entschieden sich, es das »Traumzimmer« zu nennen, noch nicht ahnend, dass sie – das Schlüsselchen in Hannes' Tasche sicher verwahrt – noch oft hierherkommen würden, um eine kurze Zeit dem Alltag zu entfliehen.

Das Sesselchen vor der Wand wirkte zierlich, der Plattenspieler funktionsbereit, die Schubladen wollten Helene ihre Geheimnisse zuflüstern. Das breite Doppelbett hatte einen Baldachin aus Gaze und lud zum Verweilen ein; ein wahrer Mädchentraum. Doch Helene zog der mannshohe, mächtige Schrank von Anfang an in seinen Bann. Sie liebte Schränke, große Schränke, hohe Schränke. Während des Krieges hatte sie sich oft in einem solchen verkrochen und verband seitdem den Geruch von Mottenkugeln mit dem Krachen und Donnern draußen, mit der Furcht vor Bomben und einstürzenden Häusern. Der Schrank war ihr Refugium gewesen, ihr hölzernes Schutzschild, das sie durch jede Nacht brachte. Umso heftiger hatte sie geweint, wenn sie schließlich doch hinunter in den Luftschutzkeller getragen wurde, weil die Luftangriffe zu nah kamen.

Dieser Schrank hier war dunkel und schwer: Es befanden sich Wäsche, Decken, Schuhe, Nähzeug und runde Hutschachteln darin. Der breite Spalt zwischen den Türen ließ die Tiefe dahinter erkennen.

»Sapperlot!«, stieß Helene aus. Was mochten all diese Schachteln wohl enthalten? Sicher nichts Nützliches, und doch vielleicht Schönes. Viel Schönes. Hoffentlich. Helene sehnte sich nach Schönem, sie wollte Schönheit. Mehr denn je. Sie war den Schmutz und den Schmerz so leid.

Hannes beobachtete sie. Langsam streckte Helene die Hand aus, berührte zaghaft den Griff. So vorsichtig, als fürchtete sie, dass der Schrank gleich einem Tier plötzlich zuschnappte und ihre Hand fraß.

Mit klopfendem Herzen öffnete sie die knarrenden Türen des hohen Kleiderschranks – weit, ganz weit. Nun lag die ganze Pracht vor ihr. Zusätzliche Fächer und Stangen waren hineingezogen worden, unterteilten den großzügig bemessenen Innenraum in abgegrenzte Bereiche des Luxus: Fein säuberlich zusammengelegt lagen die Schätze des Mädchens oder der Frau – wer auch immer hier gewohnt hatte – übereinandergestapelt. Hemdchen und Pullover, so dünn und feinmaschig, dass Helene der Stoff schier durch die Finger rutschte, hingen Seite an Seite. Weiße Strümpfe und Unterwäsche mit Bändchen und Rüschen bildeten helle Zuckerberge. Bauschige Überkleider, glockige Röcke warteten auf den Bügeln auf neue Betrachter und luden zum Berühren ein. Feine Strickware, zarte Blusen und vornehme Jacken säumten die Stange.

Nicht allein die Farben und Formen taten es Helene an; so elegant stellte sich Helene auch die einstige Pariser Mode vor, und dazu dieser Duft ... Die Kleidung roch sogar vornehm, trotz des Staubes. Ein Hauch schweren Parfums stieg ihr jetzt noch in die Nase ... Es roch nach weiter Welt, nach Kaffeehäusern, Opernbesuchen und sonntäglichen Ausflügen. Es roch nach Frieden, nach »vor dem Krieg«, wie Oma immer gesagt hatte.

Helene verlor sich einen Moment in den Provinzen ihrer Erinnerung: Sie hatte die Boulevards der Weltstädte vor Augen, auf denen hübsche Frauen mit jungen, schlanken Männern in den sündhaft teuren Boutiquen ihre Garderobe kauften, die sie noch schöner aussehen lassen sollte. Schlanke Linien, riesige Hüte, hohe Schuhe, glattes Leder und Spitze und Seide, wohin man blickte. Helene hatte so etwas schon gesehen. Nicht mit eigenen Augen natürlich. Aber in alten Katalogen und Modemagazinen. Auf vergilbten Reklameanzeigen. Es hatte auf sie gewirkt, wie Bilder von einem anderen Planeten. Aber Oma, sie hatte ihr bestätigt, dass es das alles wirklich gegeben hatte, ja, vielerorts noch immer gab. Dass die Menschen dort weiterlebten, als wäre nichts geschehen, als hätte nicht sechs Jahre lang ein Krieg durch Europa getobt, der so viele Seelen gefressen hatte. Die der Städte und vor allem die der Menschen, die überlebt hatten.

Helene wusste nichts von alldem, sie hatte nie etwas anderes als die brandgeschwärzten Mauern am Stadtrand und etwas Wald und See gesehen. Doch mithilfe dieser Bilder bekam sie eine Ahnung von den anderen Straßen einer anderen Zeit, einer Welt jenseits ihrer Möglichkeiten, aber innerhalb ihrer Träume. Oft hatte sie ihre Mutter gefragt, sie gelöchert, wollte mehr erfahren von »vor dem Krieg«, aber diese hatte stets mit bitterer Miene abgewinkt und nur gesagt: »Das Vergangene ist vergangen. Besser, du gewöhnst dich beizeiten an die Realität. Was anderes haben wir nicht.«

Hannes kam zu ihr, fuhr mit den krummen Fingern die Holzmaserung nach. Sie fühlten sich beide wie Kinder auf dem Jahrmarkt. In jeder Ecke gab es etwas Neues zu entdecken: ein Himmelbett, gefüllte Kommoden, Nippes, ein Holzschrank mit Intarsien, knarrende Türen, eine geheime Welt ... Stoffe und Farben, die Helene die Knie weich werden ließen vor Freude und Ehrfurcht. So etwas Schönes hatte sie ihren Lebtag noch nicht gesehen.

Hannes reichte ihr ein besonders feines Plisseekleid heraus und sie streifte es über. Es war zu groß, schimmerte aber wunderschön. Helene ließ sich übermütig vor dem Schminkspiegel nieder, wo sie einen Rest staubigen Puder fand und auftrug. Prompt musste sie niesen und Hannes lachte. In der Zwischenzeit hatte er sich einen albernen Hut vom Regal geangelt, einen Seidenschal umgelegt und stolzierte im Zimmer umher auf der Suche nach weiteren Schätzen. Schließlich blieb er bei ihr stehen und bot ihr den Arm.

»Darf ick bitten, meine Holde? Kaiser Wilhelm mein Name«, scherzte er.

Helene grinste, erhob sich und knickste. So wie sie sich das vorstellte beim Kaiser. Oder König. Beim Alten Fritz. Bei Königin Luise. Sie hob huldvoll den Kopf, schürzte die Lippen und säuselte: »Es ist mir eine Ehre, Ihre Bekanntschaft zu machen.«

Sie alberten herum wie junge Hunde. Sie gaben vor, hoheitsvoll durch den Tiergarten zu flanieren, dort an den Blumenrabatten entlang. Zu einer Zeit, als noch alles blühte und wuchs. Bevor Krieg und Zerstörung, Hunger und Not die Menschen gezwungen hatten, statt Blumen Kartoffeln ebendort in den Beeten anzubauen. Sie grüßten das imaginäre Volk, tätschelten die imaginären dargebotenen Kinderköpfe und setzen ihren Weg gemessenen Schrittes fort. Von einem Ende bis ans andere Ende des Zimmers, das wie die versunkene Stadt Atlantis erschien: wundervoll, nicht real und nur für ihre Augen bestimmt. Sie waren endlich einmal woanders, weit weg. Die Wände dieses Raumes schienen wie eine Seifenblase, zart und schimmernd – aber leider nicht von Bestand.

Doch bevor der Zauber verflog, passierte etwas. Etwas Bedeutendes. Als ahnten sie, dass die Zeit der Rückkehr nah war, blieben sie stehen, sahen sich eindringlich um, ließen die Augen über jeden Gegenstand gleiten, als wollten sie diese Bilder für lange Zeit in sich speichern.

»Schön«, hauchte Hannes andächtig. Immer dann, wenn sie es brauchten, würden sie an dieses Zimmer denken. Immer, wenn sie konnten, wollten sie es besuchen.

Helene schaute Hannes an, wollte etwas sagen, doch sein Blick ließ sie verstummen. Gespannt stand sie einfach nur da und wartete, was wohl als nächstes passieren würde, er schaute so komisch … Hannes umfasste Helenes Hand. Er nahm ihre Finger in seine gesunde Hand und streichelte diese zart. Vom Zeigefinger bis zum kleinen. Er kam noch näher. So nah, dass sie den kleinen Kratzer auf seiner

Wange sehen, den Geruch seiner Haut wahrnehmen konnte. Er senkte die Lider. Ihre Gesichter berührten sich nun fast.

Helene hob den Arm und zeichnete, einem plötzlichen Impuls folgend, die Kontur seiner Lippen nach. Und dann war es plötzlich geschehen: Ihr erster Kuss, seine warmen Lippen auf ihren, die Süße, die seinen Atem begleitete, die Überraschung, ihr rutschte das Herz förmlich in die Hose.

»Ach du liebes bisschen«, stammelte sie, als sich ihre Lippen wieder voneinander lösten. Sein verklärter Blick wich angesichts der Wirkung ihrer Worte. Er sah sie bestürzt an, plötzlich sehr unsicher.

»Es … es tut mir leid«, flüsterte er. Helene erkannte seine Betroffenheit und ihren Fehler. Nein, das Missverständnis, das ihre Worte heraufbeschworen hatte.

Nein, nein, so meinte ich das nicht, wollte sie rufen, doch sie brachte keinen Ton heraus. Ihre Stimmbänder schienen verknotet, ihre Kehle knochentrocken. Kein Wort kam über ihre Lippen. Stattdessen zog sie Hannes an sich, fühlte seine Wärme, lauschte seinem raschen Herzschlag. Sie umarmten sich lange und innig. Helene überspülte eine Welle von Gefühlen und veranstaltete einen kaleidoskopartigen Wirbel in ihrem Inneren: Alles auf einmal kam hoch, gierte nach Aufmerksamkeit und beschleunigte ihren Puls; die Aufregung, die Anziehung zwischen ihnen, der prickelnde Kuss … Wie Brausepulver auf ihren Lippen, die Kühle des fremden Kleides, das sie noch immer trug, die Leichtigkeit, das gleichermaßen sonderbare wie angenehme Gefühl der Ruhe, des Ankommens, des Geborgenseins. Sie spürte seine Lippen auf ihrem Hals, roch den schwachen Duft nach Seife und alten Büchern, der von ihm ausging. Sie schwebte wie auf Wolken und wollte niemals wieder landen. Sie hatten ihr Paradies in einem verlassenen Zimmer im 3. Stock in der Ecke Hubertus-/Rosenheimer Straße gefunden. Wie im Kintopp. Nur besser. Wer hätte das gedacht …

7

»Ich wusste et gleich, als ick dich heute gesehen habe«, konstatierte Margot am nächsten Morgen energisch. »Du strahlst wie 'n Tannenbaum, irgendwas is passiert … Lass dir nich' bitten: Erzähl schon!«

Helene wurde abwechselnd rot und blass und versuchte, sich nichts anmerken zu lassen. »Ach, i wo. Nüscht is passiert. Die Welt dreht sich noch genauso schnell wie jestern und doof bleibt doof«, erwiderte sie.

Ihre Freundin stemmte die Hände in die Hüften. »Muss ich es dir erst wieder aus der Nase ziehen, du Hasenfuß? Du weißt doch, ick kriege es eh raus. Also sag es mir lieber gleich …«

»Damit du es sofort der janzen Straße erzählen kannst …?« Helene biss sich auf die Lippen. Mist, sie hatte sich verquatscht.

»Also gibt es doch wat! Tatsächlich. Hatte ick doch den richtigen Riecher. Nu spuck's schon aus. Hand uufs Herz, da war wat, nich?«, drängte Margot unerschrocken.

Helene wand sich noch eine Weile, zierte sich, blockte ab, aber schließlich gab sie doch nach. Sie wollte es ja auch so gern jemandem erzählen. Es war einfach zu aufregend und schön gewesen. Margot lauschte aufmerksam.

»Süß jeschnäbelt wie die Täubchen hamse beede.« Helene machte einen Schmollmund. »Hat er dir ooch angefasst?«, fragte Margot unverblümt, als Helene sie wieder ansah.

»Äh, umarmt haben wir uns«, stotterte diese.

»Jut! Is'n Gentleman. Geht nicht gleich in die vollen beim ersten Kuss, find ick gut!«, erklärte Margot ungefragt.

Helene verdrehte die Augen, freute sich aber insgeheim. »Menschenskinder, du klingst ja schon wie meine Mutter. Nu dreh mal nich am Rad. Ist ja nüscht passiert …«

Margot lachte verschmitzt: »Wat nich is, kann ja noch werden …« Helene winkte genervt ab. »Und wann trefft euch wieder?«

»Morgen«, strahlte Helene ihre älteste Schulfreundin an.

»Schön, schön«, antwortete Margot versonnen. »Aber lass dir uff nix ein, hörste? Manche Kerle sind mit allen Wassern jewaschen. Der soll keene krummen Dinger versuchen. Sonst kriegt er es mit mir zu tun. Dann muss ick ihm uff'n Zahn fühlen. Und denn wird er die Rübe einziehen. Dann will er lieber 'n Mädchen sein, wenn ick mit ihm fertig bin, gloob mir. Ich werde aufpassen.«

Helene glaubte ihr, ungesehen. »Pflaume!«, kommentierte sie den überzogenen Beschützerinstinkt ihrer Freundin lakonisch. Dann stutzte sie. »Wieso eigentlich? Wie willst'n dit wissen?«, fragte Helene nun misstrauisch.

»Wat?«

»Ob er was vorhat.«

»Na, ich komm mit mit euch … Wat gloobsten du? Bin Anstandsfräulein.«

Helene seufzte tief und machte sich innerlich eine Notiz: Margot morgen abwimmeln. Sie grinste breit und zufrieden gingen die beiden Freundinnen zur Schule. Die Spatzen säumten im körnigen Licht des Morgens die Zäune und ein Straßenmusikant ließ seine Flöte erklingen … Ein guter Tag. Auf der ganzen Linie.

Dabei hatte der Tag früh und wenig erfreulich angefangen: Der schnauzbärtige Nachbar hatte im Hof lautstark mit den Eimern gescheppert und noch bei Dunkelheit das halbe Haus geweckt.

»Mach, dass de wegkommst, du Kanaille, sonst mach ick dir Beene!«, rief die Mutter aufgebracht aus dem Fenster, nachdem der Lärm das Baby aufgeschreckt und somit auch die anderen Kinder geweckt hatte.

»Es ist noch dunkel«, stellte Irma verschlafen fest.

»Ja, schlaf weiter«, versuchte die Mutter das Schwesterchen wieder zum Hinlegen zu bewegen. Aber wach war wach. Und hungrig.

Helene drehte sich um, wickelte sich fest in die Decke und bemühte sich, noch eine Mütze voll Schlaf zu erhaschen. Doch daran war nicht mehr zu denken. Der Lärm ebbte nicht ab.

»Du bist wohl mit'm Klammerbeutel gepudert worden …«

»Hör uff zu sülzen, du alte Hexe!«, kam es prompt retour.

Die Mutter schoss zurück: »Halt bloß die Backen still, sonst kiekste dir bald die Radieschen von unten an, du Hampelmann. So wat wie dich ess ick zum Frühstück!« Sie war furchtbar aufgeregt. »Der spinnt wohl, alle zu nachtschlafender Zeit zu wecken!«, schimpfte die Mutter mit dem knatschigen Baby auf dem Schoß.

Doch Helene bekam sofort gute Laune beim Gedanken daran, dass sie morgen nach der Schule wieder mit Hannes in die Ruinen gehen würde – ins geheime Zimmer, wo mit Gold durchwirkte Vorhänge und löchrige, aber seidene Halstücher auf sie warteten. So stand sie vergnügt auf, klatschte sich das eiskalte Wasser aus der Schüssel ins Gesicht, wünschte ihrer Mutter einen guten Morgen, verteilte großzügig Wangenküsse, kämmte ihr von der Nacht zotteliges Haar sorgfältig, umarmte Irma und Susi fest und machte sich daran, das Brot in Scheiben zu schneiden und diese mit Margarine zu bestreichen. Zur Feier des Tages griff sie in den Zuckertopf und streute jedem eine Prise Zucker übers Brot. Dann schmeckte es wenigstens nach was.

»He, ich …«, protestierte die Mutter, doch dann nahm diese dankbar das Brot und die Tasse mit der heißen, dunklen Flüssigkeit aus Helenes Händen entgegen. Helene entriegelte die Ofentür und stocherte mit dem Schürhaken in der Glut herum. Die dunklen Kohlereste glommen auf und es stoben Funken hoch.

Vor dem Fenster erwachte der Tag, rosa Schlieren zogen sich über den Himmel. Von Minute zu Minute wurde es heller im Zimmer und Helenes Herz klopfte. So schlecht war dieser Morgen doch gar nicht.

Sie konnte den Schulschluss heute gar nicht erwarten – Hannes und sie hatten sich heimlich in der Pause schon für heute Nachmittag statt für morgen verabredet. Die Stunden zogen sich hin; die Lehrer schienen heute in Zeitlupe zu dozieren und selbst das aufs Pult sausende Lineal der Pauker kam Helene irgendwie langsamer vor als sonst.

Nach dem Mittagessen zogen sie beide gleich los, vorbei an den Frauen mit Wäschekörben und dem Lädchen mit den Linsen- und Erbsensäckchen und den kleinen Schaufeln darin. Sie lief nicht, sie flog. Nur sie und Hannes. Erst waren sie etwas verlegen und zögerlich losgegangen, dann aber forschen Schrittes und schließlich glücklich und ausgelassen.

Sie kamen in »ihrem« Zimmer an, genau wie gestern. Helene holte erneut das Plisseekleid aus dem Schrank und Hannes schlüpfte in »seinen« Anzug. Sie neckten einander und legten sich beide angezogen aufs Bett. Nah beieinander lauschten sie dem Herzschlag des anderen, konzentriert darauf bedacht, nur keine unpassende Bewegung oder Geste zu machen. Helene musste kurz an Margot denken, verbannte den Gedanken aber rasch aus ihrem Kopf. Das hier gehörte ihr. Nur ihr allein. Ihr und Hannes. Nichts war wie zuvor: Aus Freundschaft war mehr geworden. Die Welt war hellrot eingefärbt und die Zeit hatte offensichtlich ihren Rhythmus geändert. Was sich einst ewig hingezogen hatte, dauerte nun nur Augenblicke. Stunden schrumpften zu Sekunden. Helene sah in den schweren Stoffhimmel, der das breite Bett überspannte, und kam sich vor wie im Märchen. Es schien ihr beinahe unwirklich. Hier zu liegen, in hübschen, wenn auch geliehenen Kleidern. Sie hielten verstohlen Händchen. Helene ertastete vorsichtig die verkürzten Sehnen an seinen Fingern. Etwas seltsam fühlte es sich schon an. Aber seine Hand war warm und fest. Er hielt die ihre und lächelte sie so glücklich an, dass sie schnell wegsehen musste. Helene fühlte sich so wohl, wenn auch ein wenig schwindelig. Ihr Kopf fuhr Karussell. Sie wollte am liebsten den Rest des Tages nur mit ihm verbringen. Ach was, den Rest der Woche, ihres ganzen Lebens …

Die ovale Küchenlampe warf ein helles Oval auf die Tischplatte. Helene schob sinnend einige Brotkrümel zu einem Häufchen zusammen. Es war nicht zu leugnen: Sie war verliebt. Verflixt, wie konnte das geschehen? Andererseits, wenn es immer so ist mit dem Verliebtsein, warum schimpften dann alle Frauen, die sie kannte, unablässig auf die Männer? Warum waren sie oft so frustriert? Weshalb schalten sie die Liebe eine Betrügerin?

Besonders wütend und verzweifelt waren die Frauen im Bekanntenkreis, wenn sich wieder mal ein Baby ankündigte, weil »der Kerl nich uffjepasst« hatte. Besonders arg war das, wenn sich der Erzeuger dann auch noch aus dem Staub machte, kaum dass die Wölbung, die die Leibesfrucht verursachte, zu sehen war. Sie kannte viele ledige Mütter, etwa die Hälfte der Kinder kannte ihren leiblichen Vater nicht. Auch Helene zählte dazu. Oft hatte sie sich deswegen gegrämt. Er soll Seemann gewesen sein, sagte man ihr. Ob das stimmte, ein Seemann – mitten in Berlin?

»Na ja, möglich ist alles«, hatte die Oma immer verlauten lassen. »Sogar, dass unsereins noch mal die Sonne sieht«. Hatte sie aber nicht. Oma war im Winter an einer Fischgräte erstickt. Vor den Augen ihrer armen Tochter, die absolut nichts für sie tun konnte und seitdem noch niedergeschlagener durchs Leben ging als sonst schon. Dabei war ihre Mutter erst knapp über dreißig Jahre alt, eigentlich gar nicht so alt, fand Helene. Auf jeden Fall zu jung zum Aufgeben. Aber diese ständigen Schmerzen und Sorgen …

Es waren gar nicht einmal die grauen Strähnen oder die feinen Linien, die sich allmählich im Gesicht ihrer Mutter abzeichneten, es war ihr Blick, in manchen Nächten der Blick einer Greisin. Im Gegensatz zu Gertruds Mutter zum Beispiel sah Helenes Mutter nicht gerade wie das blühende Leben aus. Ihr in den Schwangerschaften dünn gewordenes Haar hing meist strähnig herab oder war zu einem schmalen Zopf geflochten. Ihre Haut wies erste Falten auf, vor allem rechts und links vom Mund hatten sich zwei senkrechte Striche ins Gesicht gegraben. Die Haut ihrer Mutter hatte häufig einen ungesunden Stich ins Gelbliche. Ihre Wangen waren leicht eingefallen seit dem letzten Klinikaufenthalt. Ihre Beine waren stämmig, doch ihre Arme beinahe knochig, ihr Bauch weich und aufgeschwemmt.

Aber wenn sie lächelte – so richtig strahlend, konnte man das junge Mädchen erkennen, das sie einst gewesen war, das Seilspringen und warmen Apfelkuchen geliebt hatte. Ihre Augen konnten leuchten. Helene erinnerte sich an Ausflüge zusammen mit Oma in den Grunewald, doch waren sie mit den Jahren immer seltener geworden. Und obwohl Helene so gern dafür gesorgt hätte, dass ihre Mutter ihr hübsches Lächeln öfter herausholte, verlangten Alltag, Krankheit und Geldsorgen ihr doch zu viel ab, als dass ihr das oft gelungen wäre.

Im Gegenteil, die Gegenwart der Mutter empfand Helene mitunter bedrückend, immer öfter weinte diese bitterlich oder – was noch schlimmer war – saß einfach nur stumm da. Apathisch wie ein Zierfisch. Dann war sie wie eine leere Büchse ohne Boden: Alles fiel einfach durch sie hindurch. Egal ob Freude, Wut, Kummer, Glück, nichts blieb irgendwie hängen. Selbst ihre Augen schienen dann grau zu werden.

Helene war froh, wenn sie von zu Hause fliehen konnte. Immer öfter nutzte sie diese Möglichkeit, denn das Leid der Mutter verdoppelte sich in ihrer Gegenwart, schien sie mit hinabzuziehen und alle Freude im Raum aufzusaugen. Trost suchte Helene woanders. Bei Hannes, bei ihren Freunden, den Schwestern, wenn möglich, bei streunenden Hunden und Katzen im Park, weil sie selbst kein Haustier halten durfte. Ein getigerter Kater kam immer wieder. Sie fütterte ihn ein halbes Jahr lang. Bis er eines Tages einfach nicht mehr am gewohnten Treffpunkt erschien. Manchmal schien ihr abends, sie sähe ihn im Hof herumstreunen, aber nachts waren bekanntlich alle Katzen grau …

8

Die Stunden mit Hannes waren eine Wohltat. Es genügte schon, dass sie einfach nur zusammen waren. So wie heute.

Am Schlossplatz kam ihnen eine Horde rotwangiger Dreckspatzen entgegen. Sie warfen Steinchen und beobachteten das Paar. Man sah den Kindern förmlich an, dass sie etwas ausheckten.

»Rotzlöffel!«, grinste Helene und kam sich sehr erwachsen vor.

Die Kinder sprangen um das Paar herum und lachten hämisch. »Verliebt, verlobt, verheiratet«, sangen sie laut und falsch. »Knutschen, los knutschen!«, grölten sie. »Du darfst die Braut jetzt küssen.«

Passanten lachten im Vorbeigehen, eine Frau rügte Helene: »So 'n junget Mädel! Geh lieber nach Hause und hilf deiner Mutter …« Sie schüttelte missbilligend den Kopf und ließ nicht locker. »Biste nicht 'n bissen jung für so wat?«, fragte sie Helene vorwurfsvoll.

Helene ärgerte sich zwar, erwiderte nichts, drückte sich hinter Hannes' Rücken vorbei und schnitt der Frau Grimassen im Vorbeigehen. Sie hatte keine Lust zu antworten, fühlte sich unwohl in der Situation und seltsam verletzt. Warum taten immer alle, als sei das, was sie hatten, etwa Schmutziges?

»Demlack! Macht, dass ihr Land gewinnt!«, rief Hannes in der Zwischenzeit ärgerlich der kecken Kinderschar zu, die nach wie vor mit kleinen Steinen nach ihnen warf.

»Kusch!« Aus Hannes' Mund drangen zischende Geräusche, so, als wolle er Tiere verscheuchen. Er fuchtelte mit der Hand in der Luft umher und trat drohend einen Schritt vorwärts, doch das juckte die Straßengören kein bisschen. Im Gegenteil.

Sie erhöhten Lautstärke und Intensität ihrer Neckereien. Sie hopsten nun noch schneller herum und zogen den Kreis um die beiden immer enger. »Verliebt, verlobt, jeschieden. Verliebt, verlobt, jeschieden.«

Verheiratet fehlt, ihr Deppen, dachte Helene, während sie ein weiteres Steinchen an die Wange bekam. Sie zuckte zusammen. Nun war es aber genug!

Hannes sah, dass sie sich ärgerte, schon wegen dieser Frau gerade. »Jetzt macht euch vom Acker«, brüllte er, »sonst reißt mir der Jeduldsfaden.«

»Na und?«, riefen die kleinen Quälgeister. »Na und, na und – und dann?«

Hannes schüttelte drohend die Faust über dem Kopf. Er sah kein bisschen furchterregend aus. »Dann setzt es wat!«, rief er.

»Du darfst uns nicht hauen«, sagte ein hüfthoher Knips altklug.

»Außerdem kriegst du uns gar nicht, du Schnecke«, ergänzte sein älterer Kumpan.

»Lass et lieber nich druff ankommen!« Hannes war nun sichtlich sauer. Der Blick des Dreikäsehochs fiel auf Hannes' Hand.

»Was hast du denn da?«, fragte er neugierig. Bevor Hannes sich entschließen konnte, ihm zu antworten oder ihn zu ignorieren, zeigte der größere Störenfried mit ausgestrecktem Zeigefinger auf Hannes' verletzte Finger und grölte: »Krüppelhand, Krüppelhand!«

»Iih, ein Krüppel!«, fielen die anderen ein und versuchten, einen Blick auf die deformierte Hand zu erhaschen. Faszination mischte sich mit Ekel und Schadenfreude. Helene schaute erschrocken hoch ins angespannte Gesicht von Hannes. Das ist gemein, gleich wird er explodieren und die ganze Bande nach Strich und Faden verdreschen, dachte sie. Zu recht, wie sie fand, alles können die sich auch nicht erlauben. Unwillkürlich ballte sie die Fäuste.

Doch zu ihrer Verwunderung blieb ihr Freund und Klassenkamerad ruhig. Ganz und gar ruhig. Er verzog keine Miene. Er schaute weder böse noch verletzt. Er ließ den Arm sinken, blieb stehen und schien einen Augenblick lang weit weg zu sein. Dann besann er sich und lächelte. Die »Krüppelhand«- und »Eklig«-Rufe perlten wie Wassertropfen an ihm ab. Keine der Beleidigungen schien zu ihm durchzudringen. Er schaute auf und ging weiter. Noch einige Male versuchten die Kinder ihn aus der Reserve zu locken, Erdklumpen flogen, Beleidigungen wurde abgefeuert; beides verpuffte wirkungslos. Allmählich verloren die Bälger das Interesse. Sie gaben auf und zogen ab. Helene und Hannes standen wieder allein dort am Park unter den alten Ulmen.

Plötzlich kam ein kleines Mädchen zurückgerannt, sie traute sich kaum heran, war aber sichtbar neugierig. Helene musterte die übergroße Jacke des Mädchens – sicher von einem der größeren Geschwister »geerbt« –, ihren trotz des Straßenstaubs glänzenden Lockenkopf. Das Mädchen blieb schüchtern stehen. Helene ging ihr spontan einen Schritt entgegen, allerdings jederzeit bereit, ihr für eine Frechheit die Leviten zu lesen. Das Mädchen schaute ein wenig ängstlich, als sich Helene zu ihr hinunterbeugte. Dann fasste es sich aber ein Herz und fragte mit erstaunlich kräftiger Stimme:

»Liebt der da dich?« Sie zeigte auf Hannes, der ein Stück hinter Helene stand.

»Ick weiß et nich«, sage Helene perplex. »Vielleicht.« Das schien dem Mädchen als Antwort zu genügen. Sie nickte.

»Doch doch«, sagte sie, »dit sieht man. Da ham die andern recht.« Sie schwirrte ab. Helene musste lächeln.

»Was war dit denn für'n Auftritt? Die Kleene hat mich gleich an deine Schwester Susi und ihre direkte Art erinnert.« Hannes sah zu Helene. »Wat wollte sie?«

Helene zögerte. »Was wissen«, antwortete sie ausweichend.

»Und wat?«, hakte er nach.

»Äh, … wat Liebe ist«, druckste sie herum.

Er hob die Augenbrauen. »Ach?« Er zögerte kurz. »Und wat haste jesagt?«

»Ich weiß es nich jenau, hab ick gesagt.«

Dieses Mal zog er die Augenbrauen zusammen. »Nicht?«

»Weißt du es?«, wollte sie wissen.

»Was Liebe ist?« Hannes hielt kurz inne und rieb konzentriert seine krummen Finger. »›Warme Füße und ’n offenes Ohr‹, sagt mein Vadder, ›und wenn se dann noch kochen kann: Sechser im Lotto‹.« Hannes grinste. »Mein Alter ist da ganz pragmatisch.«

»Und du?«, fragte Helene.

Hannes schien nun doch unsicher. »Ich?«

»Ja, oder steht da noch einer mit ’ner dicken Mähne und roten Backen?«, flachste sie.

»Also ick … ick weeß nich recht.« Jetzt lächelte er sie an, seine Hand berührte zögerlich ihr Haar. Er sah ihr in die Augen.

»Hm. Hübsch muss se sein. So wie du«, fügte er leise grinsend hinzu.

»Ick bin doch nicht hübsch!«, hätte Helene am liebsten protestiert, biss sich aber gerade noch auf die Lippen. Wenn er das meinte, warum sollte sie es ihm dann ausreden? War doch schön. Aber sie war erstaunt. Ehrlich erstaunt, dass sie einer, und dann noch Hannes, als hübsch bezeichnete. So dünn und unweiblich, wie sie sich manchmal fühlte, vor allem neben der üppigen Margot.

Hannes drehte sie ganz zu sich herum: »Darf ick dich uff andre Gedanken küssen?« Helene hatte nichts dagegen einzuwenden. Die Kinder grölten von Weitem, kamen aber nicht zurück.

Es dämmerte. Sie spürten die Kühle des Abends heraufziehen.

»Oje, kurz vor knapp. Es wird Zeit.« Helene verabschiedete sich hastig von Hannes, drückte seinen Arm und rannte davon. Ihre Lippen brannten noch angenehm von Hannes’ Kuss. Sie lief schneller.

Etwas trieb sie nach Hause. Als hätte sie es geahnt. Schon im Treppenhaus hörte sie die aufgeregten Stimmen aus ihrer Wohnung. Zu Hause tobte das Chaos: Susi hatte alle Schränke und Schubladen leer geräumt. Irma versuchte, die Dinge wieder an Ort und Stelle zu legen und gleichzeitig ihre kleine Schwester davon abzuhalten, weiterhin Kleidung, Besteck und Windeln wahllos auf Boden und Betten zu verteilen.

»Hör uff«, rief sie aufgebracht. »Mama wird toben.« Susi nahm keine Notiz davon. »Hör sofort uff damit!« Irma war schon ganz außer Atem vom Herumschreien. Sie langte nach ihrer Schwester, die ihr aber dank jahrelanger Übung geschickt auswich, trotz der Enge im Wohnraum.

Susi ließ sich nicht davon abbringen, Türen und Schubladen aufzureißen und »Hugo?« hineinzuschreien. Panisch kramte sie in jeder Ecke, Tränen in den Augen. Sie suchte verzweifelt ihren Hugo. Hugo war ein Stofftier, eine Mischung aus Hund und Teddy, ein »Heddy«, wie Hannes beim Anblick des einäugigen, langgliedrigen, inzwischen schwanzlosen, blank geliebten Kuscheltieres gern feixte, selbst genäht, heiß geliebt und immer beim Einschlafen dabei. Außer jetzt. Er war weg, verschwunden, wie vom Erdboden verschluckt, hatte sich in Nichts aufgelöst und die kleine Schwester mit ihm in Tränen.

Es herrschte ein heilloses Durcheinander, als Helene eintraf. »Was ist denn hier los? Dit reinste Irrenhaus.« Sie stand wie angewurzelt im Türrahmen und besah sich das Tohuwabohu. Zwischen all den

Laken und Jacken, Gabeln und Messern krabbelte munter das Baby herum. Helene blieb fast das Herz stehen. Nie wieder durfte ein Baby hier bei ihnen in Gefahr geraten. Das würde sie nicht zulassen. Und wo war überhaupt ihre Mutter?

»Wo is Mutti?«

»Beim Schuster, hatse jesagt«, gab Irma kurz zurück. Helene sah auf einen Blick, dass alle Schuhe auf dem Klodeckel standen. Egal. Darum musste sie sich später kümmern. Helene hastete in die Mitte des Raumes und schnappte sich ihre kleinste Halbschwester. Irma hielt Susi fest und versuchte, sie zu beruhigen. Die Kleinere wehrte sich aber mit Händen und Füßen.

»Rück mir nich so uff'n Pelz. Ich muss ihn finden!«

»Aber so doch nich.«

»Lass los. Oder ick hau dir uff die Rübe«, drohte Susi außer sich.

»Dumme Nuss!«, entgegnete Irma, ließ ihre Schwester aber los.

Wieder wühlte diese auf dem Boden herum, warf achtlos eine Schere hinter sich und verfehlte Irma nur um Millimeter. Diese stürzte sich sogleich erneut auf ihre Schwester, die mit dem Arm prompt gegen die Tischkante knallte und schrie.

»Stopp, das ist gefährlich«, brüllte Helene nun fertig mit den Nerven, das Baby an sich gedrückt. »Seht ihr nicht, was ihr anrichtet?«

»Wieso wir, sie hat anjefangen?!«, heulte nun Irma.

»Gar nicht. Du hast Hugo versteckt«, kreischte Susi.

»Nüscht hab ick. Nur weil du Baby deinen Teddy inner Bettritze verloren hast, benimmst du dich wie in 'ner Irrenanstalt: Wir sind doch hier nicht inner Klapse … Verletzt haste mich ooch«, klagte Irma an und zeigte triumphierend einen großen roten Striemen am Arm vor.

»Jetzt ist aber Schluss! Ick würde euch am liebsten alle beede den Hintern versohlen.«

Die Mädchen wurden plötzlich still. »Aber nich mit'm Jürtel«, sagte Irma leise.

»Natürlich nicht«, rief Helene. Im gleichen Moment stellte sie sich bang die Frage, wie Irma auf diese schreckliche Idee kam, mit dem Gürtel verdroschen zu werden. Der Gedanke schüttelte sie innerlich. Doch erst einmal musste sie hier durchgreifen. Sie atmete tief ein und sagte:

»Seht ihr nicht, dass hier Messer herumliegen? Hier kann sich jemand ernsthaft verletzen!«

Verdutzt drehten die beiden Streithähne ihre Köpfe. »Hier könnte jemand sterben, das Baby …«, erklärte Helene. Ihre Stimme war ruhig, leise, aber deutlich zu vernehmen. Sie selbst fühlte sich wie Wackelpudding. Schwach, rückgratlos, matschig. Aber sie musste für Ordnung sorgen. Einer musste es ja tun. Erst jetzt fühlte sie, wie müde sie eigentlich war.

Susi schrie schon wieder, Irma keifte, das Baby greinte. Helene hätte sich am liebsten die Ohren zugehalten. Sie stampfte wütend mit dem Fuß auf. Keine Reaktion.

»Wenn ihr nicht sofort damit aufhört, gehe ich weg und komme nie mehr wieder.«

Im selben Augenblick bereute sie ihre Worte schon. Aber sie waren bereits aus ihrem Mund geflogen und hatten sich schwer auf die Herzen der Schwestern gesetzt. Helene konnte sehen, wie sich die Angst in Irmas Magengrube fraß und Susi plötzlich stocksteif dastand.

Irma sah Helene aus großen, erschrockenen Augen an und schluckte. Sie nahm Susi wortlos bei der Hand und kam zögerlich auf Helene zu. Tränen schossen ihr in die Augen, die sie gar nicht erst versuchte, zurückzuhalten.

»Nein, bitte nicht«, flehte sie herzzerreißend und Helene schämte sich.

»Dann lieber verhauen«, flüsterte Susi tonlos.

Helenes Herz zog sich krampfhaft zusammen. Was hatte sie gesagt? Sie konnte die Angst, ja die Verzweiflung ihrer Schwestern förmlich greifen und schwor sich, sie nie niemals im Stich zu lassen. Sie hatte neben ihrer kranken Mutter noch Oma gehabt. Die beiden, die drei hier, hatten nur noch sie.

Helene trat ebenfalls einen Schritt auf die Schwestern zu, dann noch einen und noch einen. Sie öffnete die Arme und sah Irma und Susi ernst an. Dann schüttelte sie den Kopf und strich mit beiden Händen über das weiche Haar der Schwestern.

»Hört mal zu: Dit mach ick nicht«, flüsterte sie beinahe tonlos.

Irma schmiegte sich erleichtert an die große Schwester und weinte hemmungslos. »Dann wären wir nämlich ganz alleene, nur mit Mama …«, schluchzte sie.

Helenes Augen brannten, sie streichelte Irma tröstend über den Kopf und tätschelte ihre Schulter. »Keene Sorje, ich hau nie ab.«

»Nie?«

»Niemals, versprochen! Es tut mir leid, dass ick dit gesagt hab – is mir so rausgerutscht im Eifer des Jefechts.«

Doch Irma konnte sich lange nicht beruhigen. Helene streichelte abwechselnd ihr und Susi beruhigend über die schmalen Rücken. Irgendwann wurde es besser. Irma drehte an ihrem Ärmel herum. Nach einer Weile seufzte Helene tief und wischte nun auch Susi mit dem Ärmel die Nase ab.

Das Baby war in der Zwischenzeit in dem Körbchen, in das sie es kurz abgelegt hatte, eingeschlafen. Schummriges Nachtlicht fiel von der Straße durch das Fenster herein. Irgendwo knarrte eine Stufe im Haus, eine Spülung rauschte. Helene konnte ihren eigenen Atem und den ihrer drei Schwestern hören.

»So ihr zwei, nun mal los. Jetzt lösen wir das Hugo-Problem.« Sie schob die beiden voran. »Ihr sucht zusammen da hinten, ich hier vorn.«

Langsam bewegten sie sich durch das Zimmer und suchten konzentriert und ruhig nach dem verschollenen Kuscheltier. Nichts. Er war nicht aufzufinden.

Susi setzte sich in den Sessel. »Pause«, sagte sie und lehnte das Köpfchen an die Lehne. Ihre Lider wurden schwer und schwerer. Das Licht von draußen schwächer. Helene schaltete zusätzlich die Küchenlampe an.

»Faule Socke, hilf mit!«, schimpfte Irma schon wieder auf Susi, die schon fast im Sessel eingeschlafen war.

»Schnullifax, Große. Nu lasse doch. Du siehst doch, wie müde sie is«, beschwichtigte Helene ihre Schwester. »Die hängt doch schon wie'n Schluck Wasser inner Kurve ...« Sie deutete mit dem Kopf zu Susi. »Wir zwei Großen kriejen dit ooch alleene hin, wa?«

Irma nickte und grinste. »Haste recht!« Die beiden ältesten Schwestern stellten leise das Radio an, suchten Musik heraus, die ihnen gefiel, und schauten nach dem Baby. Zu zweit durchkämmten sie in aller Ruhe die ganze Wohnung nach Heddy.

Letztendlich fand Helene ihn hinter dem Ofen. Total verschwitzt hielt sie lachend Irma das olle, halb zerfledderte Ding hin.

»Mensch, da issa! Mir looft die Suppe runter, so schwitze ick.«

Irma lächelte: »Ja, mir is' ooch warm.« Sie tupfte sich den Schweiß von der Stirn. »Nu können wa uns endlich uff's Ohr hau'n.« Helene nickte.

»Ach. Wat jibts zum Abendbrot?«, wollte Irma wissen.

»Brot mit Stulle«, antwortete Helene knapp. Irma krauste die Stirn. »Zieh bloß nicht so 'ne Flappe. In der Not frisst der Deibel Fliegen ...«

»Iiiih«, machte Irma. »Ich mag keine Fliegen essen.«

»Musste ooch nicht, heute gibt es Regenwurm-Eintopf.«

Nach dem Abendbrot – bestehend aus Haferflockensuppe und Zimtbrot – brachte Helene auch Irma zu Bett. Irma umarmte Helene heute besonders lang. Sie hielt ihre Arme um den Nacken der Schwester geschlungen, als wolle sie diese nie wieder loslassen.

»Jehste wirklich nich weg, versprochen?«, fragte sie die große Schwester ängstlich.

»Wirklich nicht, Indianer-Ehrenwort!«, antwortete Helene.

»Schwörste?«, wollte Irma wissen. »Schwör bei Hannes«, forderte sie. Helene zögerte nicht und schwor auf Hannes. Dann endlich ließ Irma sie frei und rollte sich unter der Decke zusammen. Das Zähneputzen ließen sie heute ausnahmsweise ausfallen.

Helene saß noch auf dem Stuhl am Fenster und studierte den seidendunklen Nachthimmel. Sie bestaunte die vielen tausend Sterne, die beinahe ihr Sichtfeld sprengten, und überlegte, ob Hannes wohl auch gerade zu dem Viereck hinaufsah, das so scharf von den Hauswänden im Hinterhof begrenzt wurde. Und was er wohl dachte …

»Jehört sich nicht. Techtelmechtel, is schneller vorbei als 'n Regenschauer und unnützer als 'n drittes Been«, hatte Helene die Nachbarin neulich abschätzig sagen gehört, als es um die Liebelei zwischen zwei jungen Menschen ging. Warum nur waren die so gemein, nahmen sie nicht ernst? Wo ihre Mutter war, fragte sich Helene nicht. Sie fürchtete sich vor der Antwort. Zu groß war das Loch in ihrer Seele. Sie musste auf eigenen Beinen stehen.

In der Nacht hörte Helene ihre Mutter heimkommen, wie sie sich leise raschelnd entkleidete und dann vernahm Helene das Quietschen der Matratze. Sie drehte sich zur Wand und schlief endlich ein.

9

Der kleine See war noch immer gefroren. Wann immer es ging, trafen sich Hannes und Helene in den Ruinen oder hier am See. Beim Eislaufen auf dem gefrorenen Gewässer fühlte sich Helene herrlich frei. Die geliehenen Schlittschuhe waren zwar ein wenig unbequem, aber es machte solch einen Spaß, mit Hannes Hand in Hand über das Eis zu sausen, vor allem bei Sonnenschein, dass ihr dieser Umstand herzlich egal war. Nun, gegen Ende ihrer Ausflüge, machten sich die Frostschäden an ihren Füßen mitunter schmerzhaft bemerkbar; dann wurde sie wieder zur »Hinke-Erna«.

Das Schlittschuhfahren, der schneidende Wind, die glänzenden Eiskristalle, ja selbst die Kratzer und Brüche im Eis waren ein Geschenk. Butterbrotpapierknistern, heißer Muckefuck aus der Kanne, Bahnen fahren, Kreise drehen, mit glänzendem Raureif überzogene Zweige und Blätter. Welch ein Kontrast zur Enge und zum Mief zu Hause in der kleinen, ärmlichen Wohnung voller Geschrei, Breiflecken und Sorgen … Hier war sie frei: Luft, Licht und Sonne. Und Hannes … Es gab aber auch fiese Stolperfallen auf der Eisfläche, die aus dem Nichts aufzutauchen schienen, wenn man darüberfuhr, und einen aber hart zu Fall bringen konnten. Helene sah wunderschöne Eiskristalle, grazile Risse, unter der Oberfläche erstarrte Luftblasen, Schönheit und Helligkeit, so weit man blicken konnte.

Helene sog die herrliche Luft in ihre Lungen und lächelte. Auch Hannes taten die Ausflüge gut. Er philosophierte gern in der Natur:

»Eislaufen ist wie leben: wunderschön, aber saugefährlich. Du weißt nie, wann du wo einbrechen könntest. Und ob dir dann jemand helfen kann oder ob du einfach nicht mehr auftauchst …«

»Wer sagt denn so wat? Brecht?«

»Nee, icke!« Helene grinste nur und kuschelte sich an ihn. »Achtung«, sagte er, »da kommt der schöne Erich.« Helene zuckte nur mit den Schultern. Der »schöne Erich«, ein Beau wie frisch von der Leinwand, interessierte sie nicht die Bohne, was Hannes gleichermaßen aufmerksam wie zufrieden registrierte.

Schon kam die nächste Truppe, Taschen flogen, Rufe ertönten: Und schon rannten die Schüler in einem Affenzahn hintereinander her. Ein Hund lief laut kläffend auf den See einem Stock nach, schlitterte an Herrchen vorbei, das prompt auf das Steißbein fiel, und ruderte beim Bremsversuch wild mit den Pfoten. Diese Szene löste allgemeine Heiterkeit aus. Klein und Groß waren unterwegs, auf Kufen, mit dem Schlitten oder auch ohne … es war toll. Oft traf sich die halbe Schule am See.

Manchmal nahm Helene ihre Geschwister mit. Doch am meisten genoss sie die Zeit, die sie allein mit Hannes hatte. Es war das beste am ganzen Tag, mit ihm zu reden oder einfach zu schweigen. Mit Hannes konnte man gut schweigen. Es war nie langweilig oder peinlich. Es war ein gutes Schweigen, ein einvernehmliches. Und Helene bemerkte immer mehr, wie viel ihr der schlaksige Gefährte bedeutete.

Hannes und Helene war es inzwischen auch nur noch selten unangenehm, wenn man sie Hand in Hand oder Arm in Arm gehen sah … Gegen dumme Sprüche hatten sie sich inzwischen ein dickes Fell zugelegt. Das Gleiche galt für Hannes' einstige Verletzung: »Krüppelfaust«- oder »Piratenhand«-Rufe machten dem hoch aufgeschossenen jungen Mann schon längst nichts mehr aus. Sie fühlten sich zusammen stark, und alles andere wurde unwichtig. Genau wie im Kino …

Eines Nachmittags schenkte Hannes Helene eine Papierrolle. Helene entrollte sie vorsichtig und betrachtete aufmerksam die Zeichnung. Sie war schön und mit feinen Strichen aufs Papier gebracht worden. Sie zeigte ein Mädchen mit großen Augen und einer kleinen Nase. Ihre Haare fielen nachlässig in die schmale Stirn.

»Wer ist das?«, wollte Helene wissen.

»Na du! Wer sonst?«, antwortete Hannes.

»Ick? Die da? Nie und nimmer! Na, du bist mir ja 'ne Marke! Willste mir verhohnepipeln? Da biste aber schief jewickelt. Ick lass mir keen X für 'n U vormachen.«

»Aber nein! Ey Keule, dit würde ick doch nie wajen …« Er grinste und sah sie herausfordernd an, dann duckte er sich und hielt die Hände schützend vor den Kopf. Doch sein Gesicht strafte seine Haltung Lügen. »Sonst machste Kleinholz aus mir, dit weeß ick ja schon.«

Helene stemmte die Hände in die Hüften: »Dit is ja zum Auswachsen mit dir! Jetzt stell mal die Löffel auf: Veräppel mich nicht!«

»Verdammt nein! Das tue ich nicht. Immer so ein Heckmeck mit dir. Tu ich nicht: Ehrenwort. Wirklich nicht«, wehrte Hannes ab. »Mit dir is heut wohl nich gut Kirschen essen …«, stellte er etwas enttäuscht fest, als seine Freundin keine Anstalten machte, einzulenken.

Helene besah sich das Porträt noch einmal. »Doch, doch. Natürlich. Es ist nur: Das ist so schön.«

Hannes sagte nichts, aber sie sah genau, dass er sich freute. »Man braucht doch Schönes, haste jesacht«, grinste er breit.

Sie nickte. »Ja, viel mehr Schönes bräuchte man …«

»Deshalb … Es gibt nüscht Jutes, außer man tut es«, grinste Hannes. »Und ick hab wat Schönet vor der Nase.« Er kitzelte sie leicht am Hals.

Helene lachte und versuchte, seine Hände abzuwehren. »Du hast nur Flausen im Kopf«, sagte sie und wuschelte ihm verliebt durchs dichte Haar. Von ihr aus könnte er ihr jeden Tag so ein schönes Bild schenken. Sie würde sie sammeln, aufbewahren – in der breiten Zigarrenkiste unter ihrem Bett. Außerdem hatte sie jetzt schon eine Idee, was das Geburtstagsgeschenk für ihn betraf …

Die Mädchen spielten Kaufmannsladen im Innenhof ihres Hauses.

»Du hast schon wieder zu viel abgezogen«, krakeelte Susi gerade herum, während Irma mit

Unschuldsmiene unauffällig das Spielgeld, einzelne Steine und Blätter, in ihrer Rocktasche versinken ließ. Daneben kochten die Nachbarskinder auf einer Ablage Bohnensuppe.

»Aber mit Speckwürfeln drin«, ließ das kleine langhaarige Mädchen mit dem hängenden Lid Helene stolz wissen. Sie rührte sehr geschäftig in ihrem verbeulten Kochtopf herum und schmeckte die Suppe zwischendurch immer wieder gewissenhaft ab, sodass schon ein kleiner Eierpampenbart an ihrer Oberlippe klebte.

Zwei etwas größere Kinder spielten Ball. Als er zur Seite flog, bat der eine den anderen, den Ball zu holen.

»Dann jibst du mir wat von deine Malzbonbons«, forderte der Größere.

»Nüscht da, dit is ja Erpressung«, protestierte der Kleinere.

Der Große schüttelte ruhig den Kopf: »Nee, dit is keene Erpressung nich. Dit is 'ne Feststellung. Du nimmst jetzt mein Anjebot an oder et setzt wat ...«

Achselzuckend lief der Kleine ums Haus, der Große setzte sich auf die Steine und wartete. Der würde wiederkommen, mit Malzbonbons. Er kannte seine Pappenheimer ...

In den oberen Stockwerken öffnete sich ein Fenster zum Hof.

»Du«, dröhnte eine tiefe Männerstimme herunter. Helene war es, als könne sie die tief sinkenden Stimmenschwaden sehen, »lass meinen Hansi zufrieden. Sonst setzt es wat! Verstanden? Und koof dir deine Bonbons alleene!« Damit knallte das Fenster zu und der Junge trollte sich. Wahrscheinlich, um sein Glück woanders zu versuchen. Kinder gab es ja schließlich genug.

Die Mädchen hatten sich unterdessen Schnüre um Brust und Bauch gespannt und spielten Pferdchen. Noch einmal so klein sein, dachte Helene wehmütig. Wobei, wollte sie das wirklich? So klein sein hieß ja auch hilflos, verletzlich sein. Sie erinnerte sich an die Kloppe, die sie als Hosenscheißer eingesteckt hatte. Überall: in der Schule, auf der Straße, zu Hause. Sie drehte sich noch einmal um und warf den Kindern auf dem Hof ein Lächeln zu. Doch keiner bemerkte sie; die Knirpse waren so in ihr Tun versunken, dass es eine Freude war. Sollten sie es genießen, so lange es ging.

Helene stiefelte die wenigen Stufen hoch, dann zog sie sich mit einem wohligen Seufzer die Schuhe von den Füßen und schüttelte Füße und Zehen aus. Endlich zu Hause.

Eine krakelige Kinderzeichnung zierte das Wandstück über der Spüle: Susi hatte sie alle vier auf dem knittrigen Papier verewigt. Die Künstlerin selbst trug auf dem Bild einen kurzen Rock, hatte zwei feuerrote abstehende Zöpfe und Streichholzbeine.

»Nicht schlecht getroffen«, musste Helene grinsen, während sie sich die Socken von den roten Füßen pellte. Jetzt ein warmes Fußbad … Während ihre geschundenen Füße das warme Seifenwasser genossen, rief sich Helene die Frau mit dem großen Weidenkorb ins Gedächtnis, die mit ihrem – tja, Sohn, Mann, Bruder? – vorhin vor ihr hergelaufen war. Sie waren vor der Litfaßsäule an der Ampel stehengeblieben und hatten ein Plakat studiert, das dort angeschlagen war. Es warb für eine Kunstausstellung. Das Bild war schwer zu erkennen. Abstrakt, dachte Helene. Schweigend hatten die beiden Fußgänger vor ihr dort gestanden und ratlos das Bild betrachtet. Helene hatte den Kopf gedreht und sich fast den Hals verrenkt, um genauer zu erkennen, was dort abgebildet war, aber beim besten Willen: Sie hatte nicht viel gesehen außer ein paar Kleck-sen und Strichen.

»Auch schön«, hatte die Frau in den groben Schuhen schließlich nickend gesagt und die beiden waren ohne ein weiteres Wort weitergegangen. Kunst ist eben doch Geschmacksache, dachte Helene und überlegte immer noch, was das Bild auf dem Plakat wohl hatte darstellen sollen.

»Gar nüscht!«, erklärte ihr Gertrud am nächsten Tag, als sie sie zufällig in der Nähe der Litfaßsäule traf. »Dit is et ja. Dit is die Kunst dabei.«

Helene nickte und tat, als verstünde sie. Sie gingen schweigend zurück zum Haus, wo Helene den Fisch auswickelte, der schon vom Kopf her roch, und dazu Gemüse kochte.

Nachts träumte sie von Hannes. Von seinen Händen, seinen Zeichnungen. Wie er sie zeichnete, diesen besonderen Ausdruck im Gesicht. Erst vor der Litfaßsäule. Dann in der Kammer. Unbekleidet. Im Dämmerlicht. Im Schlaf klopfte ihr Herz bis zur Decke. Seine Zeichnung war wunderschön. Viel schöner als jede Realität es sein könnte. Er zeichnet mit der Seele, dachte sie im Traum, hatte es am nächsten Morgen aber schon wieder vergessen.

Einmal war ihr, als stünde sie bei ihm zu Hause in dem engen Wohnzimmer Modell; ganz nah bei ihm, in der silbernen Schneise, die das Mondlicht genau unter dem schrägen Dachfenster in die Nacht schnitt. Der Schein übergoss Wand und Boden silbern, als wären sie aus Metall – bläulich kühl, schimmernd.

Sie träumte auch von der verlassenen Wohnung, ihrem Zimmer. Seiner Hand, seinem Mund und manchmal wandelte sich der Traum: Dann standen sie beide auf einem hohen Berg und schauten gemeinsam in die Ferne. Es war nicht immer schön, was sie sahen: rauchende Trümmer, Ödnis. Nur zu gut waren ihr noch die Kriegseindrücke ihrer Kindheit in Erinnerung.

Sie verscheuchte diese trüben, bedrohlichen Gedanken gern mit dem Hier und Jetzt. Und Zukunftsträumen von Cabrios und Wind in den Haaren ... Ihre Träume variierten, manchmal konnte sie von dem Berg, auf dem sie gemeinsam standen, nur Nebel erspähen, höchstens Silhouetten von Menschen, fremd und doch seltsam vertraut. Helene liebte und fürchtete diese Träume zugleich. Sie konnten genauso Trauer wie Freude bei ihr hinterlassen und ließen sie nicht selten mit einem bittersüßen Nachgeschmack am Morgen erwachen.

Tagsüber gediehen ihre zarten Annäherungsversuche weiter. Sie gingen Hand in Hand, küssten sich schüchtern und zart auf Wange und Mund. Mehr nicht.

Zu Hause erzählte Helene jedoch wenig davon. Ihre Mutter war strikt gegen die Treffen:

»Du läufst in dein Unglück, Mädchen …« Ihr sorgenvolles Gesicht verdarb Helene regelmäßig die Laune, verfolgte sie mitunter sogar bis in ihre Träume. Helene belasteten die zum Teil sehr direkten Ermahnungen und Verbote ihrer Mutter.

Einmal war ihre Mutter so niedergeschlagen und erschöpft ob der wiederkehrenden Schmerzen in ihren Augen gewesen, dass Helene sogar fast versucht gewesen wäre, tatsächlich mit Hannes zu brechen, nur um der Mutter nicht noch mehr Sorgen zu bereiten. Aber sie sah ihn so oft in der Schule, und was viel wichtiger war: Es schnitt ihr das Herz entzwei, wenn sie ihm die kalte Schulter zeigen sollte. Sie dachte immerzu an ihren Freund. Beim Kochen, Waschen, Streitschlichten, Einkaufen. Sie vermisste ihn. Sie wollte doch nur mit ihm zusammen sein. Sie wollte das Schöne mit ihm zusammen genießen. Was sollte so falsch daran sein? Vielleicht hatte die Mutter zu lange nicht geliebt, um das zu verstehen. Oder hatte sie zu sehr geliebt? Helene wusste es nicht, und es war schier unmöglich, mit ihrer Mutter vernünftig darüber zu reden.

Manchmal schien es Helene, als wäre ihre Mutter wie eine überreife Frucht: duftend, doch voller brauner Stellen; immer dort, wo das Leben sie zu hart berührt hatte, wo etwas Schmerzhaftes ihrer Seele zu nahe gekommen war … Sie war nicht aus dem gleichen Holz geschnitzt wie Helenes Oma. Die hatte nichts umhauen können. Außer eben zum Schluss: eine blöde Fischgräte im Hals …

Das mit Hannes war nicht so einfach. Helene war verwirrt, wütend und ratlos. Das war wenig hilfreich, das sah sie ein. Letztendlich hatte dies zur Folge, dass Helene sich mitunter mal so, mal so benahm und Hannes schließlich angst und bange wurde. Er wurde unsicher, wenn sie sich trafen. Würde Helene ihn heute ruppig und frech behandeln wie jeden anderen Jungen auf dem Hof oder wieder so sanft sein wie neulich? Neugierig, lieb? Helene wusste es oft selbst nicht. Alles war so verwirrend. Ihre Brüste schmerzten und wuchsen, ihre Periode kam und nervte sie jedes Mal aufs Neue. Sie fühlte sich weder bei den Kindern noch den Erwachsenen recht wohl; sie wusste nicht, wo sie hingehörte. Nur bei Hannes konnte sie aufatmen, und doch behandelte sie ihn manchmal ungerecht, ja geradezu gemein.

Sie philosophierte mit Margot über die Liebe … Zum Kochen brauchte man Lebensmittel, zum Eislaufen Schlittschuhe, zum Teppichklopfen eine Stange. Aber was brauchte man für die Liebe? Nichts, würde Margot sagen – und doch alles, dachte sie. Helene ahnte jedoch nach dem Gespräch mit Margot, dass dieses Geheimnis eines bleiben würde, bis man selbst auf die Antwort kam. Und auch Gertrud hüllte sich diesbezüglich in Schweigen. Das war ungewöhnlich für sie. Wieder einmal war es an Helene, selbst herauszufinden, was es darüber zu wissen gab. In der Schule würde sie sicher nichts darüber lernen.

Wieder einmal wünschte sie sich ihre Oma an ihre Seite. Die hätte sicher einen guten Rat für sie gehabt.

10

Die Wochen zogen ins Land. Klassenarbeiten wurden geschrieben, Ränke geschmiedet, Berlin immer tiefer gespalten. Helene hatte zusammen mit Margot neulich einen hübschen Laden entdeckt, der Künstlerbedarf führte. Dort hatte sie von ihren paar Kröten ein paar Kleinigkeiten für Hannes' Zeicheneifer gekauft. Sie hatte beim Verkäufer, der eine Glatze wie eine polierte Billardkugel zur Schau trug, wirklich schönes Papier und einige Stifte erstanden.

Margot hatte der Freundin sogar einen Groschen geschenkt, als Helenes Geld nicht ganz ausreichte, und sie mit rotem Gesicht und leerem Kopf dagestanden hatte.

»Passt schon«, hatte Margot nur leichthin gesagt und sich schon wieder den Auslagen zugewandt. Der Verkäufer hatte es geschafft, gleichzeitig Helene die Sachen abzunehmen, abzukassieren und Margots angenehme Erscheinung nicht aus den Augen zu lassen. Sie sah wirklich zum Anbeißen aus mit dem geänderten Rock ihrer Mutter und dem engen Pulli, der ihre hübschen Brüste betonte.

Margot war runder geworden in der letzten Zeit, zumindest an bestimmten Stellen, wie Helene neidvoll anerkennen musste. Sie blühte richtig auf: Mit glänzenden Haaren – sie mischte sich selbst ein Shampoo aus Kastanien –, ihrem anmutigen Gang und ihren großen Augen sah Margot wirklich gut aus.

Das hatte auch Hannes bemerkt, doch als sie ihn deswegen angepflaumt hatte, hatte dieser nur auf Knien theatralisch um Verzeihung gebettelt und Margot seitdem keines Blickes mehr gewürdigt. Margot hatte Helene schon gefragt, ob sie zu Hannes was Falsches gesagt hätte, weil dieser sie nun vollständig ignorierte, wenn sie in der Nähe war.

»Nö, mir hat er nichts davon gesagt«, hatte Helene halbherzig versichert. In gewisser Weise stimmte das ja auch.

Helene saß sich vormittags in der Schule ihre vier Buchstaben platt, ihre Nachmittage verbrachte sie mit Kinderhüten, waschen, kochen, manchmal mit Hausaufgaben. Am liebsten jedoch mit ihrem Freund. Sie schlenderten durch die Gassen und Parks, entdeckten immer neue Zugänge und Querverbindungen. In ihr Zimmer in den Ruinen hatten sie eine weitere Decke, ein paar Tassen und Teller sowie ein Kartenspiel gebracht.

Einmal war ein Jugendlicher gekommen, er sah aus wie einer der Kriminellen aus den Jugendbanden vom Rathausplatz, doch er hatte kein Interesse an Plisseekleidern und wirkte müde. Sie hatten Glück, er hatte sie in Ruhe gelassen und war unverrichteter Dinge wieder abgezogen.

Eines Nachmittages besuchte Hannes Helene zu Hause. Zuerst war es ihr unangenehm: Wie es dort gerade wieder aussah, wie es roch, welches Chaos in den kargen Räumen herrschte. Doch Hannes hatte weder ein Auge für die zerschlissene

Bettwäsche noch für den dreibeinigen Schemel oder die löchrigen Stiefel im Flur. Er kannte es selbst nicht anders.

Er bemerkte Helenes Verkrampftheit und lockerte die Situation auf seine Art auf: »Hasenzähnchen und Knitterjesicht, du siehst ja anjezählt aus, Mäuseken … Wat hast'n?«

»Nüscht«, antwortete sie harsch und drehte sich schwungvoll um. »Ick muss hier nur weitermachen.« Helene tat geschäftig. Sie hielt nun den Topf mit Deckel fest in den von gehäkelten Topflappen geschützten Händen vor dem Bauch. Plötzlich kam ihr eine Idee. Sie sah Hannes ernst an.

»Ab ins Bett«, sagte sie bestimmt. Hannes starrte ihr ins Gesicht, lief puterrot an, und die beiden kleinen Mädchen begannen zu glucksen. »Na los, nu mach schon. Ick warte!«, herrschte Helene den arglosen Besucher an. Irma und Susi hielten sich die Bäuche vor Lachen, während Hannes dumm aus der Wäsche guckte.

»Wie? Wat soll ick?« Er neigte ungläubig den Kopf: »Dahin?«

»Ja! Hier, ins Schlafzimmer … Muss sein.«

Er guckte immer noch verständnislos.

Irmas Lachen schallte durch den kleinen Raum. Sie drückte ihm den Kartoffeltopf in die Hand. »Die Kartoffeln müssen warmgehalten werden unter der Bettdecke« stellte sie grinsend klar und schob ihn zur Tür. »Nun mach schon!«

Er zögerte, war sichtlich verwirrt. Widerstrebend betrat er das Zimmer und verstaute schließlich den Topf samt Kartoffeln unter den Decken.

»Na, da haste aber Muffensausen jekriegt«, zog Irma Hannes auf, als dieser wieder in die Stube trat.

»Ja, hab ick! Pass mal uff, dass ick dir nich gleich die Ohren lang ziehe, du Räuber!« Er lachte verlegen und erleichtert.

»Versuch's doch« rief Irma und flüchtete lachend, Susi stieg sofort mit ein. Er jagte die Schwestern und kitzelte dann auch Helene durch.

»Rache«, grinste er. Später spielten sie zu viert Mau-Mau und knabberten Hasenbrot. Die Mutter war noch nicht zurück.

Als Irma noch draußen spielte und Susi schon eingeschlafen war, wagte Hannes einen erneuten Vorstoß. Es war still. So still, wie es in einem Vielparteien-Mietshaus eben sein konnte. Über die Hälfte der Wohnungen bestanden aus nur einem einzigen Zimmer, in dem zuweilen – jedenfalls früher – bis zu zehn Personen gelebt hatten. Da war das hier noch Luxus. Helene wusch sich die Hände am Spülbecken und strich sich die Kleider glatt. Dann holte sie eine Schüssel aus dem Schrank und schnitt eine Zwiebel auf. Er musterte sie schon eine ganze Weile lang. Nun kam er herüber und hätte am liebsten ihr Haar mit den Fingern gekämmt. Das sah sie daran, wie seine Hände zuckten. Er steckte sie in die Hosentaschen, weil er nicht wusste, wohin damit.

»Du bist schön«, stellte er schüchtern fest. Er flüsterte es so leise, dass Helene ihn kaum verstehen konnte.

»Icke?!« Sie schüttelte kaum merklich den Kopf. »Ich bin schmutzig und dünn und … überhaupt.«

»Nein, ja, also manches davon … aber du strahlst so. Wie ein blanker Knopf, der auf der Straße golden glänzt. Ick seh dich immer schon von Weitem …«

Sie taxierte die Kratzer auf dem Holztisch. Verstohlen wischte sie sich die Augen trocken. Das war das Schönste, was sie je gehört hatte. Außer vielleicht, als Susi sie »Mama« genannt hatte. Helene drehte sich um und schlang ihre Arme um seinen Hals. Prompt ging die Tür auf und ihre Mutter stand vor ihnen. Hastig stoben sie auseinander; Hannes verdrückte sich kurz darauf eilig, was sowohl Helene als auch ihrer Mutter recht war.

Die nächsten Wochen verliefen recht ereignislos. Helene ging zur Schule, nachmittags spielten sie Schiffe versenken oder Mensch ärgere dich nicht. Manchmal schlich sie sich nach der Hausarbeit davon, meist zu Hannes.

Sie hatten sich im Stadtpark einen kleinen Feuerplatz eingerichtet; auf Kisten saßen sie in eine Decke eingemummelt und starrten in die Flammen.

Hannes erzählte Helene vom Streit mit seinem Vater, der wollte, dass er sich in der Schule mehr anstrengte. »Von nüscht kommt nüscht«, schimpfte er täglich. Doch Hannes hatte anderes im Kopf, zum Beispiel Helene. Und das Zeichnen natürlich, immer wieder war das ein Streitpunkt zwischen Hannes und seinen Eltern.

»Bei uns sind es die Miete und das Essen«, klagte Helene. »Immer ist es zu wenig. Immer fehlt was. Und Schule findet meine Mutter nicht so wichtig, solange die Mägen leer sind.«

»Kann ick verstehen«, murmelte Hannes.

»Na toll«, brauste Helene auf, »jetzt fällst du mir auch noch in den Rücken!«

»Nee, Engelchen, so war dit doch nich gemeint ...« Hannes versuchte Helene zu besänftigen. Er strich über ihren Arm. Doch sie war sauer. Wenn auch nicht allzu lange. Dafür war es mit Hannes viel zu schön und er zu lieb. Sie plauderten noch weiter über die Schule und ihre Freunde.

Jetzt saßen sie still und zufrieden beieinander. Hannes drehte ein kleines zerlesenes Heftchen in den Händen.

»Jedichte«, sagte er knapp, als er ihren fragenden Blick bemerkte. »Rilke«, fügte er hinzu. »Liebe und Schmerz und so ...« Er sah verlegen zu Boden. Helene wurde ganz warm ums Herz.

»Ich bin so gern mit dir zusammen, morgens, mittags, abends. Immer ...«, erklärte Hannes plötzlich. »Du bist ... richtig. Ich möchte immer mit dir zusammen sein.« Er schluckte, sah sie an.

»Ick nehm dich beim Wort«, drohte sie scherzhaft: »Nimm mich lieber anne Hand ...« Fest drückte Helene Hannes' Hand, so fest, dass er quietschte.

»Au, du machst mir Angst«, scherzte er.

»Mensch, bist du'n Hosenscheißer! Ick kann dir nicht immer die Kastanien aus dem Feuer holen!«

»Wieso nicht, das machst du doch so gut ... Apropos, die Maronen sind fertig.«

Sie angelten mit den Stöcken die gerösteten Esskastanien aus der Glut, Hannes etwas ungelenk, Helene recht geschickt. Eifrig pusteten sie auf ihr heißes Abendessen.

Hans grinste dümmlich: »Du weißt doch, Ehe heißt: Er sagt, wo et langgeht.«

»... und sie hat imma recht«, vollendete Helene den Satz. Sie lachten einander an. Vielleicht würden sie ja tatsächlich eines Tages heiraten, schoss es Helene durch den Kopf.

»Dass du immer dit letzte Wort haben musst; da wird ja der Hund in der Pfanne verrückt.«

Sie schob ihm eine Marone in den Mund und kicherte: »Pass ma uff; ick werd' dir noch die Flötentöne beibringen, wenn de nich spurst.«

Am Abend war alles wie immer – und doch nicht. Helene spürte immer noch die Wärme des Feuers, hatte die tanzenden Flammen vor Augen.

Zu Hause herrschte wieder mal eine Lautstärke, die kaum zu ertragen war: Es war nämlich gerade Körperpflege angesagt.

»Ne Haut wie Reibeisen haste«, schimpfte die Mutter, während sie Irma die Beine eincremte. »Besonders anne Schienbeene – so wat von trocken.« Sie schaute in die Runde, erklärte ihren Töchtern: »Ihr müsst immer cremen, schön eincremen, damit die Haut weich bleibt. Besonders im Gesicht und an den Händen. Aber auch die Ellbogen und Knie nicht vergessen, die werden besonders schnell rau. Männer mögen weiche Haut. Wenn ihr 'ne jute Partie machen wollt, müsst ihr uff euch achten.«

Helene stutzte. Sorgfältig eincremen? Für eine schöne weiche Haut sorgen? Wozu?, dachte Helene. Damit ihre Mutter sich bei der harten Arbeit gleich wieder aufscheuerte, wenn sie fremder Leute Böden schrubbte? Und ihre Kerle? Die waren doch eh immer gleich wieder weg ...

Bittere Gedanken fluteten ihr Gemüt und trübten ihre Stimmung. Sie sah sich um. Wir werden hier nie rauskommen aus dem Dreck, dachte sie traurig. Ick bin einfach ins falsche Haus geboren worden. Pech jehabt. Helene betrachtete ihre Mutter, deren leicht gewölbten Bauch, ihre schweren Brüste: Nicht wir, sie wird hier nie herauskommen, präzisierte sie gedanklich. Jedenfalls nicht mit noch einem Kind. Ob mit oder ohne Mann.

Helene massierte sich die Füße und hob den Deckel vom Topf auf dem Herd. Ein Rest Kartoffelbrei klebte an den Rändern. Reste gab es selten. Sie kratzte die Ränder frei und löffelte die kalte Pampe mit dem Löffel direkt aus dem Topf. Wieder schweiften ihre Gedanken zur Schwangerschaft ihrer Mutter ab. Wovon sollten sie noch ein Mäulchen füttern? Wer sollte das bezahlen? Sogleich schlugen die Wellen der Sorge über ihrem Kopf zusammen und verdrängten jeden schönen Gedanken an die Zukunft, an Hannes. Bang registrierte Helene seit einiger Zeit schon die körperlichen Veränderungen bei ihrer Mutter. Sie fürchtete sich vor dem Tag, an dem sie ihnen eröffnen würde, dass sie noch enger zusammenrücken mussten, dass sie die Brotscheiben noch dünner schneiden mussten. Sie schob die Briefe zur Seite: Mietschulden, unbezahlte Gas- und Stromrechnungen ... Es hörte nie auf.

Große Müdigkeit überkam Helene und sie streckte sich einfach auf der Küchenbank aus, unfähig, auch nur noch einen weiteren Schritt zu gehen. Alle

Gedanken vereinten sich einem Strudel und versanken im Abfluss der Spüle. Gnädig empfing Helene der Schlaf.

Doch ein paar Wochen später war nichts mehr zu sehen bei ihrer Mutter. Diese schien wie früher, vielleicht sogar etwas gelöster zu sein. Ob sie bei der »Engelmacherin« gewesen war? Ob ihre Mutter eine Fehlgeburt erlitten hatte? Ob sich Helene vielleicht doch geirrt hatte, was die Schwangerschaft anging? Helene sollte es nie erfahren: Ihre Mutter sagte nichts, und Helene fragte nicht. So war es schon immer zwischen ihnen gewesen.

Doch immerhin: Ihre Mutter war wieder mehr daheim, etwas mobiler und kräftiger, sie sorgte fürs Essen und sogar ihr Augenleiden war weniger schlimm als gewöhnlich in den letzten Monaten. Die Schatten unter ihren Wangenknochen waren zumindest nicht dunkler geworden.

Sie schimpfte und jammerte nach wie vor, aber das konnte Helene besser ertragen als das graue Schweigen, das zeitweise Tag und Nacht die kleine Wohnung beherrscht hatte, selbst wenn die Mädchen plapperten. Ihre Mutter schien über den Berg zu sein, und manchmal hörte sie sogar zu. Nur von Hannes wollte sie zu Helenes Leidwesen nichts hören.

»Die Kerle stürzen dich doch alle nur ins Unglück. Denk nur an Katrin.« Katrin, ja … Ein blondgelocktes Mädchen aus der Nachbarschaft, Katrin, hatte das Unglück in Gestalt eines wüsten Lüstlings ereilt.

»Dreckiger Verjewaltiger!«, hatte die Mutter nur kopfschüttelnd gemurmelt, als sie davon erfahren hatte. Um ein Haar wäre es ihr, Helene, vielleicht genauso gegangen: Es stand ihr noch lebhaft vor Augen, vor ein paar Wochen war es gewesen …

»Komm doch mal her, Kleine«, hatte der alte Mann mit dunkel verhangenem Blick und schmierigen Händen gelockt. »Ick jeb dir auch wat. Du musst nur ein bisschen nett zu mir sein.« Als sie sich weigerte, jammerte er laut: »Du musst mir helfen, du kannst doch 'n alten Mann hier nich so allein stehen lassen.« Er hatte gezischt und geflucht, aber sie war einfach sturen Blickes weitergegangen. »Komm her, sonst hole ick mir, wat ick will«, hatte er gedroht.

Sie war schließlich gerannt. Helene kannte den Alten vom Sehen, immer noch groß und stämmig trotz seines hohen Alters: Der mag halt Mädchen lieber als Frauen, hieß es. Ein gefährlicher Lustmolch – die Frauen der Häuser jagten ihn mit Teppichklopfern und Kohlespaten die Straße hinunter, wenn sie ihn sahen.

»Der Mistkerl hat die Katrin angefasst, schwanger war se dann, … die wird nie mehr wie vorher. Wenn ick den erwische, den schlag ick tot, sach ick euch«, hatte Katrins Mutter außer sich vor Wut geschrien.

Helene fröstelte bei dem Gedanken. Viel mehr aber als die von einer Mordswut besessene Frau hatten Helene die Frauen Angst gemacht, die angesichts dieses abscheulichen Verbrechens an Katrin nur schulterzuckend oder resigniert zu Boden schauten. So war das eben. Als Mädchen, als Frau. Als arme

Frau. Solche Dinge passierten täglich. Was sollte man machen? Tja, was sollte man machen …?

Helene lag noch lange wach und kaute auf dieser Frage herum wie auf einem sehnigen Stück Fleisch, das einfach nicht kleiner werden wollte im Mund.

»Pass bloß auf«, ermahnte ihre Mutter Helene ein ums andere Mal, wenn sie abends nach Hause kam. »In der Hinsicht sind die alle gleich. Ob sie sich dit mit Gewalt holen oder mit Schmeicheleien. Früher oder später kriegen se doch, wat sie wollen. Und denn, ja, denn ist Polen offen … Denn kannst 'n ordentlichen Mann verjessen. Mit Kind guckt dich keener mehr an. Also sieh dir vor und halte die Beene zusammen!«

Helene hasste diese Art der Warnungen und Vorhaltungen. Ihre Mutter klang so grob, so bitter dabei, dass Helene fast übel wurde, auch wenn sie wusste, dass ihre Mutter es nur gut meinte. Helene hatte ihrer Mutter tausendmal versucht zu erklären, dass das mit Hannes ganz anders war, dass er anders war. Außerdem hatten sie noch nicht mal ansatzweise … Doch ihre Mutter wollte nichts davon hören. Sie ließ keine andere Meinung gelten. Ihre Mutter wollte ihre älteste Tochter schützen, mit Zähnen und Klauen wenn nötig. Eventuelle Kollateralschäden nahm sie dafür billigend in Kauf. Fast zerstörte sie Helenes Glück, noch bevor es richtig begonnen hatte.

11

Fast ein Jahr war vergangen. Der Frühling hatte vorübergehend alle Probleme milder erscheinen lassen.

Helene hatte zusammen mit Hannes die sommerlichen Temperaturen in Berlin genossen, ihren 15. Geburtstag gefeiert, war mit ihren Schwestern Erdbeeren klauen und Kirschen pflücken gewesen.

Der Herbst hatte ein neues Schuljahr und neue Herausforderungen gebracht: Die Füße der Mädchen waren gewachsen, keine Schuhe passten mehr, ihrer Mutter ging es mal so, mal so. Nur Hannes, ja, Hannes war ihr Lichtblick …

»Weihnachten ist die Freude der Kinder«, hatte Helene wieder einmal ihre Oma im Ohr … Sie lächelte wehmütig im Dunkeln. Dann schlug sie die Decke zurück und stand leise auf. Ihre nackten Füße huschten über die Dielen. Immer in der letzten Novembernacht befestigte Helene den selbst gebastelten Adventskalender für die Kleinen im Zimmer. Ihre Mutter hatte keine Zeit dafür, aber Helene versäumte es nie, nicht ein Jahr, einen zu basteln, seitdem sie alt genug war.

Im Prinzip war es ganz einfach: Dafür nahm sie zwei Blätter oder Pappen, legte sie übereinander, zeichnete die 24 Türchen auf dem oberen Blatt ein und malte dann die passenden Bildchen, eine Eule, ein Hundeköpfchen, eine kleine Trompete, auf das zweite Blatt. Schneiden, kleben, beschriften, fertig. Stets war ihr Lohn das freudige Kindergeschnatter am nächsten Morgen – und an jedem weiteren Tag bis Weihnachten.

Schule, kochen, putzen, wickeln, Hannes und Margot treffen, einkaufen, für Feuerholz sorgen, stopfen, Röcke verlängern und Handschuhe stricken. Helenes Tage waren ausgefüllt. Und doch fühlte sie eine Veränderung. Sie fühlte sich irgendwie … erwachsener. Sie wurde mehr und mehr zur Frau, war aber noch längst nicht auf dieser Erwachsenenebene angekommen. An manchen Tagen schien ihr, sie sei gestrandet, hängengeblieben in diesem Niemandsland zwischen Kindheit und Erwachsensein. Das war gleichermaßen verwirrend wie aufregend.

Die Vorweihnachtszeit nahte mit großen Schritten. Das merkte man nicht unbedingt an den üblichen Dingen, wie sie bei anderen Familien vielleicht gang und gäbe waren – Plätzchen backen, Geschenke kaufen oder über die Zusammenstellung des Weihnachtsessens beratschlagen. Bei Helenes Familie machte sich die Weihnachtszeit immer dadurch bemerkbar, dass die Mutter ihre Töchter schrubbte, bis ihnen die Haut brannte.

»Wenigstens einmal im Jahr möchte ick euch ohne Schmutzrand um'n Hals und Fingernägel mit Trauerrand sehen«, pflegte sie zu sagen, während sie eine nach der anderen in der ollen Zinkwanne mit Lappen und Bürste malträtierte, bis eine heulte oder die Mutter zufrieden war. Je nachdem, was eher der Fall war. Zwar war Helenes Mutter von jeher auf

Sauberkeit bedacht, »arm sein is keene Schande, aber schmutzig«, und legte viel Wert auf gekämmte Haare und saubere Kleidung, sei sie auch noch so verschlissen, doch ab Mitte Dezember überkam sie jedes Jahr pünktlich ein Putzfimmel, der sich ... na ja, »jewaschen hatte«!

Los ging es mit der Wohnung: Küche, Herd, Spüle; kein Fettfleck, kein Haar, nicht ein einziger Krümel wurde geduldet. Jeder Schrank wurde aufgerissen, jede Schublade gesäubert, jede Ecke genauestens inspiziert; alle mussten kräftig mithelfen. Danach kamen Möbel und Betten, Kissen und Kleider dran. Nicht selten überlebte eine der unbarmherzig übers Waschbrett gezogenen Textilien die Prozedur nicht, und sie hatten anschließend einiges an Bezügen oder Hemden weniger. Ungünstig mitten im Winter. Aber Tradition war Tradition. Und das war nun mal ihre. Punkt aus.

Wenn die Kinder gerufen wurden, versteckten sie sich gern, aber das half nichts. Das Badewasser wurde töpfeweise auf dem Herd heiß gemacht. Dann mussten sich alle nacheinander splitternackt ausziehen. Die Kleinste – abgesehen vom Baby – kam zuerst in den Genuss von Kernseife und Waschlappen, immerhin hatte sie den Vorteil von noch sauberem und vor allem warmem Wasser. Wenn das kleinste Stückchen Haut rot und glühend den Vorstellungen der Mutter entsprach, wurde das duftende aber unglückliche Kind in ein riesiges Badetuch gewickelt und wie eine Mumie verschnürt auf dem Bett platziert, wo es nach dieser Prozedur in der Regel nach einigem Protestgejammer recht schnell einschlief.

Nachdem Susis Tränen getrocknet waren und sie friedlich vor sich hin schnarchte, fügte sich Irma ihrem unausweichlichen Schicksal. Die Mutter gab noch einmal alles, und Helene sah Irma mitleidig dabei zu, wie sie das Geschrubbe wortlos ertrug. Ihr Rücken war rot, ihr Gesicht ausdruckslos, nur ihre Hände zitterten leicht, als Mutter frohgemut zum großen Finale ansetzte. Der Schmutzring um Irmas Knöchel war wirklich beeindruckend und hatte sich über Wochen so festgesetzt, dass ihm kaum beizukommen war. Kraftvoll ließ die Mutter die Bürste über die verschmutzte Kinderhaut fahren, bis Irma jäh aufschrie. Blut färbte das Badewasser. Rötliche Schlieren waberten um Irmas Beine und verliehen der Szene etwas Schauriges. Vor Schreck ließ die Mutter die Bürste in die Wanne klatschen.

»Oh Jott! Es tut mir leid, ick wollte doch nicht. Ick hab doch nich …« Doch das war nicht hilfreich: Irma schrie nun aus Leibeskräften. Als sie das Blut entdeckte, das aus ihren kleinen Wunden am Fußgelenk sickerte, umso stärker. Sie schrie so durchdringend, dass förmlich die Wände wackelten. Erschrocken sahen sie einander an.

Prompt schlug jemand von unten an die Zimmerdecke: »Ruhe da oben, verdammte Bande. Keene Miete zahlen, aber Lärm machen wie im Affenhaus.«

Helene stürzte auf Irma zu, die die Arme nach ihr ausstreckte und »Lene, Lene!« weinte. Helene hob sie aus dem Wasser und fiel mit ihr zusammen aufs Bett, wickelte sie und sich selbst in die große Decke und wiegte sie, sanfte Worte flüsternd. Sie hielt sie in den Armen, bis Irma sich halbwegs beruhigt hatte. Nur widerwillig ließ diese die Mutter den Schaden begutachten, der Gott sei Dank nicht groß war. Die Mutter verarztete Irmas Knöchel vorsichtig mit einer Heilsalbe. Zwei Tage redete Irma noch weniger als sonst, kein einziges Wort mit der Mutter, ganz gleich, wie oft diese sich auch entschuldigte, den Vorfall runterspielte oder wütend schimpfte, je nach Stimmung. Irma blieb stumm und humpelte absichtlich, wenn die Mutter hinschaute. Jeden Tag salbten sie die Stelle ein und als der Schorf abfiel, war zwar nicht alles vergeben, aber das meiste vergessen.

Der große Tag rückte näher: Es gab Walnüsse und Haselnüsse zu knabbern, sogar ein paar Mandeln und Backpflaumen. Selig zählten und kauten die Schwestern ihre Beute: Jede hütete ihre zugeteilte Handvoll Nüsse und Trockenpflaumen, dann wurde die Schale wieder weggestellt.

Am nächsten Tag aber waren die Knabbereien deutlich weniger geworden im Vergleich zum Vortag. Allein einige Nüsse waren verblieben. Der Rest hatte sich scheinbar in Luft aufgelöst. Als dies thematisiert wurde, gab es nur eine Erklärung dafür.

»Der Weihnachtsmann war da!«, staunte Susi mit großen, runden Augen, ihr Blick eine Mischung aus Ehrfurcht und Argwohn. »Is er noch da?« Sie sah sich vorsichtig um. Dann auf die fast leere Schale. Erkenntnis schlich sich in ihren Gesichtsausdruck, die Freude wich Empörung und sie rief: »Hat er etwa noch mehr jeklaut?« Wut bahnte sich den Weg durch den kleinen Körper der Schwester. »Böser

Weihnachtsmann«, sagte sie sehr ernst. »Der bringt nichts zu uns, der klaut, der Saukerl klaut …!« Mit empörter Miene warf sie sich in die Arme ihrer Mutter und weinte bitterlich.

Dass es nicht der Weihnachtsmann gewesen war, der die restlichen Mandeln und alle süßen Backpflaumen weggenascht hatte, wurde Helene schon wenig später klar: Irma krümmte sich vor Schmerzen auf dem Bett.

»Wat haste denn?«, fragte Helene und strich ihr fürsorglich übers Haar. »Bauchschmerzen, wa?« Irma nickte nur unter Tränen. »Ick mache dir ’ne Wärmflasche.«

Doch dazu kam es nicht mehr. Irma war die nächsten Stunden damit beschäftigt, ihren Darm zu entleeren, denn die Backpflaumen hatten ihre bei Verstopfung sonst so heilsame Wirkung voll entfaltet und Irma starb nun tausend kleine Tode auf dem Eimer, bis sie leer war und erschöpft und bleich ins Bett fiel, wo ihre Familie sie bis zum nächsten Morgen durchschlafen ließ. Da es keine separate Toilette gab, war der Gestank bisweilen schier unerträglich gewesen. Langsam aber zogen die schlechten Gerüche nun ab, und auch dieser Tag war geschafft.

Susi hatte in der Zeit ein Bild von einem finster dreinblickenden Weihnachtsmann mit Einbrechermaske gemalt; sie ahnte nichts vom Fehltritt ihrer Schwester und Helene hatte nicht vor, sie dahingehend aufzuklären. Lieber jemanden hassen, den es nicht gab, als jemanden, mit dem man verwandt war und zusammenlebte. Gut, zugegeben, es hatte auch rein egoistische Gründe; Helene reichte das ewige Gezanke der beiden Schwestern ohnehin, sie wollte auf keinen Fall noch zusätzlich Öl ins Feuer gießen.

Helene vermisste Hannes, aber der hatte keine Zeit, er musste seinem Vater helfen. Der hatte einen kleinen Auftrag ergattert: Weihnachtsbäume schlagen. Und so stiefelte Hannes den ganzen Tag mit seinem Vater und blau gefrorenen Händen durch den Stadtwald und suchte nach brauchbaren Tännchen.

»Wir beiden Krüppel«, scherzte er gern, wenn er Helene davon erzählte. Helene wusste nicht, ob sie ihn beneiden sollte oder nicht. Sie war ewig in keinem Wald mehr gewesen.

Es gab aber noch eine erfreuliche Überraschung: Am Abend durfte Helene für den Kurzwarenhändler »Otto & Kompagnon« an der Ecke, ein rundlicher, freundlicher Mann mit apfelroten Wangen und großporiger Knollennase, überraschend ein paar Botengänge erledigen, sodass sie schließlich einige Sechser zusammenhatte, von denen sie eine Handvoll süße Mandeln erstand. Auf Backpflaumen verzichtete sie dieses Mal wohlweislich. Auch wenn von ihnen sicherlich keine Gefahr mehr ausgehen würde; Irma war ein für alle Mal »geheilt«. Helene bezahlte noch für eine Handvoll Marzipankartoffeln und schnitt sie zu Hause in kleine Stückchen, die sie auf dem Teller zu winzigen Kügelchen rollte. »Marzipanerbsen«, nannte Susi sie. So hatten sie alle etwas davon.

12

Weihnachten rückte näher. Wirkliche Weihnachtseinkäufe – etwa bei Wertheim am Hermannplatz – konnten sie natürlich nicht machen, dafür fehlte ihnen das nötige Kleingeld, aber schauen konnte man wenigstens; sie drückten sich gern die Nasen an den Schaufensterscheiben platt. »Gucken kostet ja nüscht!«

So trafen Margot und Helene sich gern, um die Geschäfte in der näheren und vor allem weiteren Umgebung unsicher zu machen. Ab und zu ließ Margot auch schon mal etwas »mitgehen«. Helene schaute weg; sie selbst würde sich das niemals trauen. Einmal schaute sie aber doch erschrocken, als Margot sehr dreist vorging.

»Wat'n, jetzt kriegst'n Moralischen?«, fragte Margot Helene nach dem letzten Diebstahl, die Taschen voller Lippenstifte. Helene schüttelte empört den Kopf. Ein Mann im Anzug kam auf sie zu.

»Hat er Lunte jerochen?«, fragte Helene beunruhigt.

Margot schüttelte den Kopf: »Guck unauffällig. Du verrätst doch nüscht?«

Helene verneinte.

»Hand druff«, forderte Margot und Helene schlug ein. »Mein Name ist Hase, ick weiß von nichts.« Als Dankeschön schenkte Margot der Freundin einen der Lippenstifte – einen bonbonfarbenen: Brombeere, dunkel und rot. Heimlich probierte Helene ihn in der Küche vor dem halb blinden Spiegel aus. Susi kam quietschend herein, Helene erschreckte sich und verriss den Stift beim Auftragen. Eine tiefrote, fettig glänzende Linie verlief nun quer über Helenes Kinn, doch das konnte sie nicht sehen. Ihre kleine Schwester sah sie an, floh dann und fing wie am Spieß an zu schreien. Irma lief zu ihr. Helenes Mutter kam hereingestürmt. Alle drei starrten Helene an.

»Wat is denn ditte?«

»Blut! Du hast dir die Lippen uffjerissen!«, schrie Susi erschrocken.

»Nee, is nur Farbe.«

Irma sah den Lippenstift in Helenes Hand, stutzte kurz und fing dann an zu kichern. Doch die Mutter tobte.

»Wat musste ihr denn ooch so 'n Schrecken einjagen, Menschenskind!« Irma lachte schallend. Das reinste Tollhaus, Helene kam sich vor wie im Affenzirkus. Das Ende vom Lied: Susi beruhigte sich, Irma beruhigte sich, die Mutter beruhigte sich. Den Lippenstift musste Helene abgeben. Aber egal: Die Farbe hatte ihr ohnehin nicht gefallen. Als Helenes Mutter fragte, woher der Lippenstift kam, sagte Helene nicht mehr und nicht weniger als die Wahrheit: Margot hatte ihn ihr geschenkt …

Helene und Margot kannten sich von Kindesbeinen an. Als sie sich wieder einmal zum Bummeln trafen, erzählte Helene ihrer Freundin von dem Tohuwabohu zu Hause, das ihr Lippenstift ausgelöst hatte.

Die Freundin amüsierte sich köstlich; sie lachte immer noch herzlich, als ihnen ein paar junge Männer in eleganten Mänteln entgegenkamen.

Margot reanimierte ihr im Abebben befindliches Lachen wie auf Bestellung und warf die Haare zurück. Sie hatte sich sehr verändert in den letzten Monaten. Sie wirkte fast schon wie eine Frau, befand Helene etwas neidisch. Glockenhell klang nun Margots Stimme, während sie wiegenden Schrittes an den jungen Herren vorbeischritt. Fasziniert beobachtete Helene, wie vier der fünf Köpfe sich tatsächlich nach Margot umwandten und ihr anerkennende Blicke zuwarfen. War das wirklich so einfach? Lange Haare, ein bisschen Lippenstift und in der Hüfte wiegen? Das war alles? Nun, abgesehen davon, dass all das bei ihr selbst nicht halb so attraktiv wie bei Margot wirkte, fehlte Helene wohl auch der verführerische Augenaufschlag: diese gekonnte Mischung aus Selbstbewusstsein und erotischer Verheißung. Bei ihr sah es aus, als bettle ein Dackeljunges um einen Knochen. Margot war wirklich flügge geworden und drall.

»Fandest du die gut, die Jungs?«, fragte Helene Margot. Die Freundin lächelte nichtssagend. Etwas zu lapidar war ihr »Ach, die …«-Kommentar, fand Helene.

»Jungs.« Sie schüttelte den Kopf. »Jungs kannste vergessen; die wollen doch alle nur dein bestes: dein Geld«, scherzte sie. »Nee, ich steh uff Männer, richtje Männer, mit Haare uff der Brust und Ahnung …«

Das erinnerte Helene an Gertruds Vorlieben. Helene stellte sich Hannes mit Haaren auf der Brust vor und musste kichern. Margot wertete das als pubertäres Gehabe und ging gar nicht weiter darauf ein.

»Mein lieber Freund und Kupferstecher! Du hast doch 'ne Macke, du Küken«, kommentierte sie Helenes Kicherattacke nur trocken.

»Meckerziege«, konterte diese, doch sie neckten sich nur. Margot wandte sich ab; sie hatte schon eine neue Auslage entdeckt: Ihr Blick glitt prüfend über die aufgereihten Parfumflacons.

Im Weitergehen spürte Helene, wie kalt ihre Hände inzwischen waren. Sie und Margot liefen nun schon eine ganze Weile durch die Stadt, der Wind pfiff um die Ecken. Sie wichen einer offensichtlich verwirrten Frau auf dem Gehsteig aus. In Lumpen gekleidet, schob diese Vagabundin einen leeren, nein, nicht wirklich leeren, sondern mit einem Dutzend Puppenköpfen gefüllten Kinderwagen vor sich her. Das sah gruselig aus und Helene musste unwillkürlich an Gertrudes Geschichten über die legendären irren Berliner Mörder denken. Im Ganzen wirkte die Frau aber harmlos, eher mitleiderregend denn gefährlich. Sie sang lautstark »Oh, du Fröhliche!« Der Wagen fuhr Schlangenlinien; Helene war nicht sicher, ob wegen der altersschwachen Bereifung oder aufgrund der Fahne, die die eigentlich nicht alte Frau begleitete. Mit einem unangenehmen Gefühl im Magen gestand sich Helene plötzlich ein, dass diese Frau unter Umständen ihre Mutter hätte sein können. Dieser Gedanke schnitt sich in Helenes Herz wie ein Messer durch weiche Butter.

Sie sahen ihr nach; schwungvoll wich sie einem Laternenpfahl aus.

»Schnaps und Bier und Kinderköpfe. Der Wahnsinn tobt durch die Straßen. Komm, schöner wird's nicht«, stellte Margot halb resigniert, halb amüsiert fest. Helene wehrte Margots Arm ab.

»Das ist nicht lustig«, rügte Helene die Freundin, selbst unsicher, wie sie mit ihren zwiegespaltenen Gefühlen umgehen sollte. Ein Teil von ihr wollte angesichts des schiefen Gesanges und albernen Federhutes auf den verfilzten Haaren lauthals lachen, der andere am liebsten weinen.

»Wat denn«, protestierte Margot nicht unfreundlich. »Du siehst doch: Manch einer hat nicht mehr alle Kerzen uff der Tanne und kann trotzdem schöne Weihnachten haben.«

13

Mit der Kälte veränderte sich das Straßenbild. Zwar sah man nun seltener »Barfußkinder« – das Elend hatte sich in die Hauseingänge zurückgezogen –, doch waren hier und dort offene Feuer auszumachen, schmutzige Hände in wollenen, fingerlosen Handschuhen und abgemagerte, herrenlose Hunde auf den Gassen. Die Suppenküchen hatten alle Hände voll zu tun. Eine war gleich an der Ecke. Die Flüchtlingskinder hatten in der geteilten Stadt kurz nach dem Krieg dort bereits vom Roten Kreuz C.A.R.E.-Pakete bekommen: Die Schlangen schienen damals wie heute nicht abzureißen. Genauso wie in den Kirchen, wo die Gläubigen und auch die weniger Gläubigen wenigstens mit dem Nötigsten versorgt wurden.

Die Armut war weniger geworden, zumindest weniger sichtbar. Doch Helene wusste um die Not ihrer Nachbarn, Freunde und um ihre eigenen. Egal, bald war Weihnachten. Und sie hatte Geschwister. Sie würde sich etwas einfallen lassen müssen. Sie versuchte, ein wenig Geld zu sparen. Knapste etwas vom Einkaufsgeld ab, doch das hatte Folgen. Ihr Vorrat ging zu Ende.

Tagelang strich sie um die Obst- und Gemüsestände der Straße herum. Doch erst als sie ein paar Münzen beisammen hatte und einen Kohlkopf rechtmäßig erstehen konnte, wagte sie, etwas mehr einzupacken. Ewig drehte sie die Kohlköpfe in der Hand hin und her.

»Nu komm mal zu Potte«, drängte schon eine scheeläugige Frau mit Kopftuch über dem dichten dunklen Haar. Eine feuchte Hundenase stupste Helene am Bein, gerade als sie sich entschlossen hatte, Nägel mit Köpfen zu machen und zuzugreifen. Sie erschrak.

»Keene Angst, der beißt nicht, der tut nur so«, erklärte ein korpulenter Herr im Wintermantel mit affigem Zierkragen. Helene probierte ein Lächeln. In einer unbeobachteten Minute schob sie Rüben, ein Suppengrün und Winteräpfel in den Korb unter den Kohl und zog blitzschnell das Abdecktuch darüber.

»Ey, mach ma keene langen Finger hier!«, flüsterte ihr eine lange dünne Bohnenstange mit Grübchen in den Wangen zu, die sie bei ihrem Tun beobachtet hatte. Helene drehte sich rasch um, als hätte sie nichts gehört. Jetzt einfach ab durch die Mitte …

Grußlos, rotwangig und mit schnellen Schritten verließ sie den Ort des Geschehens. Sie zwang sich, nicht zu rennen und sah sich erst am Straßenübergang um. Niemand folgte ihr. Helene sperrte alle moralischen Bedenken aus und fing zu Hause sofort an, zu kochen. Es wurde eine herrliche, bunte Gemüsesuppe, die selbst ihre Mutter lobte, auch wenn sie sich an der heißen Suppe den Mund verbrannte.

Am 24. Dezember gab es bei Helenes Familie seitdem sie denken konnte jedes Jahr eines – und zwar Kartoffelsalat, mit oder ohne Würstchen, mit Mayonnaise oder in Öl. Zumindest aber gab es stets hart gekochte Eier dazu. Kein Heiligabend, an den sich Helene erinnern konnte, ohne frischen Kartoffelsalat. Gekochte Kartoffeln schön dünn schälen, am liebsten fette Mayonnaise dazu und einige Gewürze, ein paar Gürkchen reinschnippeln und zum Schluss ein Sträußchen Petersilie oben drauf fürs Auge. Fertig war das Weihnachtsessen. Und die Kinder liebten es genauso wie Helene. Sie freute sich jedes Jahr darauf.

Vor Kurzem allerdings war ihnen zwischenzeitlich der Strom abgedreht worden.

»Zappendusta!«, hatte Irma nur trocken gesagt, als es plötzlich dunkel wurde in der Stube. Zwei Tage lang hatten sie mit Kerzen und kalten Schmalzstullen vorliebnehmen müssen. Dann hatten sie etwas Geld zusammengekratzt, um die ausstehenden Stromschulden zu bezahlen. Zuerst hatte sich Helene zu sehr geschämt, dann aber hatte sie doch Margot und Gertrud angepumpt. Die beiden Freundinnen hatten sofort ihre Taschen ausgeleert und Helene ein paar Mark zugesteckt. Das war nett, aber peinlich. Helene wäre am liebsten im Mauseloch verschwunden. Wenigstens hatte sie Hannes nicht nach Geld fragen müssen; das hätte sie wohl nicht über sich gebracht.

Dieses Jahr nun waren nur Kartoffeln als Weihnachtsessen verfügbar – keine Würstchen, keine Eier, eröffnete ihr die Mutter. Nur ein paar Krümel Salz und Grün sollten das karge Weihnachtsmahl garnieren.

»Wat'n?«, fragte Helene perplex, nachdem die Mutter ihr die Katastrophe angekündigt hatte.

»Keen richtiger Kartoffelsalat, keene Beilagen? So, ohne allet? Dit schmeckt ja wie einjeschlaf'ne Füße!« Helene protestierte schon aus Gewohnheit.

Die Mutter schüttelte nur schmallippig den Kopf. »Nee, is nich, dieses Jahr, die Jasrechnung musste bezahlt werden, sonst hätten se uns det ooch wieder abjestellt.«

»Aber ...« Helenes Enttäuschung brach sich Bahn: »Wir hatten doch immer ... ick meine, ... nich mal 'n ordentlichen Kartoffelsalat?«

»Nu mach doch nich so 'n Fass uff deswegen. Ich kann es mir doch nich aus den Rippen schneiden...« Die Mutter sah sie nicht an. »Und die Kleinen merken den Unterschied eh nicht. Die wollen nur irgendwas auspacken. Und du ...« Sie verstummte.

Helene verstand schon. Sie war alt genug. Und die Mutter hatte ja recht: Ohne Gas hätten sie ein echtes Problem. Und dennoch, ihre Mutter hätte doch was sagen können. Dann hätte Helene ... tja, was hätte sie dann getan? Noch mal ihre Freunde um Geld bitten? Bestimmt nicht. Also musste sie damit klarkommen. Ob es ihr nun schmeckte oder nicht ...

Die Kleinen hatten am Heiligabend das Fehlen des Kartoffelsalates mit Würstchen sehr wohl bemerkt. Aber Helenes Mutter hatte es vorausgesehen, sie kannte ihre Pappenheimer: Die Mädchen waren viel zu aufgeregt gewesen, um zu meckern. Viel wichtiger war die eine Frage, ob es wohl Geschenke geben würde? Zuerst aber wurden mit glänzenden Augen und hohen Stimmchen Gedichte aufgesagt.

Danach wurde den Kindern die Zeit lang. Susi sang unbeirrt Weihnachtslieder: »Es ist ein Schloss entsprungen …«

»Ross, Susi, es heißt: ›Es ist ein Ross entsprungen‹«, korrigierte Irma sie.

»Nein, um Himmels willen, kein Ross, sondern ›Ros‹«, erklärte Helene.

»Was soll das denn? Ich dachte immer ein Pferd, ein schönes weißes Pferd.« Irma sah enttäuscht drein.

»Aber Schloss ist doch viel schöner. Da können wir dann alle drin wohnen. Es gibt immer genug zu essen, und in jedem Zimmer wird geheizt! Ooch im Sommer«, insistierte Susi. Wieder setzte sie lauthals zu singen an, dieses Mal: »Oh Tannenbaum, Oh Tannenbaum! Du hast die Lehrer umjehaun.«

Irma zog sich theatralisch ein Kissen über den Kopf: »Jöthe spielt Flöte. Nur Schiller singt schriller!«, murmelte sie.

»Jewitterziege! Du bist ja nur neidisch«, konterte Susi.

»Matschbirne«, bot Irma Paroli.

»Pissnelke!«

»Wenn du dit noch mal sagst, fährt dein Arsch Kirmes, Frollein!«

Susi ging wütend auf Irma los, ein gelocktes Engelchen mit Rotznase, verfehlte sie aber knapp.

»Pfoten weg!«

Susi langte nach Irmas Puppe. »Die gehört mir; immer nimmst du se!«

»Mach ma die Ojen zu; denn siehste, wat deins is.«

»Ruhe jetzt hier. Wir haben Weihnachten, verdammt«, ging die Mutter dazwischen. Ein besinnlicher, »heiliger« Abend war das nicht grad, aber lustig wurde es durchaus noch …

Allmählich wurde es ruhiger. Wie jedes Jahr erzählte die Mutter Geschichten aus ihrer Jugend oder dachte sich einfach was aus – je nach Laune. Abwechselnd wärmten ihr Susi oder Irma den Schoß. Helene, die ihre jüngste Schwester auf den Beinen sitzen hatte, beneidete ihre Schwestern ein klein wenig.

Manchmal erzählte ihre Mutter auch von Oma, das liebte Helene besonders. Von ihren Wanderungen in die Mark Brandenburg, von Omas Gesangskünsten und ihrer Liebe zu Birnen.

»Die Birne ›Helene‹ mochte sie am liebsten«, grinste die Mutter mit Blick auf ihre älteste Tochter. Mit der Anzahl der Geschichten wurden die Gähner bei den Schwestern jedoch häufiger und länger und die Augen kleiner.

»Isse bald feddich?«, flüsterte Susi Helene zu. »Ick will mein Geschenk …« Helene guckte streng und wies mit dem Kopf in Richtung der Mutter, die nun strickend eine weitere Anekdote zum Besten gab.

»Wenn der Kuchen spricht, schweigen die Krümel«, erwiderte Helene. »Widerspruch zwecklos. Det war schon bei ihrer Oma so gewesen.«

Die Kinder spielten Murmeln und Verstecken. Helenes Mutter hatte in der Zwischenzeit die übrig gebliebenen Kartoffeln für den späten Abend einfach zu Matsch gestampft, was Irma nur mit »Urg, das sieht ja aus wie schon mal jejessen«, kommentierte.

»Für dich hab ick Stulle mit Brot«, erwiderte die Mutter harsch. »Jetzt hab ick aber bald die Faxen dicke mit euch.« Die drei Schwestern verdrehten die Augen hinter ihrem Rücken, drückten sich dann aber von hinten an ihre Hüfte und sangen »Oh, du Fröhliche ...«, sodass die Mutter lachen musste.

»Ihr Saubande!«, grinste sie. »Frech wie Oskar, aber süß wie Puderzucker.«

Nach dem Geschenkeauspacken – Helene hatte eine Puppe für Irma, Hose und Mütze für Susis Teddy und neue Topflappen für ihre Mutter genäht – waren alle Gesichter angenehm gerötet. Die Kleinste hat eine selbst gemachte Rassel mit Eicheln gefüllt bekommen und veranstaltete damit einen Heidenlärm. Helene hatte frisch gemalte Bilder und skurril anmutende Kastanienmännchen von ihren Schwestern erhalten; ihre Mutter hatte Helene ein in Zeitungspapier eingewickeltes Päckchen hingehalten. Erfreut hatte Helene die Schnur gelöst und neben warmen bunten Stulpen ein Päckchen Zucker ausgepackt. Fragend sah sie ihre Mutter an. Die lächelte leise.

»Du trinkst doch jetzt immer Kaffee morgens und deshalb kriegst du dein eigenes Zuckerpäckchen, nur für dich.« Eine tolle Idee. Ihre Mutter hatte ihr im wahrsten Sinne des Wortes die kalten, dunklen Wintermorgen versüßt. Ohne süßen heißen Kaffee war das alles nicht auszuhalten.

»Danke«, hauchte sie und umarmte ihre Mutter, deren Schultern sich so zart unter ihren Händen anfühlten.

»Nich so stürmisch, junget Fräulein«, lachte die Mutter und drückte Helenes Hand unmerklich. Dann war der Augenblick vorbei.

Sie deckten gemeinsam ein weiteres Mal den Tisch, alle wurden schließlich satt und Kerzenschein hüllte das Zimmer in warmes Licht. Helene schwor sich allerdings, in ihrem Erwachsenenleben immer für Kartoffelsalat mit Würstchen an Heiligabend zu sorgen.

Helene wusste ihre neuen Stulpen zu schätzen. Die Kälte kroch in jede Ritze. Zumindest hatten sie Süßkram, und während ihre Schwestern sich über ein abgegriffenes Kinderbuch beömmelten und aus dem Lachen nicht mehr rauskamen, sortierte Helene Socken und trank süßen Kaffee zu den Plätzchen.

Die Weihnachtsbäckerei hatte dieses Jahr immerhin Haferflocken-Plätzchen hervorgebracht. Der Geruch war das beste gewesen. Nur leider hatte Susi dabei unbemerkt ein Ei fallengelassen, als sie noch Eier hatten. Der flüssige Inhalt war in die Dielenritzen geflossen und verströmte nach einigen Tagen einen unerfreulichen Geruch in der Stube, der sich hartnäckig hielt.

»Puh, wat is ’n hier los? Riecht nach toter Oma«, rümpfte Margot die Nase, als sie Helene eines Nachmittages zum Plaudern abholte.

Irma zuckte nur mit den Schultern und antwortete: »Wird imma schlimma.« Sie schob Margot weiter ins Zimmer hinein: »Kommse rin, könnse rauskieken!«

Margot musterte das Tohuwabohu in der Stube. »Unter aller Kanone …«, kommentierte sie, aber

Helene war nicht böse. Wieder griff sich Margot an die Nase. »Mein lieber Herr Gesangsverein. Riecht echt schlimm!«

Helene pflichtete ihr bei. »Wir haben schon alles abjesucht, unterm Bett jeguckt, unterm Schrank, haben allet feucht ausjewischt – nüscht.«

»Weißte, wat da noch hilft? Franzbranntwein!«

Helene stutzte: »Was – dit zum Beene Einreiben?«

Margot nickte. »Riecht besser als dit hier!«

»Bleibste hier, Margot?«, fragte Irma. »Spielste mit uns 'ne Runde Karten?«

Margot verneinte. »Nee, Mäuseken, bin nur uff Stippvisite.«

»Haste 'n neuen Verehrer?«, wollte Irma Naseweis wissen.

Margot runzelte die Stirn und drohte Irma spielerisch mit dem Finger: »Muss ick dir ja nich uff die Nase binden.«

»Sach doch mal«, drängte sie weiter.

»Ick werd dir wat husten«, entgegnete Margot pikiert. Irma trollte sich schmollend. Margot zuckte nur mit den Schultern. »Ich geh schon mal runter, Lenchen. Kommste denn gleich nach?«, fragte sie.

Helene bejahte. »Ick beeil mich.«

Helenes Mutter saß im Nebenzimmer am Fenster und stopfte Socken; sie drehte sich um. »Margot is da, ne? Na, nu jeh schon, Helene!«

»Echt, und du und die Mädchen?«

»Mir jehts jut«, sagte die Mutter mit kleinen Augen, den Wandschimmel im Rücken und die Mietschulden säuberlich aufgelistet auf dem Tisch liegend. »Du musst mal raus. Los, mach die Biege.«

Helene nickte, zögerte. »Soll ich echt los?«

Die Schranktür knarrte, als die Mutter ein kleines Fläschchen mit quittegelbem Inhalt hervorholte. »Ja. Los jetzt. Du weißt doch: Wer Sorgen hat, hat ooch Likör.« Sie stand auf und nahm Helene in den Arm. »Raus mit dir. Hab 'n bisschen Spaß. Aba komm nich zu spät und bleib anständig, hörste?« Helene nickte und lief schnell die Treppen hinunter, bevor sie es sich anders überlegte.

Auf dem Weg teilte sie sich mit Margot ein paar Heringe und die Idee einer Zukunft in Rot und Blau. Die beiden Backfische malten sich aus, wie ihre Häuser mal aussehen würden, ihre Küchen und Wohnzimmer. Was sie kochen würden sonntags und wie sie zusammen jede Woche ins Kino gingen, Händchenhaltend mit ihren Schmusis.

Helene dachte unwillkürlich daran, wie sie einmal mit Hannes im Kino gewesen war; ein einziges Mal im Dunkeln, zusammengesunken in den weichen Sitzen … Sie erzählte Margot davon; die lachte nur und deutete an, was sie mit ihren Verehrern dort so veranstaltete. Helene hörte genau zu und bekam rote Ohren.

Wieder zu Hause schrieb sie Hannes einen leidenschaftlichen Brief, dessen Existenz sie am nächsten Tag allerdings als kindisch abtat und ihn kurzerhand verbrannte. Die Kohlereste glühten im Ofen, zerfraßen das dünne Papier und ließen rote Funken fliegen. Helene atmete erleichtert auf. Der Brief passte einfach nicht mehr zu ihrer Stimmung vom Vortag, und sie kam sich albern vor. Ein Backfisch mit romantischen Anwandlungen. Aber … genau das war sie ja: ein Backfisch. Ja, sie war fast erwachsen, zumindest manchmal. Also, warum nicht? Vor dem Gesetz allerdings galten ihre 15 Jahre noch gar nichts; erst mit 21 würde sie endlich selbst über ihr Leben entscheiden dürfen.

In den darauffolgenden Stunden holte Helene der Alltag ein: Sie putzte Susi den Po ab, kochte mit Irma, oder eher trotz Irma, einen Wirsingkohleintopf und schrubbte Tisch und Spüle. Doch ihre Gedanken wanderten immer wieder zu Hannes und dem verbrannten Brief zurück.

Als sie etwas Ruhe hatte, nahm sie sich vor, einen neuen Brief zu schreiben und dort genau das zu sagen, was sie fühlte jetzt gerade, was sie sich erträumte, ganz gleich, wie lächerlich es vielleicht klang. Schließlich waren es ihre Gefühle. Die Gedanken sind frei, erinnerte sie sich. Es war ihr Brief. Und sie konnte sich ein Hintertürchen offenhalten: Sie musste den Brief ja nicht abschicken. Noch nicht. Aber ein bisschen Hoffnung stand ihr zu.

Trotzig schob sie die Unterlippe vor und schüttelte die Bettdecken auf: eine bräunliche Möhre, ein paar Streichhölzer, eine lang vermisste Socke und eine halbe Schrippe fielen heraus. Der Rest waren Krümel. Seufzend nahm sie das Kehrblech zur Hand und begann, den Unrat aufzufegen. Die über der Wand verlegten Leitungen schienen lebendig zu werden, gaben Geräusche von sich, flüsterten geheimnisvoll. Oder bildete sie sich das nur ein?

»Ick lach mich tot«, höhnte es in ihrem Kopf, jetzt hörte sie schon Stimmen … Entschlossen wandte sie sich ab und machte reinen Tisch: Altes kam weg,

Kaputtes wurde auf den Flickhaufen gelegt, Unbrauchbares in den Abfalleimer geworfen. Rasierpinsel, Schaum, Seifenschale, ein Hornkamm – die Überbleibsel des letzten männlichen Mitbewohners entsorgte sie mit grimmiger Miene. Es war klar wie Kloßbrühe, das musste endlich auch ihre Mutter einsehen: Ihr Stiefvater würde nicht zurückkommen. Und falls doch, würde sie sich in den Hintern beißen, ihm den Empfang auch noch angenehm zu gestalten.

Nach einem Augenblick holte sie die Sachen wieder aus dem Mülleimer, rieb sie an der Bluse sauber und brachte sie zum »An- und Verkauf Lenke«. Von dem Erlös kaufte sie Blockschokolade, die ihre Schwestern und sie verputzt hatten, bevor die Mutter nach Hause kam. Nur Susis verräterische braune Fingerabdrücke auf der Überdecke drohten sie zu überführen, doch Helene schrubbte die Decke gerade noch rechtzeitig im Bottich in der Nische im Hof sauber.

»Komm, ick helf dir«, bot Susi Helene gönnerhaft an, während Irma das Kleinkind hielt. Susi kletterte auf den Hocker, auf dem Helene bis eben gesessen hatte. Sie beugte sich über den Rand der Wanne und augenblicklich verschwanden ihre Arme bis zu den Schultern im Seifenwasser.

»Ick lach mir 'n Ast. So 'n abjebrochner Zwerch wie du …«, feixte Irma, doch Susi war wild entschlossen. Sie fischte in der trüben Brühe nach der Decke. Schwer und unhandlich brachte diese Susi und ihre dünnen Ärmchen an den Rand der Verzweiflung. Doch sie ließ nicht locker. Mit zusammengebissenen

Zähnen zog und zerrte sie an der Decke, inzwischen mit tropfnassen Zöpfen und trotz der Kälte mit kleinen Schweißperlen auf der flaumigen Oberlippe. Mit einem letzten Ruck bugsierte sie schließlich die Decke tatsächlich aus der Wanne und strahlte wie Oskar.

14

Nach Weihnachten fiel endlich Schnee. Helene bestaunte den Zauber, dieses Jahr war es richtig schön; sie sah den Flocken beim Fallen zu und wurde dabei unruhig. Es zog sie hinaus. Helene drohte hier drinnen in der stickigen Enge allmählich einen Lagerkoller zu kriegen. Sie schnappte sich ihren Mantel und stürmte hinaus, noch bevor jemand Fragen stellen oder protestieren konnte.

Weiß gebleicht schien die Welt hier draußen, kühl und glasklar die Luft. Helene sog tief die kalte Luft ein und sah sich um. Nicht viele Leute waren unterwegs. Grauer Matsch lag im Rinnstein und ein paar leere Flaschen, von den Feiertagstrinkern achtlos hingeworfen, gedankenlos zurückgelassen wie ein Bonbonpapier.

Mit einem Mal kam die Sonne hinter der Wolkendecke hervor und tauchte ihre Straße in ein helles Licht. Der Schnee glitzerte, die Eiszapfen glänzten an den Regenrinnen und sogar die Schnapsflaschen leuchteten im Sonnenlicht, dem es egal war, was es beleuchtete.

Drinnen in der zugigen Wohnung war es seit Tagen ähnlich kalt; Eisblumen klebten an den Fenstern, die Mädchen verließen das Bett nur zum Pipimachen und streiten, wenn überhaupt. Doch Helene genoss den Anblick der hier und da gnädig den Unrat unter sich begrabenden Schneedecke. Trotz der Kälte war sie dankbar für das glitzernde Weiß.

Blendend hell reflektierte die weiße Schicht auf der Abbruchwiese hinter dem D-Block das Vormittagslicht. Sie kniff die Augen zusammen und stellte sich einen Augenblick lang vor, eine Kutsche hielte gegenüber, ein kräftiges Pferd, ein zuvorkommender Kutscher und eine weiße Sitzbank mit duftenden Kissen würden sie zu einer märchenhaften Spritztour durch verschneite Wälder und Hügellandschaften einladen. Doch alles, was gegenüber hielt, war der Kohlewagen, der schwarz und knarrend vor dem dunklen Hauseingang stoppte und den knochigen, hustenden Kohlenmann dazu anhielt, die schweren Säcke ächzend und schnaufend vom Karren abzuladen.

Mit einem Schlag war sie wieder in der Realität angekommen und erinnerte sich daran, dass sie nichts mehr zum Heizen der Wohnung besaßen. Helene kramte in ihren Taschen und förderte einige wenige Münzen hervor. Der Kohlenmann mied ihren Blick und drehte sich fort. Dennoch ging sie hinüber und hielt ihm die Münzen unter die Nase. »Bitte, wir brauchen etwas …«

Er schüttelte missbilligend den Kopf: »Du weeßt doch, Mädel, wir verkaufen nur in ganzen Säcken.«

Helene senkte den Kopf, hob ihn aber gleich wieder. »Aber die können wa uns nicht leisten.«

»Denn geht zur Heilsarmee, wat weeß icke!«

»Nur ein paar Stücke«, bat sie angespannt. »Ich habe ’ne kleine Schwester, die is noch ’n Kleinkind.«

Der Mann wurde ärgerlich. »Dit is doch nich mein Problem. Ich hab selber sieben Hosenscheißer zu Hause!« Er sah nicht glücklich aus dabei. »Und mein Rücken wird ooch immer schlimma. Mir schenkt ooch keener wat!«

»Aber, ick will doch gar nüscht jeschenkt«, antwortete sie.

»Na, mit den paar Pfennjen kommste nicht weit«, sagte er abschätzig. »Da stehste morgen wieder hier.«

Sie wusste nichts zu erwidern, schwieg. Er schwieg. Ließ den Blick über die vollen Säcke auf der Ladefläche schweifen und seufzte abermals. »Pass uff«, setzte er an. Hoffnungsvoll sah sie ihn an. »Kannste arbeiten?«

»Ja, klar.« Helene versuchte ihre dünnen Arme zu verstecken. Er musterte sie skeptisch.

»Ick meine, richtig arbeiten. Schmutzig machen, schleppen, den Buckel krumm machen.« Er schlug ihr auf die Schulter, sodass sie beinahe unter seinem schweren Griff zusammensackte. Helene nickte schnell. »Dann hilf mir mit die Säcke. Zu zweit geht's schneller.«

»Allet klar! Los jeht es …« Glücklich machte sie es ihm nach und lud sich einen Sack auf die Schulter. Schnell schwand ihre Euphorie unter der gefühlten Zentnerlast, doch sie beschwerte sich nicht. Am Abend würde ihr alles wehtun. Sie balancierte die schwere Last ohne Murren. Am meisten schmerzte ihr aber nach einer Weile der Kiefer vom Zähne zusammenbeißen. Später dann war sie stolz: Sie hatte durchgehalten. Sie freute sich. Sie war todmüde, aber zufrieden. Und nun schön die Stube heizen und mit einem Hagebuttentee ab ins Bett. Mutter würde zufrieden sein. Und sie selbst auch. Und tatsächlich: An diesem Abend kam diese sogar zu ihr ans Bett und befühlte ihre Stirn.

»Hm, Fieber haste nich«, konstatierte sie, »aber ganz in Ordnung biste ooch nich. Morgen bleibste besser im Bett.«

»Aber die Kleenen. Und die Schule …«, protestierte Helene und dachte gleichzeitig an Hannes.

Ihre Mutter jedoch winkte ab und strich ihr über die Wange. »Dit lass man meine Sorge sein. Du machst schon mehr als jenuch. Und wer weiß, wann ich dich wieder brauchen tu …« Damit zog sie Helene fürsorglich die Decke ans Kinn und löschte das Licht. Fast hätte Helene sie um einen Gute-Nacht-Kuss gebeten, doch ihre Mutter war bereits bei den kleinen Schwestern.

Helene war schon am nächsten Tag wieder kräftig genug, um die Kinder zu hüten. Ihre Mutter ging aus, um Arbeit zu suchen. Leider ohne Erfolg. Manchmal hatte sie abends als Servierfräulein arbeiten können, doch zurzeit fand sie nichts.

Hannes kam vorbei und schenkte Helene eine weitere kolorierte Zeichnung: der gefrorene See mit all dem Getümmel darauf. Sie musste lachen. Die kleinen Kinder mit rot gefrorenen Nasen und den Pausbacken erinnerten sie an die Ausflüge mit ihrer Oma damals in den Park. Jene hatte nach ihrem täglichen Besuch in der Markthalle wiederholt verkündet: »Das Kind braucht frische Luft.« Dann hatte sie sich Helene wie ein Bündel unter den Arm geklemmt und war mit ihr zum Victoriapark gelaufen. Das ging gerade so, denn ihre Oma war mehr als dick, sie war ausladend. Und ihre Luft reichte immer genau bis zum beeindruckenden künstlich angelegten Wasserfall im Park, der im Sommer Groß und vor allem Klein magisch anzog. Eine Viertelstunde dauerte der Weg damals, und nur sehr selten, wenn Helene wirklich so müde war, dass ihr die Äuglein zufielen, erbarmte sich Großmutter und trug sie auch auf dem Rückweg ein Stück auf ihren astdicken, von Leberflecken übersäten Unterarmen.

Obgleich es am Ufer des meterhohen Wasserfalls keinen offiziellen Einstieg gab, fanden sich doch immer mehr oder weniger geeignete Stellen, um ins kühle Nass zu gelangen. Gerade an warmen Tagen war der Platz ein beliebter Treffpunkt der mittellosen Anwohner der umliegenden Bezirke. Auch Helene durfte mitunter im kniehohen, »pisswarmen« Wasser planschen. Immer in Unterhose.

»Lass die Schlüpper an, man kann nie wissen«, sagte Oma mit Blick in die trübe Stadtparkbrühe. Zwei Dutzend Knirpse mit und ohne Hose, aber allesamt mit Rotznase, standen um sie herum. Oma besah sich die »Bande mit der Buchse in den Kniekehlen« und kommentierte die Szenerie nicht selten mit »Zille janz unten …«

Abends setzte sich die matronenhafte Frau vor den Volksempfänger und lauschte, kopfschüttelnd und grüne Gurken kauend. Die mochte sie am liebsten. Die und Birnen. Als sie starb, hatte ihr die Nachbarin statt Blumen eine große grüne Gurke und eine herrliche Birne aufs Grab gelegt. Oma hätte es gefreut … Helene schmerzte die Erinnerung an diese warmherzige Frau, die ihr manchmal näher war als ihre eigene Mutter, mehr denn je. Gerade jetzt, wo sie selbst auf dem Weg war, eine Frau zu werden.

15

Der Frühling kam mit zögerlichen Schritten. Noch immer pfiff der Wind durch die Ritzen und färbte Nasen und Wangen rot. Doch an sonnigen Tagen konnte man tagsüber die Milde des herannahenden Lenz erahnen. Erste Krokusse hoben scheu ihre Köpfchen aus der Erde. Helene war zufrieden: Die Mädchen waren gesund, oh Wunder, alle drei auf einmal. Gott oder wem immer sei Dank. Lotta lief nun schon und hatte mehr als einmal unfreiwillig Tischwäsche und Gläser abgeräumt. Strom und Miete waren gezahlt, sie brauchten nicht mehr zu heizen. Eine Verschnaufpause in den täglichen Herausforderungen des Alltags.

Helene war heute eher mit dem Reinemachen fertig geworden und nutzte die Zeit für einen Spaziergang mit Margot. Sie stromerten durch die Straßen; einem Impuls folgend waren sie in die sogenannte »Hurengasse« gelangt. Alle paar Meter standen Frauen auf dem Gehweg oder lungerten in den Hauseingängen herum und machten einen mehr oder weniger gelangweilten Eindruck. Viele rauchten Selbstgedrehte, unterhielten sich oder lehnten träge an der von Einschüssen gezeichneten Hauswand. Helene musterte die Frauen, die ihre Körper hier feilboten, neugierig, wenn auch stets darauf bedacht, sie nicht zu offensichtlich anzustarren. Nur wenige schauten auf, als sie vorbeigingen. Davon blickten sie manche resigniert, andere geradezu herausfordernd an, sodass Helene schnell den Blick abwandte. Einige Gesichter schienen ihr erschreckend jung, andere schienen so alt wie Greisinnen, obwohl ihre Haut glatt war und ihre Beine lang und fest waren. Helene hätte schwören können, dass einige der Frauen nicht einen Tag älter als sie selbst waren – rasch erkennbar, trotz der zum Teil grell bemalten Gesichter.

»Kiek ma«, raunte Margot, »die Bordsteinschwalben stehen sich heute die Beene in den Bauch. Heute is wohl mau mit Kundschaft«, feixte sie.

»Besser als Maulaffen feilhalten«, raunzte sie eine große Dünne an, die unbemerkt im Hauseingang neben ihnen auf einem Schemel hockte. Ihre Augen waren dunkel und ließen jede Spur von Freundlichkeit vermissen. In ihrer Hand hielt sie ein dickes Schnitzelbrötchen, das unweigerlich sofort Helenes Blick auf sich zog. Genüsslich biss die Dünne hinein. Helene schluckte.

Da lachte die Prostituierte freudlos und sagte kauend ihre abgetragenen Kleider und Helenes dünne Beine betrachtend: »Wenigstens muss ick keen Hunger leiden.« Sie schmatzte laut und provokativ, leckte sich das Fett von den Lippen und biss erneut herzhaft in die belegte Schrippe.

Helene lief das Wasser im Mund zusammen. Margot zog sie weiter. Helene zwang sich, sich nicht umzudrehen. Ein Gedanke waberte durch ihr Gehirn, unerwünscht, aber hartnäckig: Und wenn das doch eine Option wäre? Immer genug Geld für Essen und Miete?

Margot schien ihre Gedanken zu lesen. »Sah die glücklich aus?«, fragte sie Helene ernst.

»Nee«, musste Helene zugeben.

»Siehste!«, erklärte sie triumphierend und der Gedanke verpuffte so schnell in Helenes Kopf, wie er gekommen war. »Und jetzt zum Platz ...«

Der Platz war ihr Treffpunkt. Auf der einen Seite lag eine kleine Schnapsbrennerei, auf der anderen Seite eine alte Kirche. Margot hatte gewitzelt: »Stell dir ma vor: Wenn der Messwein alle ist, gehen se schnell rüber und holen wat Stärkeret ...«

Helene hatte gekichert und dachte an die Frauen in der Kirche, die ihnen schon so oft geholfen hatten. Sie verteilten Lebensmittel- und Kleiderspenden und einige waren wirklich nett. Doch eine, die immer so streng guckte, blieb Helene im Gedächtnis. Sie hatte ein hageres Gesicht, einen stieldünnen Hals und war auffallend klein. Sie nahm Helene stets zweimal, am Anfang und beim Gehen, das Versprechen ab, heute Abend auch extra zu beten und dem Herrn für seine Gnade zu danken. »Denn umsonst ist nüscht im Leben«, erklärte sie ungefragt.

Hoffentlich müsste Helene nicht bald wieder dort vorsprechen, denn mit dem Ansteigen der Lebensmittelpreise kroch die alte Sorge erneut hervor: Was kochen? Ihre Vorräte waren bedenklich zur Neige gegangen.

Kaum nach Hause gekommen, wurde Helene schon wieder zum Brotholen losgeschickt. Sie hatte gar nicht erst die Schuhe ausgezogen, sondern war gleich weitergegangen.

Sie dachte an die Stunde mit Margot. Auf dem Platz hatten sie den schönen Erich und drei weitere Jungs getroffen, Margot hatte wie stets unbefangen und furchtlos herumgeflachst. Helene hatte eher unbedarft neben ihr gewirkt, glaubte sie. Aber das war in Ordnung gewesen. Sie hatte heimlich die langen Fliegenbeine, Verzeihung, Wimpern des Erich bewundert und sich gefragt, von wem er die wohl geerbt hatte. Er sah wirklich schnieke aus, keine Frage. Sein ebenmäßiges Gesicht, sein wacher Blick, seine schlanke Figur. Sie konnte gut verstehen, warum Margot ein Auge auf ihn geworfen hatte. Dennoch war Helene fast erleichtert, als die Kirchturmglocke schlug und die Freundinnen aufbrechen mussten.

Helene hatte ihre Hände in den Taschen vergraben. Die stumpfen Pfennige rieben im Innern des rissigen Lederportemonnaies aneinander.

Eine Taube hüpfte vor ihren Füßen über den Weg, offensichtlich genauso müde wie sie selbst. Der Bäckerladen kam in Sicht. Helene schaute bang: Ob es wohl für ein halbes Pfund Brot reichen würde? Neulich erst war der Pfundpreis erhöht worden und sie hatte mit dem abgezählten Geld, das ganz knapp nicht ausreichte, und roten Ohren schließlich den Laden verlassen müssen. Sie wäre am liebsten in einem Mauseloch verschwunden. Die Scham hatte sich heiß und drückend in ihre Eingeweide gefressen. Nicht einmal für Brot reichte es. Wo sollte das noch hinführen? So auch heute – sie musste unverrichteter Dinge und mit leeren Händen wieder gehen.

Beim Hinaustreten auf den Bürgersteig traf sie Gertrud, die sofort merkte, dass etwas los war.

»Welche Laus is'n dir über die Leber jeloofen?«

Helene schüttelte nur unwillig den Kopf: »Kannst allet essen, aber nich allet wissen«, antwortete sie patziger als vorgehabt. Sie spürte noch immer die Scham ihre Speiseröhre hochzüngeln.

»Na, deine Laune is ja heut im Keller«, gab Gertrud ungerührt zurück. Mit Höflichkeiten hielten sie sich ohnehin selten auf.

»Sach ma!« Helene gab sich einen Ruck und berichtete von dem Dilemma.

»Ich krieg die Motten. Ein Satz mit X, das war wohl nix«, kommentierte Gertrud trocken das Malheur und fummelte aus ihrer Tasche eine halbe Zigarette, die sie Helene schenkte. Helene schaute zu Boden, zählte die Pflastersteine. »Wenn ick da oben säße«, erklärte Gertrud pathetisch, »würde ick den feinen Herrn Politikern mal ordentlich den Marsch blasen. Wat die sich immer dabei denken. Für uns kleene Leute bleiben nich ma mehr Krumen übrig. Kann ja nich jede anschaffen jehen deswegen«, echauffierte sie sich. »Du, jehts? Ich muss los, du weeßt schon, meinem Cousin inner Werkstatt helfen. Aber wir sehen uns bald. Versprochen?«

»Versprochen« erwidert Helene und winkte der Freundin nach. Nun stand sie hier.

Die Schaufenster neben dem Bäckerladen waren hell erleuchtet, priesen Süßes und Herzhaftes an, verführten die Blicke der Vorbeikommenden und ließen einem das Wasser im Mund zusammenlaufen. Helene wandte den Blick ab, biss sich unwillkürlich auf die Zunge. Wie gern würde sie ihren Schwestern etwas von den Leckereien mitbringen. Wie sehr würden die sich freuen über diese Überraschung …

Durch das Fenster sah sie eine beleibte Frau mit Engelsgesicht unter dem geflochtenen und um den Kopf festgesteckten blonden Zopf. Ihr ebenfalls properes, rotgesichtiges Kind kaute hingebungsvoll an einer gefüllten Streuselschnecke, Helenes Lieblingsgebäck gleich nach Bienenstich. Die Welt war ungerecht. Schon immer gewesen und würde es immer bleiben. Und sie, Helene, konnte nichts daran ändern. Auf einmal überkam sie Zorn und großes Selbstmitleid. Sie stand im Licht der Straßenlaterne, mit nassen Füßen und plötzlich kalten Händen, und kam sich vor wie das Mädchen mit den Zündhölzern.

Ein junger Spargeltarzan und ein kesser Bursche mit Schiebermütze und ausgebeulten Hosentaschen kamen vorbei. Sie nahm die beiden kaum zur Kenntnis. Doch der mit der Mütze kam zurück, blieb stehen und sprach sie an:

»Na, so allein um die Uhrzeit, schönet Fräulein?« Er tippte sich jovial an die Mütze und setzte ein Lächeln auf, das er für charmant hielt. »Vielleicht kann ick ja helfen … Kuss jefällig?« Er spitzte anzüglich die Lippen und schloss die Augen.

Helene war zu überrascht, um zu antworten. Plötzlich fühlte sie sich ganz klein. Verlegen schüttelte sie den Kopf. Dann fiel ihr etwas ein. Nun war alles egal.

»Haste ’ne Mark?« Jetzt war es am Burschen, überrascht zu schauen. Er musterte sie abschätzig.

»'Ne Mark! Die is ja 'n kleinet Vamögen! Warum nich gleich fünf?« Ein pfeifender Ton erklang, als er empört die Luft ausstieß.

»Ohne mir, Frollein, also du bist ja nich von schlechten Eltern, aber so schön biste nun ooch nich. 'N Heiermann für 'n Kuss, da krieg ich ja drei für! Nee, dit lass ick mir nich abknöpfen.«

Nun war auch der Schlaksige zurückgelaufen gekommen. Er grinste schmierig. Mit einem taxierenden Blick auf Helenes Figur fügte er frech hinzu:

»Lass mal, Ernst. Lohnt sich nicht: Keen Arsch und keen Tittchen, sieht aus wie Schneewittchen.« Er schlug seinem Kumpel auf die Schulter und nötigte ihn zum Weitergehen. Dieser lachte immer noch, während sie dem Wind Richtung Norden folgten.

Helene blinzelte, schüttelte dann den Unwillen von sich ab. Sie bebte innerlich. Heute hatte sich alles gegen sie verschworen. Und plötzlich: Unwillkürlich musste Helene lachen, erst verhalten, dann laut und lauter. Der da, der Jenosse, hatte sie doch tatsächlich für 'n leichtet Mädchen gehalten, wie sie da so auf dem Bordstein rumstand und sich leidgetan hatte. »Na, da haste dich ja ordentlich in die Nesseln jesetzt«, hörte sie Gertrud im Geiste fröhlich feixen.

Helene stampfte auf. »Der is wohl als Kind mit 'm Klammerbeutel jepudat worden; Quadratschädel!« Helene hatte Gertruds teils amüsierten, teils wütenden Ausdruck vor Augen. Dieser Ausdruck, der dem Gesicht der Freundin stets einen fast niedlichen Ausdruck verlieh und eine steile Falte zwischen deren Augenbrauen erscheinen ließ. Doch Helene wusste, dass mit Gertrud in dieser Stimmung nicht zu scherzen war. Da wollte man nicht der Feind sein …

Helenes Traurigkeit und ihr Selbstmitleid waren schlagartig einer Art fröhlichen Hysterie gewichen. Was bildete der Kerl sich ein: »So schön biste nun auch wieder nicht!« Unverschämtheit, der hatte doch keine Ahnung. Und selber, mit 'nem Gebiss wie 'n Pferd und Pickel groß wie Linsen … So wat! Der wollte sie nich. Das war auch gut so, mit so einem würde sie sich ohnehin nie einlassen. Dass das mal klar war. Lieber würde sie auf Nägeln schlafen, als den anzufassen. Schade, dass ihr so etwas immer erst hinterher einfiel.

Sie reckte den Hals, hob den Kopf, straffte die Schultern und rieb zur besseren Durchblutung die Hände gegeneinander. Endlich war ihre Starre gewichen und sie setzte sich in Bewegung: Weiter im Text. Sie brauchte noch zehn Pfennige, das war doch kein Vermögen.

Mithilfe von Margot hatte sie das Geld schließlich zusammen und steuerte hoch erhobenen Hauptes erneut den Bäcker an, obwohl es sie Überwindung kostete. Aber: Was sein muss, muss sein. Der Mensch lebte eben doch vom Brot, wenn auch nicht allein. Und siehe da: Nun bekam sie problemlos ihr halbes Brot. Und sogar noch einen freundlichen Abendgruß mit auf den Weg.

Sie pfiff ein Liedchen auf dem Heimweg, schmulte durch die Fenster in einige Parterrewohnungen und malte sich aus, wie sie morgen ihre Freundinnen wiedersehen würde – und Hannes. Selbst die stehenden Abwasserpfützen und der Unrat im Rinnstein vermochten ihre gute Laune nicht zu trüben.

16

Hannes und sie trafen sich nun wieder etwas öfter. Helene hatte es so eingerichtet, dass sie hin und wieder abends oder zwischendurch ein wenig Zeit erübrigen konnte. Manchmal schwänzte sie auch ihre häuslichen Pflichten, die ohnehin nie abnahmen. Dann erzählte sie zu Hause einfach, sie hätte länger Schulunterricht gehabt.

Bei ihrem nächsten Rendezvous erzählte Helene Hannes von den beiden unverschämten Stinkern neulich und registrierte amüsiert, wie er sich aufregte. Enorm war das, so kannte sie ihn gar nicht. Meist schien er ruhig und besonnen, doch dieses Mal ging sein Puls durch die Decke. Er ballte die Fäuste und lachte grimmig; fast musste Helene selber lachen. Am liebsten wäre Hannes gleich zum Ort des Geschehens zurückgekehrt und hätte die beiden aufgemischt. Das war natürlich sinnlos. Sie waren nicht mehr auffindbar, was Helene nur begrüßte. Gut, dass sie fort waren.

Und dennoch: Wann immer sie an dem Bäcker vorbeiliefen, warf Hannes einen argwöhnischen und kampflustigen Blick in die umliegenden Gassen. Wenn die Strolche ihm unterkämen, würden die garantiert ihr blaues Wunder erleben. Er würde ihnen die Zähne tanzen lassen. Da war er nicht zimperlich.

Helene und Hannes hatten stets viel zu bereden. Im Grunde wusste Helene gar nicht so genau, über was sie redeten, es ergab sich einfach. Irgendwie über alles. Über Wichtiges und Unwichtiges. Ernstes und Witziges. Alles, was sie beschäftigte. Die beiden hatten sich wunderbar an die Gesellschaft des anderen gewöhnt. Sie genossen die Zeit zusammen, durchstöberten so manche Nischen und Hinterhöfe nach Nützlichem, verbrachten aber von nun an die meiste Zeit Händchen haltend. Oft spazierten sie auch einfach am Abend durch ihre Viertel.

So auch heute. Warmes Licht erleuchtete einige Fensterreihen vor ihnen. Wenn ihnen danach war, flüchteten sie einfach in »ihr« Zimmer in der Ruine. Hier bekam und schenkte Helene die schönsten Küsse ihres Lebens. Da war sie sich sicher.

An einem windigen Tag kamen sie auf ihrem Spaziergang an einer roten Backsteinkirche vorbei, die gerade einige Ministranten verließen. Helene sinnierte: »Wat die da drinnen wohl imma so lange machen?« Sie kannte das Kircheninnere nur von den wenigen Weihnachtsgottesdiensten an der Hand ihrer Großmutter – und von der Lebensmittelausgabe für Bedürftige, die sie so hasste und für die sie andererseits schon so oft unendlich dankbar gewesen war.

»So jenau weeß ick dit ooch nich«, gestand Hannes. »Der macht 'n Bogen um jede Art von Jotteshaus. Mein Alter sagt, Religion is nur Opium fürs Volk.«

Helene nickte. Sie wusste um die Abneigung für jedwede religiöse oder spirituelle Begeisterung bei Hannes' Vater.

»Wahrscheinlich trinken se Wein und essen Oblaten«, grinste Helene und kam sich ein bisschen schäbig vor, über die Kirche zu spotten, die ihnen schon einige Male aus einer Notlage geholfen hatte.

»Ja ja, vielleicht. Die Wege des Herrn sind unergründlich – und die der Damen auch, sagt mein Vadder«, grinste Hannes.

Etwas weiter vorn trafen sie auf Siegfried. Grinsend entblößte er seine Zahnruinen. »Na, ihr beeden Hübschen. Wohin des Weges?«

»Inne Rehberge. Bisschen grün schnuppern …«

Siegfried zwinkerte wissend. »Ach i wo, Nachtigall, ick hör dir trapsen … knutschen wollta!«

Helene wurde rot. Recht hatte er, aber das musste sie ihm ja nicht auf die Nase binden.

»Ja ja, wo die Liebe hinfällt«, proklamierte er, »da wächst keen Gras mehr. Deine Freundin is ja ooch 'n heißer Feger.« Helenes Wangen glühten. »Kiek dir nur mal ihre Taille an – und dann diese Rückseite …« Hannes hob mahnend die Hand.

Siegfried verstummte, aber nur kurz. »Wat denn? Wird man doch wohl noch sajen dürfen, dass du 'ne dufte Puppe …«

»Lass jut sein!«, schimpfte Hannes.

Siegfried lachte dreckig: »Wat bist'n so empfindlich? Ick guck doch bloß!«

»Am liebsten würd ick den nen Kopp kürzer machen«, brummte Helene schlecht gelaunt und nahm Hannes bei der Hand, um endlich weiterzugehen. Er wandte sich noch einmal wütend an Siegfried: »Jeh du mal nach Hause und lass uns durch.« Helenes Verlegenheit war ihm nicht entgangen. Und tatsächlich, Siegfried schickte endlich sich an, sich zu trollen.

»Na gut, ick hau ab; ick merk ja, wenn ich unerwünscht bin. Aber mir rutscht schon dit Herz inne Hose bei deinem Mörderblick«, höhnte er. Er sah Hannes noch einmal herausfordernd an.

»Solange es nur dit Herz is'«, entgegnete dieser. Siegfried lachte dröhnend und winkte ab: »Haltet die Ohren steif, ihr Süßen. Wir sehen uns, ob a wollt oder nich.«

Helene konnte Siegfried bis dahin eigentlich ganz gut leiden, doch in letzter Zeit hatte er sich deutlich zu seinem Nachteil entwickelt, fand sie. Man munkelte, dass er bald in die Fußstapfen seines älteren Bruders als Zuhälter treten würde. Der Umgang schien ihm nicht gut zu tun. Sie sah ihm nicht nach, als er an ihnen vorbeilief.

Siegfried lebte im berüchtigten Meyers Hof, in jenem Häuserkomplex wohnten, zum Teil unter schlimmen Bedingungen, Hunderte, ja, Tausende von Leuten. Die etwa 250 Wohnungen beherbergten Not und Elend, Sucht und Gewalt, vor allem auch jede Menge Ungeziefer wie Bettwanzen, Flöhe, Schaben und Mäuse. Kein Wunder bei den hygienischen Bedingungen dort. Die Mietskaserne umfasste auch zwei mehrgeschossige Quergebäude und sechs Hinterhöfe. Kaum Licht, kaum Platz, keine Perspektive. Wer dort wohnte, tat sogar ihnen leid. Siegfried war da kaum der passende Name … Und doch wurde Helene seine Art zunehmend unangenehm, obwohl sie wusste, wie er aufgewachsen war und unter welchen Umständen er lebte.

Hannes und Helene setzten sich tatsächlich noch eine kleine Weile in den Tiergarten. Ein Geruch von feuchter Erde und nassem Gras umgab sie. Hannes zeigte ihr einige seiner neuen Zeichnungen und Helene ging das Herz auf. Vor allem beim Anblick eines mit wenigen Kohlestrichen aufs Papier gebannten Kleinjungengesichtes, das so wirklich und fassbar aussah, dass sie ihren Blick gar nicht abwenden konnte. Das Zeichenpapier hatte er erst kürzlich »aufgetrieben«, wie er ihr stolz erklärte. Wo, verriet er nicht. Das Papier war dick, gelblich und fest. An manchen Stellen war es sichtbar aufgeraut, sodass die Farbe dort eine breitere Spur hinterließ als auf der restlichen Fläche.

Helene holte Nadel und Faden aus ihrer Tasche, Garn und Stoff – ihre Hände wussten, was zu tun war: Durchfädeln. Stich für Stich setzen. Schön gleichmäßig, nur nicht ausscheren und die brüchige Schönheit ihrer Stickarbeit verhunzen.

Plötzlich stieg ihr der Duft nach Orangen in die Nase und Helene musste an Weihnachten denken. Sie sah sich um: Niemand aß weit und breit um sie herum eine Orange. Hatte sie sich das eingebildet? Wie auch immer, sie genoss die traute Idylle und die Nähe zu Hannes für den Augenblick und ließ die Gedanken schweifen … Vielleicht mal ein Weihnachten zusammen mit Hannes feiern. Mit Küssen im Schnee und Fäustlingen und Flausen im Kopf. Eine schöne Vorstellung.

17

Am Morgen warf die Sonne lange Schatten auf die hohen Häuserzeilen. Helene hastete aus dem Haus. Das Etagenklo war so lang besetzt gewesen, dass sie sich jetzt sputen musste. Doch jemand versperrte ihr den Weg.

»Tschuldijung, Fräulein«, nuschelte ein etwa achtjähriger Pennäler.

»Ja?« Er druckste herum; der Mut schien ihn mit einem Mal verlassen zu haben. »Wat'n?«, drängte Helene.

»Ähm, also, öhm … Hier …« Er schien sich nicht entscheiden zu können, ob er kalkweiß oder tiefrot anlaufen sollte.

Helene schaute verständnislos auf das angefressene Matheheft, das er ihr hinhielt.

»Könnense …« Er gab sich sichtlich einen Ruck. »Könnense da mal mit A. Schulze unterschreiben, bitte? Mit geschwungenem S?« Er sah sie hoffnungsvoll an.

Amüsiert nahm Helene sein Heft entgegen und blätterte. »Da?« Er nickte verzagt. Helene überflog die Ziffern. Ach, da lag der Hase im Pfeffer. Eine dicke fette Ziffer zierte die vorletzte Seite. Helene schaute. »'Ne Fünf in Mathe?« Der Junge wand sich unter ihrem Blick. »Wollteste deinen Eltern nicht zeigen, wa?«

Er schüttelte traurig den Kopf. »Mein Vadder verdrischt uns immer nach Strich und Faden bei so wat«, sagte er kaum hörbar. Davon konnten viele Kinder ein Lied singen. »Der macht mich 'n Kopp kürzer, hat er jesacht«, murmelte er unglücklich.

Helene nahm den Stift entgegen und unterschrieb schwungvoll mit A. Schulze. Sie gab ihm das Heft zurück und wuschelte ihm aufmunternd durchs Haar. »Kopp hoch«, grinste sie. »Dafür kriegste schon mal keene Kloppe heut.« Er nickte. »Und: Bange machen gilt nich. Nächstes Mal wird's wieder besser.«

Er strahlte sie an und lief eilig davon, im Gehen das Heft nachlässig in den Ranzen stopfend.

Helene setzte ihren Weg fort und kam am St.-Elizabeth-Krankenhaus vorbei, in das sie schon so oft ihre Mutter hatte führen müssen. Sie dachte an Hannes, dann an die kranken Mädchen: Kaum hatte die eine von hohem Fieber begleitet die Masern überstanden, lag die andere nun mit Röteln flach. Die Mutter hatte sie losgeschickt zu einer Freundin, um Medizin zu holen. Helene setzte entschlossen einen Fuß vor den anderen, hielt nicht inne; der Weg war noch weit: Osram-Höfe, Leopoldplatz, Müllerstraße, gern hätte sie der Müllerhalle einen kleinen Besuch abgestattet, nur zum Gucken, aber die Zeit drängte.

Die Schering-Werke passierte sie, – Mensch, durch halb Berlin wurde sie gescheucht, aber es war nötig. Gott sei Dank: Die Bekannte war zu Hause, erwartete Helene sogar schon. Sie drückte Helene ein Glasfläschchen in die Hand und schickte sie mit tausend Ermahnungen und guten Besserungswünschen sogleich wieder hinaus. Kein Händedruck, kein Angebot, sich kurz hinzusetzen ... Hinter der rundlichen Frau im Alter ihrer Mutter hatte Helene kleine Hände an der Schürze zuppeln gesehen und ungeduldiges Gequengel gehört. Wahrscheinlich wollte jene eine Ansteckung ihrer eigenen Familie unbedingt vermeiden, dachte Helene. Sie konnte es ihr nicht verdenken.

Helene ging an den Weddinger Friedhöfen vorbei, vor denen sie sich immer etwas fürchtete. Mehr als einmal dachte sie, jetzt steigt einer der Toten über die Mauer und hascht mich.

»Du Hascherl«, scherzte Margot stets. Margot war mutig, solange Helene dabei war. Allein traute sie sich nicht einmal in den Keller ... Das hatte Margots Mutter Helene einmal gesteckt, als ihre Freundin sie wieder so aufzog.

Neben dem Berliner Krematorium jagten Helene die Friedhöfe die kältesten Schauer über den Rücken. Die Vorstellung, dass dort die ganzen Toten ... Da wurde ihr ganz blümerant. Nicht zuletzt, weil ihr prompt die warmen Hände ihrer Oma und der weiche Flaum ihrer verstorbenen Schwester Renate in den Sinn kamen.

Zu Hause lieferte sie die Medizin ab und schon wenige Tage später war Susi wieder auf den Beinen. Sie bedankte sich, indem sie Helene frech an den Haaren zog.

»Du willst wohl 'n Satz warme Ohren!«, tobte Helene, als es ihr zu bunt wurde. Ihre Schwester musterte ein Büschelchen ausgerissener Haare zwischen ihren Fingern. Helene konnte sehen, wie der Fluchtinstinkt und das schlechte Gewissen im Gesicht der Kleinen miteinander rangen.

»Tschuldigung«, sagte Susi kleinlaut und sofort erlosch Helenes Zorn. Sie drohte mit dem Zeigefinger. Dann gingen sie mit Irma hinaus, um Murmeln zu spielen. Jede bekam drei Stück zugeteilt. Der Rest war verbummelt oder in Gullys verschwunden. Und für neue hatten sie kein Geld.

»Millionär müsste man sein«, erklärte Irma verträumt. Ihr Lieblingsthema, sie malte sich gern aus, was sie mit dem ganzen Geld machen würde. »Hundert Pfannkuchen kaufen« zum Beispiel, oder »Ein rotes Kleid mit silbernen Knöpfen und ein Hut mit einer Feder«. Praktische Dinge wie ein ordentlicher Wintermantel oder eine neue Matratze kamen ihr natürlich nicht in den Sinn. Aber das machte nichts. Auch Irma brauchte Schönes. Und wenn es in der realen Welt so wenig davon gab, musste man es sich halt erfinden. Darin waren sie schon immer gut gewesen. Zwangsweise. Irma aber hatte ein besonderes Talent dafür, sich die Welt so auszumalen, wie sie ihr gefiel. Bisweilen litt ihr Realitätssinn darunter ein wenig.

»Irma spinnt«, riefen die anderen Kinder häufig, wenn Irma felsenfest behauptete, in ihrem Bett wohne ein Bär, und es in diesem Moment, in dem sie es aussprach, auch wirklich selbst glaubte. Hundertprozentig glaubte sie sich; sie konnte quasi das warme Bärenfell fühlen.

Helene jedoch mochte das Spiel ebenso gern wie ihre Schwester, doch war sie vorsichtiger dabei, was sie die anderen davon wissen ließ.

Irma ließ sich in ihrer Fantasie nicht nur von vorne bis hinten bedienen, sondern auch fantastisch bekochen und verwöhnen. Sie schlief jeden Tag in flauschigen Federbetten, so lange sie wollte, und musste nie einen Finger krumm machen, weder zum Kohleholen noch zum Putzen. Außerdem war jeden Tag Sonntag, und Hannes kam sie besuchen.

Des Murmelspielens überdrüssig, waren die drei losgelaufen. Die kleinen Füße ihrer Schwestern ließen keine Pfütze aus. Dunkle Flecken hatten sich im vorderen Bereich gebildet, sie würden bald nach Hause gehen müssen, bevor die Schuhe gänzlich durchweicht und damit die Füße nass und kalt würden. Doch vorher forderte eine Sache ihre Aufmerksamkeit. Etwas glitzerte zwischen dem Grau-Schwarz der Pfützen: ein Sechser.

Irma war hellauf begeistert. »Wir sind reich! Weiter«, spornte sie die Schwestern an. »Vielleicht finden wir noch mehr.«

Susi war mit Feuereifer dabei, inspizierte jeden Quadratzentimeter und ließ keinen Stein auf dem anderen. Auf allen Vieren kroch sie über das Pflaster. Doch so lange sie auch suchten und in der schmierigen Erde scharrten, es kam keine weitere Münze zum Vorschein. Es blieb bei diesem einen blanken Geldstück. Wie ein Sonnenstrahl, der sogleich wieder hinter dichten Wolken verschwunden war.

»Nüscht weiter?«, fragte Irma enttäuscht. »Keene Penunzen mehr? Keine Moneten, Mäuse, keene Kohle, Asche?!«

»Keen Schotter«, bestätigte Helene.

»Schade«, antworteten die beiden jüngeren Schwestern im Chor und begannen prompt, sich um die einzelne Münze zu streiten.

Ein fauliger Geruch ließ Helene wieder vollends in der Wirklichkeit ankommen: Ein Nachbar hatte den Inhalt eines Fäkalieneimers in den Gully geschüttet. Nur notdürftig hatte er daneben Gegangenes beseitigt. Die Kinder machten einen weiten Bogen um die Stelle und hielten sich mit großer Geste die Nasen zu.

18

Helene kämmte sich das dicke Haar, zog die Augenbrauen mit Spucke nach und schnürte die Schuhe so fest wie noch nie. Sie war nervös. Es war so weit. Sie brach die Schule ab, um ihren ersten Ausbildungstag bei der Firma »Bratzke, Obst und Gemüse« anzutreten. Schweren Herzens und ein bisschen aufgeregt trat Helene ihren Gang nach Canossa an, der zugleich ihr erster Tag in Freiheit war. Keine Schulpflicht mehr, nie wieder würde sie dominante und gängelnde Lehrer zu ertragen haben, dafür einen nicht minder strengen Chef, wie sie schon kurz darauf erfahren musste.

Es war noch früh am Tage. Sie stand in ihrer Arbeitskleidung in der Morgenkühle und wartete auf Kundschaft. Noch kam ihr der Platz hinter dem Verkaufsstand fremd vor.

»Na, Frollein, was können Sie mir empfehlen?«, grinste Hannes Helene an. Vor Überraschung drehte sie sich so schnell um, dass sie versehentlich schwungvoll einen Packen Papiertüten von der Ablage fegte.

»Hannes!«, flüsterte sie erfreut. »Wat machst du denn hier?«

»Ick wollte mir mal die süßesten Früchtchen hier anschaun«, scherzte er.

Sie fühlte, wie ihr leichte Röte den Hals hochkletterte.

»Döskopp«, schimpfte sie grinsend.

Er nahm eine Birne, wog sie prüfend in der Hand. »Birne ›Helene‹?«, fragte er mit Unschuldsmiene.

»Fast …« Jetzt musste sie doch lachen. »Dit hier«, sie hielt einen rotbackigen Apfel empor, »ist der Appel aus dem Garten Eden.«

»Denn bist du Eva und icke Adam«, stieg Hannes sofort ein und musterte sie hoffnungsvoll. »Und wir werden immer zusammen sein.«

Er sah so süß aus in seiner Sonntagskluft, die er extra zur Feier des Tages angelegt hatte, zum Anbeißen, fast wie ein Bräutigam … Helene wurde der Hals eng vor Freude.

Da hinten stand ihr Chef. Sie schluckte angestrengt. Inzwischen glühte ihr Gesicht und sie hätte es anstandslos zu den dicken tiefroten Tomaten legen können. Sie drehte sich um und hob die dreieckigen Tüten auf. Aus den Augenwinkeln sah sie etwas aufblitzen. Ein scharfer Blick traf sie. Ihr Chef beobachtete die Szene zwischen ihnen beiden nun genau. Er wirkte noch grimmiger als sonst und paffte zornig an seiner Zigarette.

Nervös wandte Helene sich an Hannes und musterte ihn. »Koofste nun wat?«, fragte sie angespannt.

Hannes' verträumter Blick erlosch. Verdattert stammelte er: »Ja, äh, na klar. Moment …« Er kramte hektisch in seiner Hosentasche und beförderte zwei Sechser ans Tageslicht. Verlegen hielt er sie ihr auf der ausgestreckten Handfläche entgegen. Jetzt war es an ihm, zu erröten.

»Ähm, kriegt man wat dafür? Icke, also … Ick hab grad nicht mehr dabei. Alles ausgegeben, dahinten, beim Uhrmacher, weißte, musste repariert werden, meine teure Armbanduhr. … Nächstes Mal bringe ich mehr mit.« Er ließ die knochigen Schultern sinken und sah plötzlich wieder genau wie der Schuljunge aus, der er war.

Helene winkte ab und schielte hinüber zu ihrem wachsamen Chef. »Is völlig ejal«, raunte sie ihm zu und wies unauffällig in Richtung ihres schnauzbärtigen Vorgesetzten. »Ich muss nur irgendwat verkoofen und darf nicht zu meinem Privatvergnügen hier stehen, verstehste?« Sie drückte ihm sanft ein erdiges Bund Mohrrüben in die schmale Hand mit den vernarbten Fingern.

Irritiert sah er das Gemüse, dann seine Freundin an, endlich nickte er verständnisvoll. »Natürlich, danke«, sagte er und fügte mit düsterem Blick hinzu: »Ein echter Wachhund is der, wa?«

Sie verdrehte theatralisch die Augen und nickte. »Dit sach ick dir!« Er schnaufte. Vom Regen in die Traufe. Sie sah ihn liebevoll an. »Geh jetzt, ick muss hier weitermachen«, sagte sie nachdrücklich und sortierte demonstrativ die Pflaumen neu.

Er sah einen Augenblick verletzt aus ob der Abfuhr, aber dann gewann sein Verstand die Oberhand und er zog sich rasch auf die andere Straßenseite zurück, allerdings nicht, ohne ihr noch einmal zärtlich zuzuwinken. Dann war er um die nächste Ecke verschwunden.

Helene atmete erleichtert auf. Das war noch einmal gut gegangen. Sie sollte es sich nicht am Anfang mit dem Chef verscherzen. Nicht mal wegen Hannes.

Prompt kommentierte der Chef ihren Arbeitseinsatz am Ende des ersten Tages mit einem hingeworfenen »Na, haste dir ja eenen abjebrochen heute. Hoffentlich wird dit noch besser.« Helene ließ den Kopf hängen, nahm ihre wenigen Habseligkeiten an sich und schlurfte nach Hause, natürlich nachdem sie ihrem Chef überzeugend Besserung gelobt hatte. Sie würde schuften wie ein Ackergaul. Der würde sie nicht kleinkriegen, der nicht. Und tatsächlich, schon bald zählte sie zu den besten Arbeitskräften, was ihr Vorgesetzter allerdings tunlichst vermied, sie spüren zu lassen. Seine Wertschätzung drückte sich höchstens im Ausbleiben von Beleidigungen aus. Helene war es egal. Sie dachte nur an ihre Lohntüte. Alles andere und alle anderen konnten ihr gestohlen bleiben.

Allmählich stellte sich der Alltag ein: Helenes Tage reihten sich aneinander wie dicke, schwere Regentropfen, die sich an der Fensterscheibe sammelten. Zu ihrer Verwunderung vermisste sie die Schule kein bisschen. Fast fand sie das schade, hatte ihr das Lernen an sich doch Spaß gemacht. Doch seitdem ihre Mutter kaum noch regelmäßig arbeiten konnte, – ihre Beschwerden hatten sich wieder drastisch verschlimmert – musste wenigstens eine Geld nach Hause bringen, sonst würde das Jugendamt ihnen die Kleinen doch noch wegnehmen. Und das würde ihre Mutter umbringen.

Nun, sie war die Älteste, also blieb es an ihr hängen. Sie musste jetzt erwachsen werden. Von heute auf morgen. Ob es ihr passte oder nicht. So war das. Sie hatte den Schwarzen Peter gezogen und musste wortwörtlich in den sauren Apfel beißen. Es hing alles an ihr. Sie fühlte die Last wie einen bleiernen Schal um ihren Hals liegen, ihre Schultern niederdrücken und den jungen Morgen noch grauer werden lassen.

Aber einen Lichtblick gab es. Hannes. Hannes, der ihre Schwestern liebevoll neckte, immer zu einem Streich aufgelegt war, der ihnen im Park die verschiedenen Vogelarten zeigte, der ihr, wenn sie alleine waren, am Springbrunnen vorlas, während sie müde ihren Kopf in seinen Schoß legte. Ein Lächeln legte sich auf ihr Gesicht, als sie sich erinnerte, wie gut es sich anfühlte, wenn er ihr dabei gedankenverloren mit den Fingern durchs Haar fuhr. Wie warm seine Hand war, wie weich seine Hemdsärmel, wenn sie über ihre Wange strichen. Wenn sie mit ihm zusammen war, schien alles leichter, irgendwie heller. Als sähe sie die Sonne scheinen, selbst wenn diese hinter dichten Wolken verborgen war. Sie wusste, sie war da.

Helene stand früh auf, spritzte sich etwas kaltes Wasser ins Gesicht, meist hing die Nacht noch unnachgiebig zwischen den hohen Mietshäusern. Sie versorgte die Geschwister, was bedeutete: Frühstück für alle, waschen oder zumindest anziehen, kämmen mit aufmerksamem Läusefrühwarnblick, aufräumen, lüften, der Mutter die Augentropfen verabreichen, und wenn es ganz schlimm war auch die Schmerztropfen, die sie den ganzen Tag furchtbar schläfrig machten, und zum Schluss die Große in die Schule bugsieren.

»Ick will nich in die Schule, da sind alle doof zu mir«, motzte diese regelmäßig und Helene versetzte es einen Stich bei dem Gedanken, wie die anderen Irma piesackten, aber es half nichts. »Ick will lieber arbeiten, so wie du, Geld verdienen … Denn können wa uns mal wieder Blutwurscht koofen und Karten kloppen. Shiet auf Mathe und allet … brauche ich eh nie.«

Helene kannte die Leier, konnte ihre Schwester nur zu gut verstehen und wusste doch, da musste Irma durch, eine Alternative gab es nicht. Ging sie nicht zur Schule, würde früher oder später das Amt auf der Matte stehen. Würden sie ihre Miete nicht zahlen können, würde auch das Amt kommen, und würde das Geld nicht mehr fürs Essen reichen … Sie brach ihren Gedankenstrom ab und kniff sich in den Arm, um wieder im Hier und Jetzt zu landen.

»Ich mag nicht gehen«, jammerte Irma.

Helene reagierte also wie üblich: Sie umarmte ihre kleine, große Schwester fest, steckte ihr ihre eigene Vesper, einen harten Apfel und einen Schwarzbrotkanten mit Harzer Käse zu, und schob das störrische kleine Mädchen mit den langen Zöpfen und dem »Hahnenkamm« auf dem Kopf entschlossen durch das Schultor. Gerade noch pünktlich.

19

Die Tage, die Wochen vergingen; es wurden schnell Monate daraus. Alles blühte und wuchs. Die Gänseblümchen am Wegesrand taten ihre Pflicht. Helene hatte sich mit dem Chef gutgestellt, so gut es eben ging.

Auf dem Weg zur Arbeit hüpfte Helene über das von den Nachbarskindern mit Kreide aufs Pflaster gemalte Himmel-und-Hölle-Spiel. Sie fühlte sich leicht, beschwingt, fast wieder wie ein Kind. Heute war ein besonderer Tag: Hannes hatte Geburtstag. Und sie würde ihm etwas ganz Besonderes schenken. Wochenlang hatte sie darauf gespart. Ihr Geschenk für ihn lag sorgfältig eingepackt in ihrer Schublade auf der Arbeit, gut versteckt unter den Wechselsocken. Sie war schon sehr aufgeregt. Sobald sie von der Arbeit wegkonnte, um 18 Uhr hatte sie Schluss, würde sie zu ihm hinüberrennen, ihn herausklingeln und ihm im Park unter der alten Linde das Päckchen überreichen.

Sie ging einen Schritt schneller, als könne sie damit die Zeit beschleunigen und den ersehnten Feierabend rascher näher rücken lassen. Doch der Tag verlief anders als geplant. Ihr Chef hatte besondere Pläne mit ihr. Kurz vor sechs baute er sich vor ihr auf.

»Hier, diese Kisten müssen heute alle noch ins Lager gebracht werden. Ich muss los, aber du schaffst das schon. Ick vertrau dir. Du machst dich ja janz jut bis jetzt.« Er drückte ihr die Lagerschlüssel in die Hand und mahnte: »Pass bloß uff uff die Schlüssel, dass de mir die nich verlierst. Sonst kannste wat aleben.«

»Aber … Dit sind so viele«, wandte Helene mit verzweifeltem Blick auf die gut drei Dutzend Obst- und Gemüsekisten ein, »dafür broch ick alleene mindestens zwei Stunden.« Ausgerechnet heute, fluchte sie innerlich. Den Kassenabschluss musste sie auch noch machen.

»Dann fang besser gleich an«, antwortete ihr Chef gleichmütig und wandte sich zum Gehen. Helene war zum Heulen zumute. Das war so ungerecht. Und das an Hannes' Geburtstag.

Kurz schöpfte sie Hoffnung, als sich der Chef noch einmal umdrehte und sie ansah. »Du kannst die Karre nehmen, steht dahinten«, fügte er großmütig hinzu. Dann war er weg und Helene den Tränen nah.

Wut, Trauer und Verzweiflung bahnten sich ihren Weg, als sie ausholte und mit aller Kraft gegen eine am Boden stehende Kiste voller grüner Gurken trat. Holz splitterte, Gurkenstücke flogen umher und Helene biss sich in die geballte Faust. Es war zum Mäusemelken. Sie hatte einfach kein Glück. Es sollte nicht sein. Das Leben meinte es nicht gut mit ihr. Sie sollte sich damit abfinden. Vielleicht würde es dann leichter werden. So wie ihre Mutter predigte: »Erwarte nix, dann kannste ooch nich enttäuscht werden.« War es das? War das die Antwort? Keine Erwartungen haben, alle Hoffnung fahren lassen, sich auf nichts freuen? War es so einfach und gleichzeitig so schwierig? Sie schüttelte sich, rieb sich den schmerzenden Zeh und holte die Sackkarre.

Konzentriert begann sie, diese wie aufgetragen mit den Kisten zu beladen, eine nach der anderen, Fuhre für Fuhre. Als sie in der Dämmerung endlich fertig wurde, steckte sie gewissenhaft den Schlüssel in die Tasche, lud sich die Jackentaschen voll angeschlagener grüner Gurken und streckte den gekrümmten Rücken durch. Noch war nichts verloren. Sie hatte noch etwas vor. In ihrer Hosentasche schloss sich ihre Hand um das harte Päckchen für Hannes.

Abgekämpft und durchgeschwitzt kam Helene bei der Nummer Sieben an. Sie zögerte kurz, fuhr sich mit der Hand durchs zerzauste Haar und wischte sich die Hände noch einmal am Rock ab, bevor sie die Klingel drückte. Im dritten Stock ging ein Fenster auf.

»Wir koofen nüscht«, schallte es unwirsch aus dem Fenster.

»Hier ist Helene«, antwortete sie mit Inbrunst.

»Wer ist da?«, fragte die raue Stimme in die Dämmerung.

»Äh, hier ist Lene«, rief sie ein weiteres Mal.

»Wer?«

»Helene«, rief sie nun so kräftig sie konnte ins obere Stockwerk hinauf. »Ist der Hannes da?«

»Wat willste denn, Kind? Wir essen grad.«

»Dem Hannes gratulieren.« Plötzlich unsicher setzte sie nach: »Der hat doch heute Jeburtstag, oder?«

»Ja, ja, is schon richtig«, sagte die raue Stimme. Es folgte eine kurze Pause.

»Na, dann komme ick später noch mal«, sagte Helene und entfernte sich enttäuscht einen Schritt vom Haus.

»Helene!«, rief da plötzlich eine hellere Stimme. »Warte!«

Helene sah auf, konnte aber oben im Fensterrahmen nichts erkennen. Dennoch machte ihr Herz einen Sprung, als sie seine Stimme erkannte.

»Warte da, ick komm schnell runter«, rief er, ihr Hannes, ihr zu. »Ick fliege«, setzte er nach.

»Lieber nicht«, lachte sie.

»Aber, du kannste doch jetzt nich einfach …«, hörte Helene die raue Stimme hinter ihm protestieren. Hannes' Antwort vernahm Helene schon gar nicht mehr. Kurz darauf ging unten die Haustür auf und ein rotwangiger Hannes mit Brotkrümeln im Mundwinkel und einem Stück Speck in der Hand stand vor ihr. Sie grinste.

»Hallo«, strahlte ihr Freund sie an.

»Alles Jute zum Geburtstag«, sagte sie und umarmte ihn stürmisch, ließ ihn jedoch gleich wieder los, als sie sah, wie er nach oben zum Fenster linste.

Er lächelte. »Danke sehr.« Eine kleine verlegene Pause schlich sich ein. Wie bei einem Theaterstück, bei dem die Darsteller plötzlich nicht wissen, was als nächstes kommt. »Hier, willste? Janz frisch aus Brandenbursch, von meinem Vetter von Hof.«

Sie sah auf das glänzende Stück Speck in seiner Hand hinunter und bemerkte erst jetzt, wie hungrig sie war.

»Ja, gern.« Umständlich biss sie ab, kaute. Es schmeckte gut. Sie setzten sich in Bewegung.

»Wohin willste?«, fragte er. Erst mal weg vom Fenster, dachte sie.

»Zum Eck«, sagte sie.

»Ja, jut. Dann schwing die Hufe.« Er rannte plötzlich los. Und sie hinterher, als hätte sie sich nicht gerade 12 Stunden die Füße platt gestanden.

Sie setzten sich an der Ecke auf den Bordstein. Müdigkeit überkam Helene, als sie endlich saß und noch mehr Speck kaute. Sie gähnte herzhaft.

»Nu aber nich schlapp machen«, scherzte Hannes. »Ick bin extra meinem Vater entwischt.«

»Nee, ich doch nicht, und schon gar nicht, bevor ick dein Jesicht jesehen hab.«

»Mein Jesicht? Wat is 'n damit?«, fragte er und fuhr sich mit der Handfläche über Stirn und Wangen.

»Nüscht!«, grinste sie. »Noch nich. Ich will nur sehen, ob et dir jefällt.«

»Wat denn?« Er setzte sich näher zu ihr und schaute fragend.

»Nich so eilig, junger Mann. Kommt ja schon, mach mal die Oogen zu.«

Erwartungsvoll schloss Hannes die Augen und wartete. Fast schien es Helene, als spitze er die Lippen. Sie fummelte das Päckchen aus der Tasche und legte es ihm in die Hand. Sofort begann er zu tasten. Seine Finger befühlten aufmerksam die Verpackung.

»Wat ist det?«

»Mach et uff, nein, warte … Rate erst mal!«

Unerwartet nahm er ihre Hand. »Janz ejal, wat et is, ick freu mich schon jetzt.«

»Dann is ja jut«, antwortete sie gespielt lässig, bemüht, ihre Rührung zu überspielen. »Falls es dir nich jefällt. Nun rate!«

»Hartes Brot, nein. Ein Stück Feuerholz, nein.« Spielerisch schlug sie ihm aufs Bein. »Der Form nach: Ein Mäusesarg.«

»Ick nehme dit gleich wieder mit, wenn du so weitermachst«, sagte sie grummelnd.

»Hm, im Ernst, ick habe keene Ahnung. Für ein Buch ist es zu klein, für Schokolade zu dick. Ich weiß es nicht.«

»Keene Fantasie«, stöhnte sie theatralisch und drängte ihn, das Geschenk auszuwickeln. Nervös zupfte er am Papier. Neugierig war er, das sah man.

»Eine Mundharmonika!« Er wirkte verdutzt, erfreut, alles zusammen. »Aber ick kann doch gar nich spielen«, wandte er ein.

»Macht nüscht«, lachte sie. »Ick bring et dir bei. Gehört zum Jeschenk.«

»Na dann«, freute er sich und streifte sanft ihre Schulter. »Danke. Dann muss ick aber sicher unbedingt jeden Tag Unterricht nehmen bei dir. Und du musst sehr geduldig mit mir sein.« Er machte runde Kulleraugen. »Damit ich auch was lerne, meine ich«, versicherte er treuherzig. »Da wirst du mir als meine Lehrerin doch sicher zustimmen, nicht wahr?«

Sie nickte grinsend. »Na klar, sonst macht das ja keinen Sinn, das Üben …«

Gleichzeitig fragte sie sich, wie sie das hinkriegen sollte, sich jeden Tag mit ihm zu treffen zwischen

Lehre und Familienpflichten. Aber darüber würden sie sich später Gedanken machen.

Sie stellte sich vor, wie sie dem kleinen, praktischen Instrument behutsam warme Melodien entlocken und Hannes Stück für Stück in die Kunst des Spielens einweihen würde. Ihr Herz machte einen Hüpfer; sie wollte sich das angenehm warme Gefühl in der Brust nicht nehmen lassen, nicht heute. Zusätzlich legte sie ihm eine flache Schachtel in den Schoß: Papier und Stifte. Jetzt glänzten seine Augen im Mondschein. Sie sagten kein Wort, küssten einander nur und ließen den lieben Gott einen guten Mann sein.

Der Frieden, den Helene erfahren hatte, war jedoch von kurzer Dauer: Als sie nach Hause kam, herrschte dort helle Aufregung. Susi hatte sich eine dicke Platzwunde beim Spielen zugezogen. Sie saß stolz mit ihrem Kopfverband am Tisch, während die Mutter weiß wie die Wand das kleinste Schwesterchen wiegte, welches trostsuchend vergeblich an der Brust zu saugen versuchte. Doch die Milch war schon lange versiegt.

»Wird 'ne dicke Narbe«, verkündete Susi altklug, als Helene fragte, was passiert war.

»Wir haben Fangen gespielt wie immer«, erklärte Irma kleinlaut. »Dabei isse jegen det Regal jerannt.« Helene seufzte, setzte sich und strich Irma und Susi vorsichtig übers Haar. Beide sahen verheult aus. Auf der Bank trocknete ein Blutfleck. Lotta greinte. Susi legte den Kopf auf den Tisch.

»Vielleicht sollten wa doch zum Arzt ...«, begann Helene, doch weiter kam sie nicht.

»Wo um Himmels Willen biste jewesen?«, herrschte ihre Mutter sie aus heiterem Himmel an. »Weeßte eigentlich, wie spät et is? Und denn dit hier … Ick hab mir Sorgen jemacht, Wunder jedacht, wat dir passiert is.«

»Wat soll denn passiert sein?«, gab Helene unwirsch zurück.

»Wat weiß ick«, antwortete ihre Mutter gereizt, »dass de Harmanns Nachfolger in die Hände jefallen bist. Oder überfallen, ausjeraubt. Oder schlimmer …«

»Quatsch. Ich kann schon uff mich aufpassen.«

Die Mutter zeigte auf Susi, knetete die Hände. »Ick hab dir hier jebraucht«, sagte sie halb vorwurfsvoll, halb entschuldigend.

Wie immer, dachte Helene, sagte aber nichts. Sie sah sich stattdessen jetzt doch noch mal die Wunde an, war beruhigt, tröstete die Schwestern, fegte ein paar Krümel vom Tisch und setzte sich schließlich neben die Mutter, in gebührendem Abstand.

»Tut mir leid«, sagte sie zu ihr, den Blick auf die blutigen Tücher in der Spüle gerichtet.

»Also, wo warste nu?«, fragte die Mutter nun ruhiger.

»Bei Hannes, er …«

»Wat denn, um die Zeit?«, brauste die Mutter sofort wieder auf. »Jeht dit jetzt schon los? Biste nich ’n bisschen jung dafür?«

Helenes Nacken fühlte sich steif an, sie spannte den Rücken. »Wofür?«, fragte Helene scharf.

»Jetzt stelle dich doch nicht blöd«, sagte die Mutter. »Du weißt jenau, wat ick meine. Dich nachts mit jungen Männern herumzutreiben.« Helene wurde wütend.

»Wie du dit schon wieder sagst: Rumtreiben. Junge Männer. … Mann, dit war nur Hannes. Wir haben geredet.«

Die Mutter fiel ihr ins Wort: »So fängt dit immer an. Glaub mir, ick meine es nur jut. Mir haben sie damals blutjung ’n Balg angehängt, und du siehst ja …«, schloss sie hilflos und deutete auf das ärmliche Zimmer, Helenes Geschwister, das jammernde Kleinkind.

In Helenes Innerem knirschte es, etwas drohte zu zerbrechen. Ihre Mutter hatte wieder nicht zugehört, es nicht einmal versucht. Sah alles allein durch ihre eigene trübe, vom Leben verschmierte Brille. Helene hatte keine Chance gehabt, ihrer Mutter von dem Geburtstag zu erzählen, von dem Geschenk für Hannes, von der Freude.

Immer ging es nur um die Mutter, um ihre Erfahrungen, immer erwartete die Mutter nur das Schlechteste, bei allen. Und »das Balg«, das man ihr angehängt habe, war sie selbst, Helene, gewesen. Die Art, wie ihre Mutter über diesen Umstand sprach, machte alles noch schlimmer. Helene wusste, dass sie nicht willkommen gewesen war, ihre Mutter ihr ihre Existenz nie ganz verziehen hatte, obwohl sie selbst doch das Allerwenigste dafürkonnte. »Schwamm drüber«, hätte sie gern gesagt, doch es ging nicht. Dieses Mal nicht. In diesem Augenblick hasste Helene ihre Mutter, all das hier um sie herum. Alles, das das Schöne und Gute, Besondere und Hoffnungsvolle immer und sofort unter einem Berg von Sorgen und Misstrauen, schlechten Erlebnissen und Angst begrub. Erstickte, bis auch der kleinste farbige Rest tot und grau dalag. Und sich nichts mehr regte. Erst dann war man sicher, aber auch kalt, starr, gefühllos, quasi tot. Spürte nichts mehr. Weder draußen noch drinnen. So wollte sie nicht werden. Sie wollte niemals wie ihre Mutter werden: Dem Tod oft näher als dem Leben.

Helene ging, holte eine Zeichnung von Hannes heraus und betrachtete sie sehr lange. An diesem Abend sagte sie kaum mehr ein Wort, schwor sich nur, alles anders als ihre Mutter zu machen, auf Teufel komm' raus.

20

Helene lief mit ihrem Einkaufsnetz durch die Straßen. Der staubführende Wind pfiff geräuschvoll durch die Häuserschluchten und machte deutlich, dass er es ernst meinte. Papiermüll, Sand und ein löchriges Halstuch tanzten nach seiner Pfeife auf dem Bürgersteig.

Unwillkürlich zog Helene die Jacke enger um die schmalen Schultern. Sie sah zu den kahlen Baumkronen der Straßenbepflanzung hoch und dachte an Hannes. An sein Lachen, sein Grübchen in der linken Wange und an seine verkrüppelte Hand. In ihrem Magen kribbelte es, und sie vermochte nicht zu sagen, ob es am allgegenwärtigen Hunger – »Kein Wunder, Mädchen, du bist im Wachstum«, pflegte Margots Mutter ihr zu versichern, wenn sie dieser von ihrem omnipräsenten Appetit erzählte – oder am Braun seiner Augen lag. Hannes' Augen schienen ganze Bände zu erzählen. Sie konnte sich darin verlieren, ohne an etwas zu denken als: schön. Das war herrlich. Wie Ferien vom eigenen Ich.

Helene schoss einen Stein den Bürgersteig hoch und achtete nicht auf die Tauben links und rechts, die flügelschlagend Reißaus nahmen. Sie musste nachdenken. Überlegen, wie es weitergehen sollte. Was man tun konnte. Ob sie überhaupt etwas tun konnte. Sie war sich nicht sicher …

Gestern Abend war Hannes abermals überraschend zu Besuch gekommen. Lange hatten sie unten im Hof auf der Kellertreppe gesessen und geredet. Als das Unbehagen sie schließlich von den harten Stufen vertrieben hatte und sie weitergelaufen waren, Helene seine Wärme an der Hand spürend, war sie glücklich gewesen. Einfach so. Das passierte ihr nicht allzu oft. Aber meist bei ihm. Sie versuchte, das Gefühl festzuhalten wie einen prallen Apfel. Am liebsten hätte sie es in einem Einmachglas für immer konserviert. Sie erzählte Hannes davon. Er nickte wissend. »Dit kenne ick, bei dir …«

Das Reden und Zuhören hatte Helene gutgetan. Still zu werden. Frei zu werden. Leicht. Ein gutes Gefühl. Sie wünschte, sie könnte es öfter haben, wusste aber nicht, wie das ging. Vielleicht konnte sie es lernen. Wie man still wurde und leicht. Unter Umständen sogar: glücklich! Nun mal langsam, schalt sie sich. »Immer langsam mit den jungen Pferden«, hätte ihre Großmutter jetzt gesagt und schalkhaft mit dem Zeigefinger gedroht.

Sie schloss die Tür auf und zog die Jacke aus. Ihre Mutter lächelte schief. Sie hatte Zähne verloren bei den Schwangerschaften, man sagte nicht umsonst: Jedes Kind kostet einen Zahn. Erst neulich hatte sich Mutter einen Vorderzahn abgebrochen.

Helene sah ihre Mutter verstohlen von der Seite an, während diese die Kanne vom Herd nahm und ihrer ältesten Tochter einschenkte. Eingefallene Wangen, Sorgenfalten auf der Stirn; Helene konnte sich beim besten Willen nicht erinnern, wann sie sie das letzte Mal lachen gesehen hatte. Das gab ihr zu denken. Ihre Mutter sah aus, als hätte sie das Leben verschlungen, zerkaut und wieder ausgespuckt. So wollte sie niemals aussehen. So traurig und zerschunden. Warum nur wirkte die Mutter so niedergeschlagen und krank? Lag es an den Kindern? An den Männern? Am Leben? An diesem Leben? Womöglich.

Helene schüttelte die düsteren Gedanken von sich wie ein nasser Hund die Regentropfen. Sie musterte das zerkratzte Tablett vor ihr, fuhr mit dem Blick die Linien nach und wärmte sich an der Teetasse in ihrer Hand. Sie nippte bedächtig und genoss, wie das Blut in ihre Finger zurückkroch. Susi kicherte über etwas, das Irma ihr gerade flüsternd erzählte, und das Kleine brabbelte im Schlaf. Eigentlich war doch nicht alles so schlecht. So musste man das nämlich sehen, jawohl!

»Hier, für sechs Schrippen – vom Vortag, wenn sie die haben, die sind billjer.« Ihre Mutter drückte Helene ein paar Münzen in die Hand, dann schob sie die Tochter geschäftig zur Tür hinaus. Je eher sie ging, desto schneller würde sie wieder da sein.

Helene nahm die Jacke vom Haken, rannte die Treppen hinunter und begrüßte die frische Luft auf ihren Wangen, als sie aus der Haustür trat. Zum Bäcker waren es nur ein paar Minuten. Sie lief und mit jedem Meter, mit dem sie sich von ihrem Zuhause entfernte, federte ihr Schritt stärker. Übermütig hüpfte sie über einen Karton auf dem Gehsteig, dann verfiel sie in einen leichten Trab.

Plötzlich jedoch blieb sie stehen. Etwas blinkte im Rinnstein. Eine Mark. Sie griff danach, betrachtete sie, spuckte drauf und polierte sie mit dem Ärmel blank. »Glück muss man haben«, murmelte sie und ging weiter – sorgfältig dem Hundekot auf dem Bürgersteig ausweichend. So viel Glück brauchte sie dann doch nicht.

Mit der Mark mehr bekam sie ein halbwegs anständiges Frühstück zusammen. Wieder zu Hause, wurde sie mit großem Hallo empfangen. Helene kaute langsam und sorgfältig, um mehr von den Brötchen zu haben, sie tropfte noch etwas Kunsthonig drauf und tunkte den Rest in den Milchkaffee, den ihre Mutter gekocht hatte. Die Mädchen wollten noch mehr essen, doch der Brotkorb war schon wieder leer.

»Ratzeputz weggegessen«, sagte Helene und holte als kleines Trösterchen einen schrumpeligen Apfel aus der Obstschale. Sie schnitt ihn in viele kleine Stückchen und streute über jedes ein paar Krümel Zimt und Zucker. Ihre Mutter ignorierte die »Zuckerverschwendung«, die sie sonst scharf kritisierte. Irgendetwas mussten sie ja essen. Helene schob ihrer Mutter ebenfalls zwei Stücke zu, doch diese verteilte sie an Susi und Irma, obwohl die Mutter die paar Kalorien gut hätte brauchen können. Ihr Rock schlotterte schon derart um ihre Taille, dass sie ihn mit einem Bindfaden festschnürte. Die Mutter dachte, es würde keiner merken, aber Helene war es aufgefallen. Helene zögerte, schließlich schob sie ihrer Mutter das letzte Stück Apfel zu und bestand darauf, dass sie es aß. Heimlich rührte sie ihr noch einen halben Löffel Zucker in den Kaffee. Helene machte sich ernsthaft Sorgen. Je dünner die Mutter wurde, desto kränker würde sie. Aber auf sie, Helene, hörte sie ja partout nicht.

»Ich bin hier die Mutter«, erwiderte diese nur störrisch, wenn Helene ihr einen gut gemeinten Rat geben wollte. Helene überlegte schon, wen sie um Hilfe bitten konnte. Vielleicht würde sie Judith mal fragen. Mit ihrer saloppen Art, lustigen Ausdrucksweise und frechen Schnauze hatte sie bei ihrer Mutter einen Stein im Brett.

»Die ist frech wie Oskar, deine Judith«, meinte die Mutter oft kopfschüttelnd, aber ein schmales Lächeln umspielte ihre Lippen, wenn sie das sagte.

»Jenau wie der, der Heinz damals …« Der Heinz, das war Helenes Vater, viel mehr als seinen Namen wusste Helene nicht über ihn. Nur das, was Oma Helene noch kurz vor ihrem Tod in einer der wenigen stillen Stunden erzählt hatte: Er war – genau wie ihre Mutter – noch sehr jung, »blutjung« gewesen, als sie geboren wurde. Er hatte in der Gneisenaustraße in Kreuzberg gewohnt.

»Und wir ja damals nu nicht gleich um die Ecke«, hatte ihre Oma berichtet. »Es war zwar kein Katzensprung, aber die beiden waren sehr verliebt gewesen. Und, na ja, da kam es, wie es kommen musste, obwohl«, sie hob den Zeigefinger, »ich sie gewarnt hatte. Und dann wurdest du geboren, in der Bergmann-Straße. Der Heinz hatte eine ausgemachte ›Kodder-Schnauze‹.«

Oma hatte in Erinnerungen versunken an die Wand geschaut wie auf eine Leinwand. Dann hatte sie Helene lächelnd angesehen. »Er hat dich noch einmal gesehen.« Helene lauschte gespannt.

Das war es dann gewesen. Mehr gab es nicht zu erzählen. War er im Krieg gefallen? Weder Oma noch Helene wussten, was mit Heinz geschehen war. Ob er verschwunden, abgehauen war, wie so viele junge Väter, oder es einfach zu Ende war mit Helenes Mutter? Diese hatte sich nicht erweichen lassen, auch nur ein Wort darüber zu verlieren.

»Er ist tot«, hatte sie nur stoisch auf die sich wiederholenden Fragen geantwortet. Und keiner hatte herausbekommen, ob sie das wörtlich meinte. Helene hatte ihren Vater nie gesehen, ihn nie kennengelernt, abgesehen von der einen Gelegenheit als Baby, von der Helene auch nicht recht wusste, ob das wirklich so gewesen war oder ihre Oma ihr das nur zum Trost erzählte. Die Beziehung zu ihrem Vater war zu Ende gewesen, bevor sie sich an irgendetwas erinnern konnte. Manchmal machte sie das traurig.

Helene überlegte, ob das leichter oder härter war im Vergleich zu Susi und Irma, die ihren Vater zumindest theoretisch kannten. Auch wenn er selten zu Hause gewesen war. Susi hatte anfangs noch oft nach dem Vater gefragt, als er weggegangen war. Und Helene wusste nie so recht, was sie antworten sollte. Susi tat ihr leid. Aber ohne den Trunkenbold, der er mindestens an drei Tagen die Woche war, war es deutlicher ruhiger bei ihnen, und die blauen Flecken an den Armen und Beinen ihrer Mutter waren endlich verschwunden.

21

Einige Tage waren schlecht, andere schlechter. Manche erträglich. Aber das Glück war ihr irgendwie abhandengekommen. Die kleine Funken, das zarte Glitzern, das Stäubchen Glück im Alltag – es war verweht. Manchmal hatte Helene sogar das Gefühl: Es ging nicht mehr. Das alles. Es war zu viel. Sie hatte die Schule abbrechen und in die Lehre gehen müssen. So weit so schlecht.

Doch als Luise von oben auch noch eines Nachmittags erstaunt im Hausflur fragte: »Wat'n?! Du machst jetzt in Obst und Jemüse …? Keene Schule mehr?«, da fühlte sich Helene ganz elend angesichts ihres Entschlusses, der eigentlich nicht ihrer gewesen war. Da tröstete sie auch nicht der Nachsatz von Luise: »Du hast et gut.« Helene glaubte ihr, dass Luise gern mit ihr getauscht hätte, doch wünschen wollte sie ihr das nicht. Sie bekam es mit der Angst zu tun. Sie hatte Furcht, für immer in diesem Leben stecken zu bleiben.

Helene ging bei »Bratzke, Obst und Gemüse« in die Lehre, während Luise weiterhin jeden Tag die Schulbank drückte und in den Pausen mit ihren Freunden herumalberte – und Luise wusste nicht einmal, wie gut sie es hatte. Die Entscheidung war natürlich den Umständen geschuldet: Helenes Mutter konnte lediglich stundenweise arbeiten, wenn überhaupt, und das Geld reichte hinten und vorn nicht, und dennoch … Helene fühlte sich, als sei ihr etwas amputiert worden, ein Finger, die ganze Hand, ihre Schreibhand.

Wieder hatten andere über sie und ihr Leben entschieden. Das ging ihr allmählich gehörig gegen den Strich. Wären ihre Schwestern nicht da, ja … vielleicht hätte sie dann ihr Bündel geschnürt und woanders ihr Glück versucht, zusammen mit Hannes … Doch das waren alles Tagträumereien.

Also stellte sie sich den Launen ihres Chefs, schleppte morgens bis abends schwere Kisten und versuchte, sich einen Hauch Jugend zu bewahren. Das Schlimmste daran war, dass ihr Opfer trotzdem nicht auszureichen schien. Es war, als würde sie versuchen, ihre Familie mit einem Topflappen zuzudecken: Einer fror immer. Es ging nicht anders. Monatelang war sie um diesen Fakt herumgeschlichen, hatte von allen Seiten draufgeschaut, allerorts nach Lösungen gesucht, keine gefunden und sich schließlich damit abgefunden, dass sie es akzeptieren musste. Sie musste Geld verdienen. Dringend.

Im Rückblick kam Helene ihr Trotz, den sie wegen der Abmeldung von der Schule zur Schau gestellt hatte, kindisch vor. Einerseits war sie damals sogar ganz froh gewesen, als ihre Mutter an einem Dienstagabend verkündete, dass sie Helene Ende der Woche von der Schule abmelden werde. Nun war der Schrecken vorbei, hatte sie gedacht – nie wieder »Hinke-Erna«-Rufe und Stockschläge auf den Handrücken. Andererseits: Zwar keine ollen Pauker mehr, aber auch keine Schulspeisung. Und

Zeit für ihre Freunde hatte sie nun nicht einmal mehr in den Pausen. Vor allem würde sie Hannes nun seltener sehen. Es war ein Kreuz.

Jenem Dienstagabend war ein großer Streit mit der Mutter vorangegangen. Helene hatte sich gegen ihre neue Rolle als Hauptverdienerin wortreich gewehrt.

»Ick mach det nich. Ich will weiter zur Schule. Ich hab noch viel zu wenig jelernt.« Nie hätte sie gedacht, dass sie das mal freiwillig sagen würde, dass sie den Unterricht und die verhassten Hausaufgaben vermissen könnte. Erst schien die Mutter verständnisvoll, dann hart: »Du bist 15! In deinem Alter hab ich schon lange jearbeitet. Dit wird dir nich umbringen.«

Helene hatte die Arme vor der Brust verschränkt gehalten: »Nein! Mach ich nich!« Sie hatte sich schlichtweg geweigert.

»Nu stell dir nich so an. Du hast doch die letzten Jahre inne Schule eh mehr gefehlt als dass de da warst.«

»Eben! Jenau dit is it ja! Ich kann ja kaum ’n Brief richtig schreiben. Dit is ja dit Schlimme.«

Die Mutter machte eine wegwerfende Geste. »Wat musste jedes Wort korrekt schreiben können? Brauchste eh nich; wir sind Arbeiter und werden immer Arbeiter bleiben. Deine Oma, icke, du …«

Helene sah ihre Mutter trotzig an. »Aber Frau Schuhmann, meine Erdkundelehrerin, sagt …«

»Papperlapapp, wat weiß die denn schon von unsereins? Die sitzt da in ihrem schönen Zimmerlein und schreibt mit Schönschrift ins Heftchen. Die hat doch keene Ahnung vom echten Leben. Oder? Wie viele Kinder hat die und hat die 'n Mann?«

»Keene Kinder, keen Mann.«

»Die hat's richtig gemacht«, murmelte Helenes Mutter. »Du musst arbeiten. Besser du findest dir jetzt damit ab als später.«

Helene stampfte auf. »Nein, ich will wieder zur Schule jehen, wie die andern.«

Ihre Mutter sah sie einen Moment lang betroffen an: »Helene. Es ist ejal, wat wir wollen, wat du willst, verstehste? Dit Leben ist keen Wunschkonzert.« Helene heulte jetzt vor Wut. Ihre Mutter streichelte ihr über den Rücken, blieb aber bei ihrem Standpunkt: »Dat gilt auch für dich, Prinzesschen! Komm runter von deinem Thron, auf den dich Oma jesetzt hat, und pack mit an. Denk an deine Schwestern ... oder willste sie verlieren?«

»Dit is nich jerecht!«, tobte Helene. Verzweiflung verzerrte ihre Mundwinkel. Sie ließ die Faust auf den Tisch sausen. »Das ist nicht gerecht!«

Die Mutter nickte. »Ja«, sagte sie nur. »Es ist nicht gerecht.«

Helene konnte es kaum begreifen. Ihre Mutter, sie, die selbst kaum einen Stift in die Hand nahm, aus Scham vor ihrer fehlerhaften Rechtschreibung, ließ sie ins Messer laufen? Verstand sie Helene denn nicht? Wollte sie sie nicht verstehen? Oder konnte sie es nicht?

Ihre Mutter bleib ruhig. »Es ist nicht gerecht, aber nicht zu ändern.« Helene beruhigte sich allmählich langsam – sie erkannte, warum ihre Mutter ihr gegenüber so unnachgiebig war: Sie liebte all ihre vier Kinder. Nur, sie konnte es sich schlichtweg nicht leisten, dass sie Helene recht gab und einknickte. Denn das hätte unweigerlich das größte Unglück bedeutet: Sie könnten die Miete nicht mehr bezahlen und man würde ihr früher oder später die Kinder wegnehmen. Dann könnte sie sich »ooch gleich 'n Strick nehmen oder den Kopp in Ofen stecken und den Gashahn uffdrehen«, wie Helenes Mutter schon mehr als einmal im Gespräch mit der Nachbarin erklärt hatte. Und das meinte sie auch so, das war Helene klar. Also war Helenes Arbeitskraft der letzte Strohhalm, an den sich die kranke Mutter nun mit aller ihr verbliebenen Kraft klammerte, selbst wenn es für Helene nicht das beste war. Es hatte eigentlich gar nichts mit ihr, Helene, zu tun. Sie war einfach die Älteste. Eine musste sich für die Familie opfern. So einfach war das. Wäre ein arbeitender Mann im Haus gewesen, hätte es vielleicht anders ausgesehen. Aber so mussten sie einander helfen.

Helene wurde ruhig. Sie tobte und schrie nicht mehr. Sie sah es ja ein. Und doch zerbrach etwas in ihr an diesem Tag. Das mit der Schule war mehr als das Lernen. Ein bisschen Freiheit, ein bisschen Kindheit. Das letzte Quäntchen Hoffnung auf Jugend, Unbeschwertheit. Sie hatten den Lehrern Kaugummi auf die Sitze gelegt, die Kreiden in Öl getaucht und die Landkarten versteckt. Sie hatten jede Pause Gummitwist und Abklatschspiele gespielt, sie hatte sich mit Hannes in einer Ecke des Schulhofes getroffen und geflüstert. Sie hatte einmal am Tag nicht viel mehr machen müssen als dazusitzen und zuzuhören, auf die Schulspeisung zu warten und sich die nächsten Streiche auszudenken.

Jetzt aber musste sich Helene in das Heer der grauhäutigen Werktätigen einreihen, die Tag für Tag malochen gingen, nur um das Nötigste auf den Tisch zu kriegen. Sie würde nicht nur aushelfen, sich nicht nur etwas dazuverdienen. Sie würde arbeiten gehen, richtig arbeiten wie die Erwachsenen. Sie würde dafür verantwortlich sein, dass ihr Leben weiterging. Jetzt war es endgültig vorbei mit dem Rumeiern. Was würde mit ihrer Freundschaft zu Hannes werden? Helene schluckte trocken und schloss sich eine geschlagene Stunde im spinnenverseuchten Etagenklo ein, damit ihre Schwestern sie nicht weinen sahen.

»Freust du dich uff die Arbeit?«, fragte Susi ehrfurchtsvoll, als Helene wieder in der Wohnung saß. »Du verdienst richtiges Geld, hat Mama gesagt. Bringst du uns dann was mit?«

»Na ja«, Helene schluckte und sah in Susis große Augen. »Es ist schon etwas Geld, aber nicht so viel. Aber ich bringe euch natürlich etwas mit …« Es wird kaum reichen, wollte sie hinzusetzen, biss sich aber im letzten Augenblick auf die Lippen. Sie würde ihren Schwestern etwas mitbringen. Das Schönste, das sie kaufen könnte.

Helene war immer wieder aufs Neue wütend geworden in den nächsten Tagen bei dem bedrückenden Gedanken, nicht selbst entscheiden zu dürfen. Sie fühlte sich so ohnmächtig angesichts der Umstände, so hilflos. Das mochte sie gar nicht.

Sie erzählte Hannes davon, von ihrer Wut. Der hörte ihr zu, wurde aber immer stiller. Er hätte ihr so gern geholfen, aber wie? Er fühlte sich geradezu schuldig. Dass er weiterhin zur Schule gehen konnte, während sie im Morgengrauen schon Obstkisten wuchten musste, war doch eine himmelschreiende Ungerechtigkeit. Doch was konnten sie tun?

Hannes verstummte mehr und mehr, Helene sprach umso eindringlicher, redete sich in Rage. Hannes verstand nicht, dass er nur zuhören musste; er fühlte sich schlecht angesichts seiner Untätigkeit, seiner Schwäche in Helenes misslicher Lage. Er war ihr ja ein schöner Kavalier!

Helene ließ ihren Gefühlen ahnungslos freien Lauf, was richtig guttat, und schimpfte sich alles von der Seele: Immer musste sie zurückstecken, immer musste sie alles ausbaden. Was zum Teufel konnte sie dafür, dass die Mutter krank geworden war, nicht arbeiten konnte und vier Kinder bekommen hatte, für die sie nun nicht sorgen konnte? Helene selbst wollte weder hungern noch stehlen, war das Betteln um Lebensmittel leid. Sie wollte ihre Mutter nicht ständig weinen sehen und sich durch den Hausflur schleichen müssen, um den Leuten auszuweichen, denen sie noch Geld schuldeten. Helene wollte nicht ständig fürchten müssen, dass der Vermieter wegen der säumigen Miete klopfte, die Fürsorge auftauchte und wechselnde Fräulein mit straffem Haarknoten und strengem Blick in die karge Küche kamen und drohten, Maßnahmen wegen der kleinen Kinder zu ergreifen. Sie selbst wollte selbstverständlich nicht ins Heim. Eher würde sie abhauen und im Tiergarten hausen, wie so viele Obdachlose. Sie wollte nicht ohne ihre Geschwister sein, ohne ihre Mutter, ohne Zuhause. Sie wollte jedoch auch nicht unwissend bleiben, nicht richtig schreiben können und nie wissen, wo die verdammte Seine entsprang oder was es mit Masse und Trägheit auf sich hatte.

Vor allem aber wollte sie nicht, dass ihre Schwestern in Kinderheime kamen oder von Fremden adoptiert wurden. Sie wollte auf keinen Fall, dass die Familie auseinandergerissen wurde. Auf gar keinen Fall! Dafür würde sie alles tun, was in ihrer Macht stand, auch wenn sie erst 15 war. Und so willigte sie ein, gab sich Mühe und kniff die Pobacken zusammen: Sie würde noch vor 6 Uhr morgens im Dunkeln den Stand aufbauen, Kisten schleppen, tagsüber bis zum Abend verkaufen und Wechselgeld zählen, nachlegen und noch mehr Kisten heben, wischen und fegen, am Abend wieder einräumen. Sie würde das tun, ohne Widerspruch, wenn dadurch ihrer Familie ein Dach über dem Kopf und die Fürsorge vom Leib blieb. Sie wusste nur nicht, wie lange sie das durchhalten würde …

Helene verabredete sich mit Gertrud unter der Treppe. Diesmal ohne Zigarette, dafür mit Bier.

»Komm, lass uns 'ne Molle zischen«, hatte die Freundin vorgeschlagen und Helene stolz eine braune Flasche präsentiert. Helene zuckte nur mit den Schultern. Ihr war alles egal. Warum nicht? Bier schmeckte ihr nicht besonders, aber Zigaretten auch nicht. Mit einem »Plopp« öffnete Gertrud die Glasflasche und nahm einen großen Schluck.

Anschließend hielt sie die Flasche Helene hin. »Hier, nimm mal 'n Schluck aus der Pulle.«

Helene trank. »Doof bleibt doof«, konstatierte Helene.

»Wen meinste?«

»Na mich!« Helene schwamm nun in Selbstmitleid. »Aus mir wird doch nie wat so …«

»Wat ihr braucht«, Gertrud setzte noch einmal die Flasche an, »is 'n Vadder, 'n Kerl. Denn wird allet leichter.«

Helene sah sie entgeistert an. »Wieso 'n ditte?«

»Na, wenn der arbeitet, denn isset leichter für euch. Eener muss ja die Hosen anhaben. Und deine Mutter kann det nich.«

Helene dachte noch über Gertruds Worte nach, als sie schon längst zurück in die Wohnung geschlichen war, sich zweimal die Zähne geputzt und außerdem getrocknete Pfefferminzblätter gekaut hatte, um den Biergeruch zu überdecken. Ein neuer Mann – das sollte die Lösung sein?

Helene hatte Wünsche. Sie wollte einen ordentlichen Abschluss machen und eine Anstellung im Büro finden. Als Schreibkraft oder vielleicht als Telefonistin. Einmal hatte ihr eine Dame am Stand gesagt, sie hätte eine sehr angenehme Stimme. Das und die fünf Pfennige Trinkgeld waren ihr im Gedächtnis geblieben.

Helene versuchte immer wieder, ihre Wünsche zu Gehör zu bringen, doch ihre Mutter blockte jedes Gespräch ab. Beinahe täglich stritten sie über das immer gleiche Thema. Helenes Mutter war hart geworden angesichts der wenigen Optionen, die ihnen blieben. Sie erwiderte auf Helenes Bitten nur grimmig: »Jedichte lesen, Aufsätze schreiben, Formeln pauken – wozu dit allet? Ne ehrliche echte Arbeit ist viel mehr wert heutzutage.«

Mit jedem dieser Sätze schwand die Hoffnung, zerbröselte die einstige Freude auf eine Zeit, die noch ein bisschen Leichtigkeit und Spaß versprach, nicht nur Pflicht und Mühsal bereithielt. Helene wollte nicht so fahl im Gesicht werden wie viele der Frauen um sie herum, die meisten schon morgens mit einem Kind oder dem Henkelmann am Arm. Ohne ein Lächeln, kaum ein Wort, nur dunkle Augen und stummes Leid. Selbst ihre Kleidung, ihr Haar, ja, ihr Gang sahen resigniert aus, enttäuscht, besiegt, lustlos, schlimmer: tot. Es gab wenig, was diese Frauen noch aufwecken konnte. Manchmal ein Lied, ein Kinderlachen, ein gutes Stück Fleisch. Diese Gestalten erinnerten Helene schmerzlich an Kerzenstummel: viel zu früh runtergebrannt und kaum noch etwas übrig.

Aber es half nichts; es war wohl so weit für sie, sich mit ihrem Schicksal abzufinden. Jetzt musste Helene versuchen, ihr eigenes Herz zu schützen; das, was davon übrig war nach all den Bombennächten, Hungertagen und Enttäuschungen, dem Tod der Oma und all den Geldsorgen.

Vor allem die Kriegserinnerungen suchten sie immer wieder heim. Wenn sie die Augen schloss, konnte sie es sehen: Der Frühlingshimmel im März 1945 war blau gewesen, die Bomberstaffeln hatten weiße Kondensstreifen am Firmament hinterlassen. Dann hatte es ein ohrenbetäubendes Krachen gegeben.

Danach war die halbe Straße einfach weg gewesen und ihre Mutter hatte haltlos geschrien. Inzwischen war Berlin geteilt in Ost und West. Probleme gab es auf beiden Seiten. Doch Helene war stark.

»Du bist viel stärker, als du denkst«, hatte ihr die Oma stets erklärt. »Und als de aussiehst, Mäuschen«, hinzugefügt. »Wir Frauen, wir ham 'n Herz aus Bernstein. Hart, wenn es sein muss, weich schimmernd, wenn möglich.«

Es war noch viel da von Helenes Herzen, das fühlte sie. Vor allem, seitdem sie Hannes liebte. Ihr Herz war gerade mit Hannes' Küssen ein gutes Stück nachgewachsen. Hannes hatte sie im Arm gehalten, sie zum Lachen gebracht, ihr die Schönheit der Natur und vor allem der Kunst gezeigt. Er hatte ihr Herz zum Tanzen gebracht und sie seines. Helene hatte die Sonne gesehen. Immer wieder. Das durfte sie nicht vergessen. Sie tat den nächsten Schritt nun für ihre Geschwister. Drei Jahre Lehre, das machte den Kohl nun auch nicht fett, oder? In ein paar Jahren waren ihre Schwestern aus dem Gröbsten raus. Dann könnte sie immer noch … ja, was? Mundharmonika unterrichten?

Sie schalt sich eine Närrin und klopfte sich energisch den Rock ab. Sie musste raus, um frische Luft zu schnappen. Dann wäre es Zeit für die Vesper. Man würde sehen. Ein Tag nach dem anderen …

22

Damals, als es losging mit ihrer Lehre, war Helene schon ein bisschen neugierig gewesen: Wie würde es denn nun sein, in Lohn und Brot zu stehen? Würde sie nun respektvoller, »erwachsener« behandelt werden? Das wünschte sie sich nämlich, wenn sie ehrlich war. Nicht mehr wie die »kleene Lene« behandelt zu werden.

Doch eigentlich änderte sich nicht viel, musste sie in den folgenden Wochen feststellen: Statt strenger Lehrer gängelte sie nun ein nicht minder strenger Chef. Sie musste alles mitmachen, bekanntlich sind Lehrjahre keine Herrenjahre: putzen, aufbauen, abbauen, tragen. Der Chef lud gern alles auf den Schultern der Lehrlinge ab, oft riss sich Helene Splitter in die Handflächen beim Obstkisten schleppen. Sie gewöhnte sich daran, und bald konnte Irma ihr quasi im Schlaf die Holzsplitter entfernen. Helene bekam permanent Rückenschmerzen. Sie gewöhnte sich daran; Susi knetete ihr zu Hause auf dem Sofa den Rücken mit ihren Patschehändchen.

Irgendwann hatte Helene auch keinen Hunger mehr auf Gürkchen, das einzige, von dem sie beliebig viel essen durfte bei ihrem Arbeitgeber. Ihre Freundinnen besuchten sie, aber nur selten. Hannes war fast immer da, die Leute tuschelten sogar schon – na und? Helene durfte ihm eigentlich nichts zustecken, machte es aber doch heimlich … Er konnte es gut gebrauchen, wahrlich. Helene schien es, als würde Hannes immer schmaler. Einzig seine Hosenträger hielten seine Hose noch.

Hannes kam regelmäßig zu ihr – jeden Nachmittag, manchmal, wenn Flaute und der Chef abwesend war, las er ihr etwas vor (romantisch!), wenn jemand kam, tat er stets so, als würde er ausgiebig die Auslagen begutachten.

»Ihr beeden, ein Herz und eine Seele«, seufzte die nette Nachbarin mit einem Augenzwinkern nicht selten bei ihrer beider Anblick …

Einmal kam ihre alte Lehrerin Frau Schuhmann vorbei: »Helene. Wie geht's dir?«

Helene wusste nicht, was sie antworten sollte. »Gut«, erwiderte Helene schnell und erwartete einen Anflug von Bitterkeit in ihrem Magen, doch der blieb aus. Es schien in Ordnung. Sie war Helene, verkaufte nun Obst und Gemüse und stellte sich gar nicht mal dumm an. Ihr Chef war wohl zufrieden, auch wenn er das selten sagte. Meist sagte er gar nichts, was Helene als gutes Zeichen interpretierte.

Mit der Zeit konnte sie seine Mimik deuten: Sie erkannte seine Laune an der Tiefe der steilen Falte zwischen den Augenbrauen. War sie flach, war alles gut, konnte man sie schon von Weitem erkennen, war ihm eine Laus über die Leber gelaufen oder die Konkurrenz hatte ihm auf dem Großmarkt in der Früh das beste Obst und Gemüse weggeschnappt.

Helene plauderte noch ein paar Takte mit ihrer ehemaligen Erdkundelehrerin, die schließlich ein Netz Zwiebeln, ein Pfund Tomaten und zwei

Selleriestauden kaufte. Das Wechselgeld schenkte sie Helene, die zwar ein bisschen rot wurde, sich aber freute.

Am Abend brachte sie den Schwestern Schokoladenplätzchen mit, was ein großes Hallo zur Folge hatte. Selbst ihre Mutter aß etwas davon und kochte Helene extra einen starken Milchkaffee.

Helene gewöhnte sich an den neuen Tagesablauf. In der Frühe: Stand aufbauen, Kisten platzieren, Ware sortieren und auspreisen. Tagsüber machte sie ein, zwei kurze Pausen, mittags freute sie sich schon auf den Nachmittag.

In der zweiten Tageshälfte, nach der Schule, drückte sich Hannes stets und ständig in ihrer Nähe herum. Er scharwenzelte um die Kunden herum, blieb in der Nähe, beobachtete und legte die Stirn in Falten, wenn jemand unfreundlich zu Helene war. Das konnte er gar nicht leiden. Einmal sogar stellte er einer dicken Dame unauffällig ein Bein, sodass sie stolperte und aus ihrem Korb jede Menge Pfirsiche kullerten, um deren Preis sie mit Helene gerade so energisch gefeilt hatte. Nicht ohne das Lehrmädchen dabei zu beleidigen, was nicht nur absolut unnötig, sondern auch einfach unverschämt gewesen war. Helene hatte die Preise ja nicht gemacht. Normalerweise war Helene nicht auf den Mund gefallen, wenn ihr jemand blöd kam. Doch hier musste sie sich zurückhalten und Vieles schlucken. Hannes wurde jedoch fuchsteufelswild bei so etwas. Er bewunderte einerseits Helenes Geduld, andererseits konnte er kaum an sich halten, angesichts der Respektlosigkeit einiger Kunden.

Immer wieder beobachtete Hannes vermeintlich unauffällig Helene und taxierte die Kunden scharf. Wer sich nicht anständig aufführte, riskierte einen Sturz. Das ahnte Helene aber da noch nicht. Doch ihrem Chef ging Hannes' Anwesenheit ohnehin schon auf die Nerven. Er hatte seinen verliebten Jungenblick durchaus registriert. Anderen wäre in diesem Fall vielleicht ein Lächeln über die Lippen gehuscht. Nicht jedoch Alfred Bratzke, der mit seinem Blick Eier abschrecken konnte, wie Judith konstatierte: »Den sein Blick, der kann einem Eisstücke dit Rückgrat runterjagen.«

Inzwischen kannte Helene die Eigenarten des Chefs und der Kollegen, die Vorlieben der meisten Stammkunden und hatte sich im Großen und Ganzen mit der Situation abgefunden. Es blieb ihr auch nicht viel anderes übrig ... An die Schule dachte sie immer weniger, auch wenn die Sorgen um ihre eigene Zukunft nicht kleiner wurden.

Hannes' kleine, liebe Aufmerksamkeiten, die glänzenden Augen ihrer Geschwister beim Heimkommen und die regelmäßigen Mahlzeiten versüßten Helene ihr Dasein als Lehrmädchen beim grimmigen Bratzke.

23

Eine Abenddämmerung wie gemalt ... Rosa Wolkenberge türmten sich draußen vor dem Fenster. Katzen huschten über den Hof, Helene hörte sie auf die Mülltonnen springen. Es herrschte seltene Ruhe zu Hause. Die Mädchen spielten im Hof. Ihre Mutter war mit der Jüngsten zu einer Bekannten gegangen. Helene schälte langsam die Kartoffeln, die sie gestern mitgebracht hatte: Die Augen auf die Knolle gerichtet, die Schale mit chirurgischer Präzision hauchdünn entfernend, um ja nichts zu verschwenden. Sie erinnerte sich an den letzten Sonntag, schickte ihre Gedanken auf Wanderschaft. Sie und Hannes waren am See spazieren gegangen, hatten Enten gefüttert, sogar zwei Schwäne beobachten können.

»Wie so 'n altes Ehepaar«, hatte Hannes gegrinst, ihre Schulter gedrückt und sie anschließend keusch auf die Wange geküsst. »Nur wir zwei.«

»Ist doch schön«, erwiderte Helene und vermisste die anderen kein Stück. Mit ihren Freunden war es auch immer lustig. Und es war schön, mal zum Tanztee zu gehen oder sich am Zoo einen Film anzusehen, wenn sie es sich leisten konnten. Aber das hier, das würde sie nicht eintauschen, für nichts auf der Welt. Sie hoffte sehr, dass Hannes genauso dachte und fühlte, kam sich aber gleichzeitig auch sehr naiv und ein bisschen blöd vor.

Als hätte er ihre Gedanken gelesen, sagte Hannes beiläufig: »Mal sehen, vielleicht heiraten wa ja mal. Denn gehen wa mit unseren Knilchen hier lang und zeigen denen, wie schön et draußen im Jrünen is.«

Ehe, Kinder, ... Helene jauchzte innerlich, gab sich aber besonnen. »Ja, mal sehen.« Sie konnte fühlen, wie er sie von der Seite beäugte. Seine Füße spielten mit einem Steinchen.

Nach einer Weile setzte er abermals an: »Meinste dit ernst: Heiraten und so? So 'n Krüppel und armen Schlucker wie mich?«

Helene blieb stehen und sah ihn ernst an, beinahe wäre ihr die Hand ausgerutscht: »Sach so 'nen Quatsch nie wieder.«

Erschrocken sah er sie an. »Na gut! Is ja gut ...«, wiegelte er ab. »Nur keene Kloppe. Nich schon wieder«, flachste er. Dann schlang er die Arme um sie und grinste breit. »Dit is der schönste Tag in meinem Leben.«

»Nu mal langsam, noch isset ja nich so weit.«

»Nein, aber du hast quasi schon ja gesagt, und dit werde ick mir rot im Kalender anstreichen, ejal, wat kommt.« Er hatte den Hochzeitsmarsch gesummt und sie neckisch angeschaut: »Meine Braut ...«

Helene musste immer noch lächeln, wenn sie sich an das warme Gefühl in ihrem Bauch erinnerte. Sie pfiff vor sich hin, rieb sich die Hände an der Schürze ab und würzte die Bratkartoffeln prompt etwas zu stark.

Die Bande kam zurück. Schon im Hausflur konnte sie ihre Schwestern hören.

»Du kannst allet essen aber nich allet wissen«, hörte Helene gerade Irma zu Susi sagen.

»Würd ick ja gern, ist ja nüscht da«, antwortete diese patzig.

»Na, ist die Köchin valiebt?«, scherzte die Mutter später bei Tisch, und Helene freute sich, sie lächeln zu sehen.

Heute war ein Paket von Verwandten angekommen. Ihre Mutter hatte sichtlich aufgeatmet, als sie den riesigen Karton geöffnet, Dose um Dose in den Küchenschränken verstaut und Kaffee und Gebäck ganz oben versteckt hatte. Die Mutter hatte die Handflächen aneinandergerieben, die Karte aufgeklappt und vor Überraschung die Hände vor dem Mund zusammengeschlagen: Das Paket war von Tante Iris und Onkel Detlef aus Köln.

Mit Blick auf die vielen guten Sachen staunte Susi und hauchte ehrfürchtig: »Wie Ostern und Weihnachten zusammen …« Die Mutter fummelte den Schlüssel ins Schloss.

Rasch ließ Helene eine Dose Fisch in Tomaten in ihrer Rocktasche verschwinden – die würde sie in aller Ruhe allein mit Hannes in ihrem gemeinsamen Ruinenversteck genießen. Das hatte sie sich verdient.

24

Auf der Arbeit gab es schon wieder Ärger: Ein Kunde wollte Gemüse umtauschen, das angeblich verdorben war. Doch der Geschäftsinhaber kannte bei so was kein Pardon; laut und unangenehm pöbelte er: »Jefällt dir nich? Mir deine Visage ooch nicht. Komm, mach 'n Abjang, Kollege! Hier jibt et nüscht für dich zu holen.«

»Aber, das Jemüse von hier, dit war oll. Ich hab zu Hause allet durchsortiert, die Hälfte is nich zu jebrauchen! Ich will Ersatz!«

»Ersatz? Ick lach mir 'n Ast. Ersatz für dein Jemüse, wat du hier von A nach B durch die Jejend schleppst und dich dann wunderst, dass es 'n paar Stellen hat? Du hast doch wohl 'ne Scheibe? Ersatz! Ick wird dir wat husten. Hier is gleich zappendusta, wenn du nicht sofort von hier verschwindest ...!« Drohend hob er die Faust und schwenkte in der anderen einen halb leeren Sack Rüben. Raunend wichen die Leute dem wütenden Gemüsehändler und dessen Fäusten aus. Keiner wagte ein Widerwort, obwohl so mancher auf der Seite des Geschädigten stand. Aber nur, solange es nichts kostete.

Der Kunde zögerte, sprühte sichtlich vor Zorn, gab dann aber klein bei und lief, allerlei unflätige Verwünschungen ausstoßend, auf krummen, kurzen Beinen davon. Die kleine Menge löste sich auf und Helene atmetet tief durch. Erleichterung erfasste sie. Wenigstens war diesmal keiner zu Schaden gekommen. Zumindest nicht körperlich.

Helenes Chef war kein Quell der Freude. Im Gegenteil: Als Choleriker brüllte er regelmäßig Kunden, die ihm Widerworte gaben, und natürlich auch seine eigene Mannschaft an. Helene war allmählich daran gewöhnt. Wenigstens zahlte er pünktlich den Lohn aus. Jede Woche trug Helene gleichzeitig stolz und bange ihre Lohntüte heim. Sonst aber war er niemand, mit dem man sich gern abgab.

»Prinzip Zahnarzt«, nannte Judith das: »Schnell rein, Augen zu, durchhalten, schnell nach Hause.«

Herr Bratzke war ein ausgemachter Misanthrop und tat alles, um diesem Ruf gerecht zu werden. Vor allem zu den Neuen im Geschäft war er garstig. Wieder einmal hatte er Helene auf dem Kieker.

Hannes stand wie üblich in Rufweite. Weil er der Welt »nüscht«, und sie ihm auch nichts schuldete, ging Herr Bratzke schnurstracks auf sein Lehrmädchen zu, packte es grob am Oberarm und blaffte mit einem finsteren Blick hinüber zu ihrem Galan:

»Der soll wat koofen oder abhauen. Jeturtelt wird nach Feierabend. Verstehen wa uns?« Helene nickte nur erschrocken. »Jut«, sagte der Meister und wandte sich wieder seiner Wurstsemmel zu. »Sonst muss ick dem Heini mal uff 'n Zahn fühlen …«

»Is' klar«, erwiderte Helene. In der anderen Hand hielt der Chef eine Bockwurst; deren Saft bis auf Helenes Nase spritzte, als er wütend hineinbiss. Angeekelt wischte sie sich das Zeug aus dem Gesicht, warf Hannes einen komplizenhaften Blick zu und schwor Bratzke innerlich Rache. Eines Tages würde sie ausgelernt haben und noch am selben Tag kündigen. Bis dahin würde sie sich eben gütlich tun an seinen Waren. Der würde schon noch sein Fett wegkriegen.

Beim Gedanken an ihre Raubzüge in der Vergangenheit musste sie grinsen. Schon lustig, dass ick hier lerne, ausgerechnet bei dem, den ich früher mit Irma schon so oft bestohlen habe. Ausgleichende Gerechtigkeit, dachte sie bittersüß und lächelte gehässig beim Gedanken an die unzähligen Obststücke und Gemüsebündel, die sie ihm schon entwendet hatte. Diebstahl? Nun ja, schon irgendwie. Ein Engel war sie ja nicht gerade … Andererseits war es Mundraub gewesen, sie hatten es gebraucht: Meist hatten ihre Schwestern und sie schon auf dem Rückweg die Hälfte der Beute roh und ungewaschen verschlungen. Und Bratzke – den hatte es scheinbar auch nicht ruiniert.

Mit Alfred Bratzke, »eitler Fatzke«, war nicht gut Kirschen essen. Er mochte keine Witze, keine Hunde und schon gar keine Kinder. Das hatte Helene nicht erst bemerkt, als sie eines Morgens ihre drei Schwestern mit zur Arbeit bringen musste, einfach weil sie nicht wusste, wohin mit ihnen. Die Mutter war beim Arzt, sie hatten ob ihres Schmerzensgewimmers alle die letzte Nacht kein Auge zugetan, die Nachbarin öffnete nicht auf Helenes Klopfen hin und zu allem Überfluss hatte sich Irma, die Älteste, beide Handgelenke verstaucht, sodass sie nicht einmal ein Fläschchen für die Kleinste, die zurzeit nur Milch wollte, zubereiten konnte.

Der Chef hatte getobt und eine Szene gemacht, aber es half alles nichts, die Kleinen mussten bei ihr bleiben bis ihre Mutter zurückkam. Als er das einsah, wurde er erst rotgesichtig, dann einsilbig.

»Dahin«, sagte er und zeigte auf eine splittrige Holzkiste. Vorsichtig legte Helene das Kleinkind in ein festes Tuch gewickelt hinein und schob die Kiste halb unter den Verkaufstresen. Susi und Irma mussten vorläufig stehen. »Und dass ihr mir ja nichts klaut. Wenn ihr euch an meinen Waren vergreift, dann …« Er machte eine eindeutige Geste, fuhr sich mit der ausgestreckten Hand gerade an der Kehle entlang. »Nicht mal anschauen dürfta mein Obst, is dit klar?«

Susi und Irma guckten verschreckt. Doch Helene zwinkerte ihnen aufmunternd zu. Hinter seinem Rücken verdrehte sie theatralisch die Augen, sodass die Schwestern lachen mussten.

»Ob det klar is?«, brüllte Helenes Chef. Ängstlich aber eifrig nickten die beiden Mädchen, dass die Zöpfe wippten, und im Stillen wünschte Helene ihrem Chef die Pest an den Hals, jetzt gleich auf der Stelle. Als er sich umgedreht hatte, steckte sie ihren Schwestern schnell ein paar Erdbeeren in den Mund – jetzt erst recht. Würgend vor Angst versuchten die beiden die süßen Früchte rasch zu zerkauen und zu schlucken. Susi tropfte verräterisch der rote Saft aus dem Mund, doch Irma presste ihr Gesicht mit steifen Bewegungen schnell in ihre Jacke, als der Inhaber mit grimmigem Blick an ihnen vorbeilief.

Es war nicht der schlechteste Tag für die drei, sie aßen sich unauffällig satt an Himbeeren, Blaubeeren und Johannisbeeren, ließen ein paar Kartoffeln mitgehen und einige Paprika in den Taschen verschwinden. Helene schämte sich im Nachhinein. Andererseits konnte er das schon verkraften, dachte sie und erinnerte sich mit Ingrimm an sein gemeines Verhalten den Kleinen gegenüber: er hatte es verdient, fand sie.

»Wie du dit nur aushältst bei dem ollen Stinkstiefel«, seufzte Margot oft. »Dit is ja echt zum Mäusemelken mit dem seine Laune.« Helene zuckte dann nur mit den Schultern und dachte an ihre Lohntüte, die ihnen zumindest ein gemeinsames Dach über dem Kopf sicherte.

»Lehrjahre sind keine Herrenjahre«, war Alfred Bratzkes Lieblingsspruch. Und auch die anderen Erwachsenen schienen dieser Ansicht zu sein: Kaum jemand der Kunden oder Passanten störte sich daran, wenn Helene, rot vor Anstrengung, verzweifelt und mit einem harten Zug um den Mund versuchte, die schweren Kisten zu stapeln. Jeder hatte mit sich zu tun und seinen eigenen Sorgen.

Kurz vor Feierabend kam der Chef auf Helene zu. Zufrieden rieb sich Bratzke die Hände. »Nur nicht schlappmachen, sind noch 'n paar Minuten.« Er machte eine Pause. »Hier kriegt keener wat jeschenkt.« Ja, das hatte Helene durchaus schon mitbekommen. Bratzke ließ sie alle schwer schuften für ihr Geld. Er machte kaum einen Finger krumm, höchstens um das Geld zu zählen, das er mit Argusaugen bewachte.

Helene und ein anderes Lehrmädchen sowie ein dünner Hering von 1,90 Metern mühten sich abwechselnd mit den Kisten und Säcken ab – der Chef saß daneben und machte Kasse. Doch die drei hielten zusammen. So einen Sklaventreiber als Chef zu haben, das schweißte zusammen. Doch mehr Gemeinsamkeiten als das gemeinsame Feindbild hatten sie nicht. Und Bratzke war unerbittlich. Nur selten schimpfte eine Frau – meist war es eine Frau – mit dem Inhaber, wenn Helene wieder mit dem Gewicht der Waren kämpfte.

Oft waren es kleine, energische Frauen, die mit hoher Stimme erklärten, dass er dem zarten Mädel doch helfen solle, verflixt noch mal. »Die bricht ja gleich durch!«

Doch Bratzke winkte nur ab: »Ach wat, die is zäher als se aussieht.« Falls die Frau keine Ruhe gab und weiter insistierte, erwiderte er nur ungerührt, dass sie selbst ihr ja gern helfen könne, wenn sie wolle, ansonsten solle sie ihren Einkauf machen oder sich um ihre eigenen Angelegenheiten kümmern.

Die meisten gingen ob dieses flegelhaften Verhaltens kopfschüttelnd weiter, nur eine von ihnen hatte tatsächlich mal selbst Hand angelegt und Helene dabei geholfen, die groben Holzkisten zu stapeln. Helene stand baff vor Erstaunen dabei und wusste, dass sie sich das, genau diesen Moment, merken musste. Den würde sie noch mal brauchen. Sie verstaute ihn sorgfältig in ihrem Gedächtnis. Direkt neben den gemeinsamen Lachanfällen und Hannes' schönen Kohlezeichnungen. Die Frau hatte sich die Hände abgewischt, Bratzke einen letzten bösen Blick zugeworfen und Helene beim Gehen ein Lächeln geschenkt.

25

»Dein Schatzi ist wieder da!« Das zweite Lehrmädchen stupste Helene verschwörerisch lächelnd an und deutete mit dem Kopf hinter sie. »Chuzpe hat er ja. Hier immer so vorm Chef …«

Helene stutzte: »Er ist da? Jetzt schon?«

»Na klar, du dumme Nuss. Steht schon 'ne Weile in der Einfahrt, hinterm Fuhrwerk, Trick 17 … Da biste jeplättet, wat?«, neckte sie die Kollegin, eine lange Bohnenstange mit einem Gemüt wie ein Kälbchen, das sie aber bewusst hinter ihrem frechen Mundwerk verbarg. Helene nickte.

»Kiekst ooch dumm aus der Wäsche«, feixte die dünne Blonde. Helene schnaufte.

Sie drehte sich um und musste sogleich schmunzeln angesichts der strubbeligen Frisur und des falsch geknöpften Hemdes ihres Liebsten. Es hatte wohl schnell gehen müssen bei ihm heute Morgen. Gern hätte sie mit den Fingern durch Hannes' dichtes Haar gewuschelt, doch das musste sie sich für später oder morgen aufheben. Nach der Arbeit hier würde sie sogleich weiter zu ihrer Abendarbeit hetzen.

Doch nun war Helenes Blick klar, ihre Haltung selbstbewusst. Ihre Augen lachten. Die Liebe – »eine Wolke aus rosa Zuckerwatte«, hatte Hannes neulich geschrieben. In diesem Augenblick dachte sie genauso. Sie fühlte Dankbarkeit ihren Bauch wärmen und war froh, jung und gesund zu sein und noch alles vor sich zu haben.

Hannes kam jeden Tag. Er kratzte seine letzten Pfennige zusammen und kaufte bei Helene den kleinsten sauren Apfel, nur um ein bisschen quatschen zu können. »Pfennigfuchser«, zog sie ihn oft auf. Schenken durfte sie ihm nichts, das war streng verboten, dann würde die Lehre gleich beendet sein, noch bevor sie richtig begonnen hatte.

Genau das machte Helene aber trotzdem. Heimlich alberte sie mit Hannes herum, versteckte ihn hinter der Werbeplane am Stand und ließ sich den einen oder anderen Kuss von ihm stibitzen. Der Lehrmeister war streng und klug, hatte seine Augen überall, aber: Sie war klüger. Helene hatte nicht umsonst als Kind alle Tricks gelernt, Erwachsene zu täuschen.

Hannes war immer da, wenn er konnte. Manchmal schwänzte er sogar die Schule wegen ihr. Sie wusste das zu schätzen. Oft half er ihr heimlich mit den Kisten zum Feierabend hin, trotz seiner kaputten Hand. Dann begleitete er sie auf ihrem Weg nach Hause. Müde wie sie war, hatte sie kaum Lust zu reden, hörte Hannes aber gern zu, wenn er von der Penne erzählte und dem dicken Willy. Von Frieda und Anne. Manchmal wurde Helene dann melancholisch, meist aber musste sie lachen. Und Hannes registrierte aufmerksam, welche Geschichte ihr Freude machte. Er lernte schnell, was sie interessierte, berührte und zum Lachen brachte, und was nicht. Sie genoss seine Gegenwart und fand, der Weg nach Hause war abends viel kürzer als morgens. Trotz ihrer vom langen Stehen geschwollenen Füße.

»Kiek ma, verliebt sind se …«, tratschten die Leute, wenn sie die beiden zusammen sahen. Sollten sie doch. Helenes Trotz wuchs mit jedem Kommentar der Leute. Was blieb ihr schon groß? Neben all den Pflichten, der Mühsal, der Verantwortung? Hannes war ein Lichtblick in ihrem Alltag, in ihrem Herzen, in ihrem ganzen Leben. Und das durfte keiner schlechtreden. Sollten sie sich das Maul zerreißen. Sollten sie sich doch um ihre eigenen Angelegenheiten kümmern. Und davon gab es mehr als genug.

Als Irma sie fragte, wie es denn sei, das Arbeiten, erklärte ihr Helene, wie es war, immer früh anzufangen, immer blitzschnell und richtig rechnen zu müssen, immer zu lächeln, kalte Füße und Rückenschmerzen zu ignorieren. Sie beschönigte nichts. Ihre Schwester Irma hörte aufmerksam zu. Dann nahm sie ihre Hand und knetete den Bereich um Helenes Lendenwirbelsäule. »Gegen die Rückenschmerzen«, erklärte sie ernst. Helene lächelte und bedankte sich.

Schön war, dass sie endlich nicht dieses stetige Hungergefühl verspürte, wie früher oft. Dafür hatte sie die ersten Tage Durchfall gekriegt vom vielen Obst. Das war natürlich unschön. Einmal hatte sie es kaum noch rechtzeitig hinter die Bretterbude geschafft, um sich stöhnend zu erleichtern. Seitdem aß sie vorsichtiger.

War die Arbeit auch anfangs schwer und ungewohnt, so liebte Helene es doch, wenn die Kinder sie abends mit großen runden Augen begrüßten und erwartungsvoll in Helenes Manteltaschen zu wühlen begannen, um zu schauen, was sie ihnen dieses Mal mitgebracht hatte.

Von ihrem ersten Lohn hatte sie eine Tüte roter Himbeerbonbons gekauft mit Blättern. Das gab großen Jubel bei den Kleinen. Die Mutter lächelte und nahm auch einen. Helene war stolz: Sie hatte ihr eigenes Geld verdient, und eine Tüte Bonbons und frisches Brot, nicht das steinharte vom Vortag, mussten mal drin sein.

Natürlich blieb es nicht so: Den Lohn musste sie bei ihrer Mutter abgeben. Fast alles. Sie kamen schon damit kaum über die Runden; jeder Pfennig wurde dreimal umgedreht. Helene beschwerte sich nicht, obwohl es manchmal in ihr brodelte.

Was hatte sich eigentlich verändert? Nicht viel – und doch alles. Erwachsensein bedeutete: »Du wirst wohl keene Schule mehr von innen sehen«, wie Margot gejubelt hatte. Statt strenger Lehrer nun ein strenger Lehrmeister, statt Kopfarbeit nun körperliche Arbeit.

»Ich werde hier bald andere Seiten uffziehen«, hatte der Chef schon angekündigt, während er konzentriert Kette rauchte. »Räucherfleisch hält sich länger«, war sein Lieblingsspruch, wenn Kunden sich über den Qualm beschwerten. Helene ekelte sich vor seinen gelben Fingern.

Geld bekam Helene – und bald 'nen krummen Rücken. Sie rieb sich das schmerzende Kreuz. Wie machten die anderen Lehrlinge das bloß? Die Leute tuschelten, die Nachbarn, dass Hannes schon zum Inventar gehörte, weil er täglich bei ihr stand, ob im

Regen oder Sonnenschein. Doch das war auch Hannes egal. Nur leider Helenes Mutter nicht. Sie erinnerte sich, wie ihre Mutter eines Abends gezetert hatte: »Männer sind Halunken, allesamt! Merk dir dit! Und komm mir bloß nich mit 'nem Balg nach Hause …« Danach war sie ins Bett gegangen. Helene überlegte, wer ihre Mutter so verletzt haben könnte. Verletzungen, die nie wieder heilen würden, so viel hatte sie schon verstanden. Deshalb fragte sie auch nie nach der langen Narbe auf dem Unterbauch ihrer Mutter.

Als Helene das nächste Mal mit Hannes ihr verträumtes Ruinenversteck besuchen wollte, mussten sie feststellen, dass es vorbei war mit dem heimlichen Geschmuse und Gekichere dort: Das Haus war abgerissen worden. Nichts war übrig geblieben von ihren geheimen Schätzen und ihrem Kleinod. Sie mussten sich wohl oder übel einen anderen Ort suchen. Einen kleinen Stich versetzte Helene der Anblick der von Trümmern übersäten Fläche, war es doch eine Art zweites Zuhause für sie geworden. Wie viele Stunden hatte sie dort mit ihrem Freund verbracht? Verliebt, verspielt …

26

Wieder einmal wetterte Helenes Mutter gegen Männer im Allgemeinen und gegen Hannes im Besonderen. Er war ihr ein Dorn im Auge. Helene war wütend und hatte sich inzwischen so kräftig in den Daumen gebissen, dass er blutete. Helene verstand ihre Mutter ja, aber sie selbst machte so andere Erfahrungen gerade, so wunderschöne …

Hannes' warme Stimme brachte ungeahnte Seiten in Helene zum Vorschein, weiche, bunte … brachte etwas in ihr zum Schwingen. Seine Gestalt ließ ihr Herz hüpfen, ihre Seele jubeln, seine Umarmungen fühlten sich an wie ein Sommerwind. Seine Zeichnungen ließen sie staunen und träumen. Seine Anwesenheit malte rosa Blüten auf ihre Seele; kitschig, peinlich und doch einzigartig und wunderbar! Auch wenn sie das niemals vor ihren Freundinnen zugeben würde …

»Hallodrian, Süßholzraspler, Taugenichts.« Die Worte knallten hart gegen die Wände, prallten ab und trafen Helene, wenn nicht ins Herz, so doch in der Körpermitte und ließen eine leise köchelnde Wut in ihrem Bauch entstehen. Sie pulte sich die Nagelhaut auf und versuchte an etwas anderes zu denken. Als die Schimpftirade der Mutter so weit verebbt war, dass Helene sich gefahrlos zurückziehen konnte, kramte sie in der Kiste unter ihrem Bett.

Diese Kiste war ihr einzig halbwegs privates Reich. Hier konnte sie aufbewahren, was ihr wichtig war und was keiner sonst sehen sollte.

Ihre Finger ertasteten den Verschluss, der am alten Holz angebracht war, und öffneten behutsam den Deckel. Papier knisterte, der Geruch von Staub, Kohle und Farbe stieg ihr in die Nase. Hannes hatte ihr neulich ein Liebesgedicht geschrieben. Zärtlich strichen ihre Fingerspitzen über die fein säuberlich geschwungenen Buchstaben:

Ich möchte wieder auf dem Boden sitzen
und deine Hand halten.
Mit dem Rücken an die Wand gelehnt,
heißen Tee trinken und an deinen Lippen hängen.
Den Honig und die Süße des Augenblicks schmecken, den Zauber lebendig werden lassen.
Dein Hannes

Dazu hatte er mit flinker Hand zarte Striche neben die Worte gemalt. Sie zeigten zwei Hände, deren Finger auf dem Boden ineinander verschränkt waren, daneben ein Honigtöpfchen, eine tönerne Teetasse und der Ausschnitt eines Buches.

Sie las das Gedicht noch einmal, strich sachte über das Papier, das schon etwas angestoßen und an den Ecken speckig war, so oft hatte sie es herausgeholt und heimlich gelesen. Keiner kannte es, niemandem hatte sie es gezeigt, keiner Menschenseele. Das war nur für sie bestimmt, ihr Schatz, ihr ein und alles. Sie wollte dieses süße, romantische Gefühl mit aller Macht bewahren, es vor allen

Widrigkeiten beschützen – dem Spott ihrer Freunde, der Verächtlichkeit ihrer Mutter, dem Gekicher ihrer Schwestern. Nicht einmal Margot zeigte sie diese Briefe. Sie würde sie aufbewahren, für immer. Und eines Tages würden sie zusammenleben, Hannes und sie. Und vielleicht selbst Kinder haben. Aber nicht so viele.

27

Eine ganze Zeit lang war Helene nun schon nicht mehr Teil der Schülerschaft. Nicht mehr die Angst vor dem nächsten Mathetest oder Diktat trieb sie nun um, sondern das Missfallen ihres Lehrmeisters oder das der Kundschaft zu erregen. Fiese Kunden gab es auch, davon konnte sie ein Lied singen, ein langes …

Helene saß auf dem Fensterbrett. Sie war in Gedanken versunken, hatte mal Zeit dafür, was selten vorkam. Sie genoss das Nichtstun, beobachtete aus den Augenwinkeln ihre Umgebung: Die Splitter am Fensterrahmen, ihre eigenen Beine und das Getümmel im Hof unter ihr. Sie bemerkte das rhythmische Flattern der kleinen Flügel links und rechts des hohen Baumes, so schnell, dass das Auge kaum mehr als ein optisches Sirren wahrnahm. Die kleinen Bäuche der zierlichen und doch so kompakten Vögel, wenn sie in weicher Kurve am Himmelsblau die Richtung änderten.

Sie war fasziniert von den kleinen geflügelten Wesen: Das erstaunliche, senkrechte Abstürzen – vermeintliche Abstürzen –, wenn sie sich in dem nur von symmetrisch angeordneten Fensterreihen durchbrochenen Viereck der grauen Hinterhofschlucht entschlossen zu Boden fallen ließen. Wie ein gefiederter Pfeil, dem eigenen Willen, der Gemeinschaft oder

Instinkten folgend, wer wusste das schon. Helene hob den Blick.

Über ihr: Wildgänse in V-Formation. Die Vögel stoben auf, flogen im gezielten Chaos davon, um den Baum seinem Schicksal zu überlassen. Nur um wenig später zurückzukehren und sich in einem nebenstehenden, ausladenden Strauch niederzulassen. Versetzt und ordentlich ausgerichtet wie die Kugeln am Weihnachtsbaum.

Helene schnüffelte, sie roch Suppengrün: Schwaden zogen aus der Küche zu ihr heraus. Ihre Mutter hatte sie neulich erst verspottet, als Helene für den kranken Hannes gekocht hatte.

»Wat'n, musste schon Suppe kochen für deinen Jeliebten? So weit isset schon? Massierste ihm noch die Füße und putzt seine Schuhe?«

Helene sah sie entgeistert an. »Er ist krank«, hatte sie nur fassungslos erwidert. Helene sah nicht, wie blass die Mutter war, ihr fielen die dunklen Schatten unter den Augen nicht auf, zu groß war ihre Empörung. Zornig war sie, weil ihre Mutter immer alles Schöne in den Schmutz zog, sich darüber lustig machte und ihr nichts gönnte. Sie verstand das nicht.

»Nur weil du nicht …«, begann sie, doch ihre Mutter hob drohend den Zeigefinger. »Wag es nicht, Fräulein. Ohne mich wärste gar nicht … und könntest dir auch nicht von diesem Hänfling den Kopf verdrehen lassen.« Sie zog das wollene Tuch fester um ihre Schultern und widmete sich demonstrativ wieder der Strickliese in ihrer Hand. Helene hatte wortlos die Suppe umgefüllt und war dann schnurstracks aus der Wohnung geflohen.

An diesem Abend kam sie lange nicht nach Hause. Als sich ihr Schlüssel im Schloss drehte, tat die Mutter so, als schliefe sie schon, und Helene, als glaubte sie es. Wäre ihre Großmutter noch am Leben gewesen, hätte diese Helene verraten, wie ähnlich Hannes der bittersüßen Jugendliebe ihrer Mutter war und wie sehr er sie an den erlittenen Schmerz erinnerte, hätte Helene vielleicht verstanden. Doch so herrschte nur eisiges Schweigen zwischen den Frauen – wegen Hannes, der nicht einmal etwas dafürkonnte, geschweige denn um den Umstand wusste.

Helene hopste vom Fensterbrett und ging hinaus. Es zog sie auf die Straße. Es war ihr freier Tag. Helene genoss, wie die Sonnenstrahlen ihre Nase kitzelten und setzte sich auf eine Bank. Ein paar schwatzende Frauen mit Weidenkörben liefen vorbei, einige Kinder rannten die Straße entlang, ein alter Mann stützte sich schwer auf seinen Stock und kam nur zentimeterweise voran, er schien es nicht eilig zu haben. Helene ebenso wenig. Heute musste sie nichts tun. Gar nichts. Nur dasitzen und sich die Sonne ins Gesicht scheinen lassen. Herrlich.

Sie legte ihre schwielig gewordenen Hände auf der Rückenlehne ab und lauschte dem Klang der Stadt. Ihr Viertel war alt und staubig, aber es war ihre Heimat. Sie liebte die holprigen Pflastersteine und die Kratzer in den Haustüren im Haus, sie kannte sich hier aus. Sie war durch sämtliche Höfe gestromert, kannte alle Kellergänge und wusste, welchen Treppenaufgang man lieber mied, vor allem freitags oder samstags, wenn es Lohn gab und das Feierabendbier in Strömen floss.

Jemand setzte sich zu ihr auf die Bank. Im ersten Augenblick war es ihr unangenehm, wollte sie doch keine Gesellschaft, sondern nur ein einziges Mal ihre Ruhe. Doch als die Person neben ihr zu sprechen begann, hellte sich ihre Miene auf; es war Margot.

»Komm, wir gehen spazieren.«

Sie waren dabei, Enten zu füttern, vier Schwäne gesellten sich dazu; sie schwammen so grazil heran, als schwebten sie über das graublaue Wasser.

»Ja, wenn es was zu futtern gibt, denn kommense …«

»Und, wat gibt es Neues im Staate Dänemark?«, fragte Margot und knabberte hingebungsvoll am Fingernagel ihrer rechten Hand.

»Hannes' Eltern machen sich Sorgen wegen seiner Hand.«

»Ach so«, nickte Margot. »Wat er mal arbeiten kann?«

»Ja.«

»Hm. Na ja, mit so 'ner Hand. Kriegsversehrte gibt's ja zur Jenüje. Alle suchen Arbeit. Da brauchen sie nicht ooch noch 'n Krüppel im Werk, sagt sein Vadder.«

Helene senkte den Blick. »Hannes zeichnet so schön. Die Akademie wäre was für ihn.«

Margot seufzte. »Dit wird schwer …«

»Ick weeß. Wir ham ja nüscht. Und sind nüscht.« Helene war plötzlich zum Heulen zumute. All ihre schönen Pläne, Träume, sogar die Idee, zusammen im Sommer ein paar Tage zum Zelten zu fahren – alles futsch!

Die letzten Wochen waren hart gewesen und hatten ihrer Familie alles abverlangt: Ihr Vermieter machte Druck, es war immer eng mit dem Geld, zu eng, trotz ihres Lohns. Ihre Mutter saß schluchzend am Tisch und weinte, dass ihnen die Obdachlosigkeit drohe, wenn sie die letzten Mietschulden nicht rasch begleichen könnten, und Helene bekam Angst … Sie wusste niemanden, den sie fragen konnte, keiner hatte Geld, geschweige denn welches übrig. Als auch noch die Kleinste schlimm krank wurde, war sie nervlich am Ende. Nach zwei halbdurchwachten Nächten, in denen sie mit Wadenwickel-Wechseln und Sorgen machen beschäftigt war, hatte sie wie im Delirium manchmal fast erwartet, dass wie zu Kriegszeiten das Sirenengeheul wieder einsetzte. Das ultimative Signal zum Wettlauf um Leben und Tod. Das hatte sich so fest eingebrannt in ihr Gehirn, dass sie es wohl niemals wieder vergessen würde – ganz gleich, wie alt sie werden würde. Wenn sie denn alt werden würde. Vielleicht mit Hannes …

Sie schob die störenden Gedanken rasch beiseite und dachte an ihre Mutter, die ihr vorgeworfen hatte, zu oft von zu Hause weg zu sein, wenn sie nicht arbeitete: »Ich brauche dich hier!«

Sie kannte die Vorwürfe; sie hatte ihr Leben lang Rücksicht nehmen müssen, sie kannte es nicht anders. Doch jetzt war sie wütend: Sie hatte schon früher – wie die anderen auch – ihre kleinen Geschwister überall hin mitnehmen müssen, zum Spielen, Besorgungen machen, bei Besuchen … immer hingen sie ihr am Rockzipfel. Nur zur Schule hatte sie allein gedurft. Alles musste sie stets teilen: Bett, Essen, Spielzeug – sie liebte ihre Schwestern abgöttisch! Ja, um nichts in der Welt hätte sie sie eingetauscht: die feuchten Babyküsse, die ungestümen Umarmungen, die Wärme der kleinen dicken Ärmchen oder der langen dünnen von Irma, die leisen Stimmen und das Singen am Abend. Aber jetzt gab es etwas, das sie wirklich wollte, für sich allein wollte: Hannes. Sie wollte nicht auf ihn verzichten. Sie wollte sich nicht entscheiden müssen zwischen ihm und ihrer Familie. Das war nicht fair, sie tat doch schon alles …

Sie erzählte Margot von ihrem Dilemma. Die Tränen liefen ihr nun ungehindert über die Wangen und hinterließen feuchte Spuren.

Margot drückte sie tröstend an sich. »Ach, meine Süße, Kopp hoch! Dit wird schon wieder … Det Leben is schön, von einfach war keene Rede.« Helene seufzte. »Nu mach nich so ’n Gesicht, als würdest du gleich den Löffel abjeben. Dit findet sich …«

Es begann zu regnen und Helene zog sich ihre Jacke über den Kopf, Margot schlüpfte mit drunter.

»Warte, ich greife dir unter die Arme«, sagte Margot.

»Dit kitzelt«, lachte Helene. Es schüttete nun wie aus Eimern. Zusammen liefen die beiden Freundinnen mit der Jacke wie einen schützenden Stoffhimmel über ihrem Kopf gespannt durch die nassen, glänzenden Straßen und einen kurzen, albernen Moment war Helene wieder glücklich.

Vor Margots Wohnhaus hielten sie an. Margot betrachtete sie ungewöhnlich ernst. Aus ihrem Haar tropfte es, während sie zu ihrer Freundin sagte: »Nich jedes Herz hält so viel Liebe aus und so viel Schmerz. Aber du hast 'n großes Herz …« Damit drehte sie sich um und ging hinein. Helene wusste nicht, ob das gut war, so ein großes Herz zu haben.

Auf dem Weg nach Hause ließ sich Helene Zeit. Nass war sie ja sowieso. Sie betrachtete ihre Situation noch einmal mit kühlem Kopf. Klar, sie war verliebt. Und ihre Mutter strikt dagegen.

»Hände in den Taschen und Liedchen uff den Lippen – so einer is det. Aber anpacken kann er nich …«, hatte ihre Mutter neulich erst gemosert. Helene fand, sie tat Hannes damit unrecht. Obwohl er wirklich gern pfiff. Und zeichnete und las. Auch deshalb liebte sie ihn.

»Du läufst in dein Unglück, Mädchen …« Das sorgenvolle Gesicht ihrer Mutter verfolgte Helene bis in ihre Träume. Sie wollte doch mit ihm zusammen sein. Was sollte so falsch daran sein? Helene war verwirrt, wütend und ratlos. Das war wenig hilfreich. Vor allem, weil sie sich durchaus vorstellen konnte, mit ihm alt zu werden. Auch wenn sie erst 15, na ja, fast 16 war … Es führte kein Weg daran vorbei: Hannes bedeutete ihr zu viel, um ihn einfach aufzugeben. Sie schloss einen Augenblick lang die Augen, sperrte die Welt aus. Einzelne Regentropfen trafen ihre Lider.

Als sie in ihrer Straße angekommen war, hatte der Regen aufgehört. Die klare frische Luft reinigte ihr Kopf und Lunge. Jeder Atemzug war ein Genuss. Sie war froh, dass sie ihre Freundin getroffen hatte.

Vor ihr liefen nur wenige Gestalten. Helene beobachtete den Zeitungsjungen auf der Straße: Er schwenkte den Arm mit der Zeitung, auf deren Titelseite fett gedruckte Überschriften miteinander wetteiferten. Seine Hände steckten klamm in den fingerlosen Handschuhen und weiße Wolken krochen über seine aufgesprungenen Lippen ... Doch kaum einer der Vorübereilenden nahm Notiz von ihm. Auch er hätte sich gern in einer Stube verkrochen, doch er hatte keine Wahl, denn er hatte an diesem Tag erst eine Handvoll Zeitungen verkauft; das reichte weder zum Leben noch zum Sterben. Sein Umriss spiegelte sich in den Pfützen auf dem Gehweg.

Helene grüßte kurz und beobachtete dann, wie die dicke Jette vorbeikam, die auf der Straße ihr Geld verdiente. Ihr Busen wogte wie ein aufgewühltes Meer im Sturm. Keine andere von Jettes »Kolleginnen« ließ sich heute hier blicken. Es war ihnen einfach zu stürmisch und nass. Außerdem ging wohl das Geschäft heute nicht so gut. Ihre Hand tätschelte die Wange des Jungen. Abrupt hielt sie in der Bewegung inne. Sie hatte zwei lustig plaudernde Herren auf der anderen Straßenseite entdeckt. Hastig raffte sie ihre Röcke und eilte davon.

Müde lehnte sich der junge Zeitungsverkäufer gegen die schäbige graue Hauswand. Er schloss die Augen. In seinem Kopf purzelte alles durcheinander. Er zögerte kurz, dann machte er kehrt und lief zurück zur Kreuzung – hinaus aus Helenes Blickfeld.

Sie kramte nach ihrem Schlüssel und stieß fröstelnd die massige Haustür auf. Erst einmal aus den nassen Sachen raus, dachte sie sich, dann sieht die Welt schon wieder anders aus. So viel hatte sie in ihrem jungen Leben schon gelernt. Nässe, Kälte und Hunger waren keine guten Ratgeber.

28

Helene hatte nur selten eine männliche Bezugsperson gehabt. Zumindest eine, die sie ernst nahm. Der Vater ihrer Schwestern war zwar hin und wieder anwesend, hatte aber die meiste Zeit mit dem Suchen nach Arbeit, wie er behauptete, an Kneipentresen, wie Oma nicht müde wurde zu verkünden, verbracht.

Helene hatte kaum gute Erinnerungen an seine Anwesenheit. Er hatte sie, die Große, und aber eben vor allem »nicht sein Fleisch und Blut« wie er so gern betonte, herumkommandiert. Genau wie ihre Mutter. Keine Ahnung, warum diese sich das gefallen ließ. Mehr als einmal hatte Helene sich das gefragt. Wahrscheinlich liebte sie den Kerl doch irgendwie. Sonst hätte sie ihm wohl nicht immer wieder vergeben, wochenlang bei ihnen wohnen lassen und von vorn bis hinten bedient.

»Immerhin ist er der Vater meiner Töchter«, hatte sie auf Omas Einwände hin erwidert und damit Helene ausgeschlossen. Das machte Helene nichts aus.

Was ihr etwas ausmachte war die Tatsache, dass der »Mann im Hause« selten Lieder und Brot, dafür häufig Schnapsatem und Streit mitbrachte. Helene hasste ihn, noch bevor sie das Wort kannte. Sie verabscheute seine rüde Art, seine Beleidigungen, die er der Mutter gegenüber aussprach, und besonders die Backpfeifen und Katzenköpfe, die er schier wahllos an Helene und die Kleinen verteilte. Bei jeder Gelegenheit nutzte er seine Machtstellung als Erwachsener aus und verbreitete Angst und Schrecken. Mehr als einmal hatte sich Helene gewünscht, er würde von einer Brücke stürzen oder von einem herabfallenden Blumentopf getroffen werden. Sie schämte sich ihrer Gedanken, aber nicht sehr.

Nur mit Oma, zu dritt, war es irgendwie schöner gewesen. Helene erinnerte sich an die Kriegs- und die ersten Nachkriegsjahre; sie waren sehr hart gewesen. Allein die Berliner Gazette hatte am 24. Dezember 1946 vermeldet: »16 neue Erfrierungsopfer in Berlin Neukölln.« Und doch: Zu dritt hatten sie es besser gehabt als mit jedem Anwärter auf die Vaterrolle später. Sie hatten sich gemeinsam durchgeschlagen. Laut waren sie geworden, aber nie gewalttätig. Gehungert hatten sie, ja, aber auch alles gerecht geteilt. Vor allem hatten sie einander und konnten Trost aus der Gegenwart des anderen ziehen. Sie wussten, was sie aneinander hatten, und dass sie es irgendwie zusammen überstehen würden.

Als ihr Stiefvater, den sie nie so nannte, sooft es auch ihre Mutter forderte, dann bei der letzten Schwangerschaft ein letztes Mal sein Bündel gepackt und sich auf den Weg gemacht hatte, hatte Helene die Tränen ihrer verzweifelten Mutter auf deren Wangen glitzern sehen. Aber sie hätte um nichts auf der Welt gewollt, dass er blieb. Sie rieb sich über die noch schmerzende Stelle an der Wange, auf die er sie erst kürzlich wegen seines verschütteten Kaffees so fest geschlagen hatte, dass die Wange dort rot und geschwollen war. Helene wünschte ihm die Pest an den Hals und tat das Beste, um ihre beiden kleinen Schwestern zu trösten, die dennoch traurig waren, dass er ging. Sie hoffte, er würde niemals zurückkommen, so wie er es angekündigt hatte. Das hatte er schon mehrmals gesagt. Und war doch immer wieder aufgetaucht.

Erst später entdeckten sie, dass er den Rest des Haushaltsgeldes für diesen Monat hatte mitgehen lassen. Doch Helene hungerte lieber, als dieses Ekel jemals wieder einen Schritt über ihre Schwelle setzen zu sehen. Ihre Mutter verstummte, weinte tagelang nach seinem Weggang, suchte ihn in den umliegenden Kaschemmen und eine kurze Zeit machte sie Helene Sorgen wegen ihrer geschwollenen Augen und Füße und des Babys in ihrem Bauch.

Aber dann hatte ihre Mutter sich wieder gefangen. Sie kamen zu etwas Geld und Lebensmitteln und ihre Mutter hatte das getan, was sie immer getan hatte: weiter. Das hatte Helene von ihr gelernt: Weitermachen, egal, wie schlimm es aussieht.

29

An ihrem 17. Geburtstag lud Margot Helene ein: »Komm, dit musste mitmachen: Tanzen uff den Seeterrassen ist echt spitze!«

Nach dem kleinen Kaffeekränzchen, das ihre Mutter und ihre Schwestern für Margot veranstaltet hatten, zog Helene also ihren besten Rock an. Darin machte sie zugegebenermaßen eine gute Figur. Sie hatte immer noch Susis helles Stimmchen »Zum Jeburtstach viel Glück« im Ohr, als Margot ihr die Haare machte.

»Dieset Jestrüpp bei dir uff'm Kopp ist ja echt nicht zum Aushalten. Hast dir wohl 'n dicket Fell wachsen lassen. Du musst unbedingt mal was machen damit.« Sie nahm erneut die Bürste zur Hand und legte mit wilder, militärisch anmutender Entschlossenheit Hand an Helenes dicke braune Haare. »Mensch, du hast so tolle Haare. Aber du lässt die einfach links liegen.«

»Hannes jefällts!«, erwiderte Helene ein wenig beleidigt.

»Na, der hat ja ooch keene Ahnung, mit seinen Hochwasserhosen«, raunte Margot.

»Wat?«

»Nüscht«, beschwichtigte Margot. »Nur: Männer haben andere Talente …« Helene schmollte, ließ sich aber weiterbearbeiten. Sie war gespannt, was dabei herauskommen würde. Margot war begabt, was das anging.

Ihre Freundin kämpfte noch immer mit der Bürste gegen die Knoten in Helenes Haaren. »Sapperlot, dit is doch nicht möglich!«, fluchte sie, wenig um Damenhaftigkeit bemüht. Sie selbst steckte in einem hübschen Petticoat und hatte die Haare zu weichen Wellen gelegt.

»So, gleich ham wat«, verkündete sie und gab noch einmal alles: Schmerzhaft zog sie Helene die Haare stramm, bis diese zu einem flotten, hohen Pferdeschwanz auf dem Hinterkopf gebunden waren. Zufrieden betrachtete Margot ihr Werk.

»Und?«

»Jut so. Steht wie 'ne Eins!« Margot legte Helene die Hände an den Kopf und strich ihr alle seitlich abstehenden Härchen glatt. Mit Ekel registrierte Helene, wie sie dazu in ihre Hände spuckte. »Hält besser«, erklärte Margot, »und kostet nüscht.«

»Na, du machst es ja mit mir ...«, entgegnete Helene. Sie strich sich unwillkürlich die Bluse glatt.

»Steh mal uff«, forderte Margot, drehte sie wie eine Puppe einmal im Kreis und schaute so kritisch, dass Helene sogleich begann, sich unwohl zu fühlen. Doch Margots abschließendes Urteil fiel positiv aus.

»Toll siehst du aus und gleich viel älter.«

»Ist dit jut?«, fragte Helene unsicher.

»Na klar, dann kriegen wir den Sekt und die Bowle, und außerdem finden die Jungs da junge Mädchen super, aber nicht zu jung. Deshalb is es jut, wenn du wie 18 aussiehst.«

»Und wie alt sind die so?«

»Na, meist 19 oder zwanzig … So genau weeß ik dit nich, Hauptsache die ham 'n Motorrad und können den Sekt bezahlen«, grinste sie. »Wenn se ausgelernt ham, ham se noch mehr Moneten.«

Helene dachte an Hannes. »Du, ich weeß wirklich nicht, oben dit so 'ne jute Idee is …«

»Na klaro, du musst doch mal wat anderes sehen als immer nur den Hinterhof und deinen Jemüsestand. Da wird man ja meschugge. Wir sind jung! Und so 'n Tanz is da genau dit Richtije. Also los!« Mit diesen Worten schob sie Helene aus dem Zimmerchen und holte ihre Jacken.

»Fertig?«

Helene nickte zögerlich.

»Uff ins Gefecht!«

Sie verzog den Mund.

Margot musterte sie kurz: »Wat'n, haste Fracksausen? Ich bin doch dabei.«

»Eben«, antwortete Helene. »Wirklich, du bist bei so was viel souveräner.«

»Jut, ick bin manchmal 'n Luder, aber ooch deine beste Freundin: Da passiert nüscht, keene Bange.«

Helene grinste dankbar; dann schnappte sie sich ihren Schlüssel: »Nu quatsch keene Opern, komm lieber, sonst verpassen wir noch die Bahn …«

»So ist's recht! Na dann, sattel die Hühner …«

Die beiden Mädchen schwangen sich auf die Räder. Zwei Krähen hockten auf dem Geländer gegenüber, starrten sie an und krächzten um die Wette.

»Pass bloß uff mit deinem Rock. Nicht, dass er zwischen die Speichen kommt und du gleich uff der Nase liegst. Denn biste nich mehr salonfähig.«

»Ach, du wieder. Ich seh mich vor. Außerdem weißte doch: ’N schönen Menschen entstellt nüscht!«, flachste Helene.

Margot lachte nur und trat in die Pedale. Ihre Haare flatterten im Wind und sie ließ die Zähne blitzen, während sie gut gelaunt vor sich hin grinste. Helene bewunderte ihre Chuzpe. Margot ließ sich nichts sagen. Von niemandem. Niemals. Und sie wusste mit Jungs umzugehen.

Neulich erst hatte Helene Margot mit zwei gutaussehenden Jungs vor der Penne getroffen. »Darf ich vorstellen?«, hatte sie von einer ausladenden Handbewegung begleitet gesagt. »Dit is Oskar und dit Erich, mein Brotfreund.«

»Wat is denn ’n Brotfreund?«, hatte Helene später neugierig gefragt.

»Janz einfach«, hatte Margot geantwortet: »Der eene jibt mir seine Brote inner Pause, der andere die Äppel.«

Helene war verblüfft. »Na, du bist mir eene …«

Margot zuckte mit den Schultern, »Man muss ja sehen, wo man bleibt.« Sie zwinkerte keck: »Und, es ist ja so: Liebe macht blöd, äh blind …«

Als sie vorhin nach Margots beiden Verehrern gefragt hatte, hatte diese nur die Schultern gehoben: »Hat sich in Wohlgefallen uffjelöst. Nu ha’ ick eenen, der immer Schinken mitbringt.« Liebe geht eben doch durch den Magen, dachte Helene. »Neulich hab ick von Herbert geträumt«, grinste Margot. Herbert war der Fleischergeselle.

Helene schüttelte sich. Gar nicht ihr Typ. Sie selbst hatte in letzter Zeit verstärkt von Hannes geträumt, und es war nichts Besonderes mehr. Es war vertraut. Es fühlte sich schön an. Fast als wäre er dann bei ihr. Aber das erzählte sie Margot nicht. Die war nicht allzu sehr fürs Romantische. Helene trat ordentlich in die Pedale.

Die beiden Mädchen radelten bis zum Bahnhof. Er war mäßig besucht. Kioske und Büdchen warben um Aufmerksamkeit. Putz bröckelte und ließ das darunterliegende Mauerwerk sichtbar werden.

Von Gleis zwei nahmen sie den Nachmittagszug. Helene liebte die Berliner U-Bahn; man stieg irgendwo ein und kam an einem völlig anderen Ort wieder heraus; es war, wie durch einen Zeit- und Raumtunnel zu fahren. Margot lachte sie aus, hatte aber blendend gute Laune.

Mit einem Mal hielten die Personenwagen jedoch auf offener Strecke.

»Wat is'n nu los?«, wunderte sich Helene.

Margot seufzte nur mit einem Blick nach draußen, der keinerlei Hinweis auf die Ursache der Verzögerung gab. »Kennste doch, den Spruch der Bahn: ›Wer lange fährt, wird endlich jut‹.«

Nach ein paar Minuten, die sich Helene und Margot mit Handgummitwist vertrieben, ruckelte der Zug wieder an und sie fuhren ohne weitere unplanmäßige Unterbrechungen weiter.

Herrliches Wetter empfing die beiden in Tegel. Über die Seebrücke gelangten sie auf die Seeterrassen; der Wind war lau, die Tische zur Hälfte belegt. Ein sonniger Tag.

Mit einem Mal kam sich Helene sehr hübsch vor so zurechtgemacht. Mit den anderen Mädels, ja, da konnte sie mithalten. Ihre Bedenken deswegen waren grundlos, aber deshalb nicht weniger quälend gewesen …

30

»Na hallo, die Damen«, begrüßte sie eine tiefe Stimme, kaum dass sie die zum Lokal gehörenden Terrassen mit dem herrlichen Blick auf den See betreten hatten. »Wie wäre es mit einem Glas Bowle zum Aufwärmen?«

Warm war Helene bereits; sie schwitzte leicht unter ihrem engen Oberteil und dem ausladenden Rock. Die Sonne stand hoch. Der Typ, der sie leicht amüsiert musterte, war wie aus dem Kintopp: Groß, selbstbewusst, die Haare glänzend nach hinten gegelt. Muskeln zeichneten sich unter seinem weißen T-Shirt mit den hochgerollten Ärmeln ab. Er trug natürlich Blue Jeans. Er war mindestens vier jähre älter als sie, schätzte Helene, und sah zugegebenermaßen verteufelt gut aus. Innerlich seufzte sie. Sie kannte Typen wie den und hatte keine guten Erfahrungen gemacht, doch nun war sie schon mal hier.

Helene straffte die Schultern, hob das Kinn und spielte mit: »Na klar. Am besten sofort.«

Er ließ sie nippen. Margot sah Helene überrascht von der Seite an. Helene hörte nach dem ersten Schluck des süßen alkoholischen Getränks ihren Magen knurren und neben sich die Motorräder röhren. Die Jungs stellten ihre Maschinen zur Schau.

»Danke, reicht …« Der Typ zog ab, nicht ohne ein Zwinkern und einen flotten Spruch: »Immer zu

Diensten, Schnecke! Holzauge, sei wachsam!« Sein Po wackelte aufreizend in seiner engen Jeans.

»Schnieke«, kommentierte Margot ungeniert den Galan. »Auch wenn er O-Beene hat wie über ’ne Tonne gebügelt.«

Helene kicherte und hakte sich wieder bei Margot unter. Sie war aufgeregt, auf angenehme Art und Weise. Das alles war neu für sie. Sie sahen sich weiter um. Helene wollte nichts verpassen.

Margot beugte sich zu Helene hinüber: »Die mit ihren Pullis und Tollen, wa? Machen ’ne Schau wie Zirkusäffchen.«

»Scheint zu funktionieren«, erwiderte Helene. »Alle gucken …« Sie schaute einem Paar auf die Gläser, musterte die farbige Flüssigkeit darin. »Schmeckt’s?«, fragte sie einen jungen Mann und deutete auf das Glas in seiner Hand.

»Sagen wa ma so: Es schadet nich«, antwortete der Schmusi, während er seine Freundin im Arm drückte.

Margot bestellte einfach dasselbe. Als sie von dem Getränk kostete, war sie aber enttäuscht. »Wie bei den Männern: sieht besser aus als es schmeckt.« Ihre Laune sank. »So viele Angeber hier!« Helene fand es dagegen ganz unterhaltsam, den Jungs beim Balzen zuzuschauen. »Und dann diese Plörre.« Margot verzog das Gesicht, nippte aber weiter tapfer an ihrem Getränk. »Aber bezahlt ist bezahlt. Es wird getrunken, was auf den Tisch kommt.«

Ein kleiner, frecher Typ setzte sich ungefragt zu ihnen, legte die Arme auf den Tisch und lachte laut und vernehmlich. »Toll hier, wa? Ihr seid neu, oder?

Spritztour jefällig? Die da hinten is meine ...« Er zeigte auf eine Maschine am Ufer.

»Hier is' schon besetzt«, maulte Margot und sah den ungebetenen Gast böse an.

»Wat'n meine Gute? Ick beiß nich. Wenn de willst, nehm ich dich nachher 'ne Runde mit auf meinem Schlitten. Hat echt was druff. Genau wie icke«, flirtete er ungeniert drauf los und rückte näher. Seine Hand ruhte auf Margots Unterarm, aber nur kurz.

»Verzichte«, raunzte Margot nur schlecht gelaunt zurück. »Rück mir nich uff'n Pelz. Und nimm deine Pfoten weg.«

Der junge Mann verzog keine Miene. Er wandte sich zu Helene um: »Und du, Prinzesschen?«

Helene wand sich innerlich. »Ick, ick hab schon wat vor ...«, stammelte sie und kam sich vor wie ein Kleinkind.

»Schnullifax. Macht nüscht, probier mal ditte, denn änderste deine Meinung«, damit drückte er ihr ungefragt einen feuchten Schmatzer auf den Mund. Der Kuss schmeckte nach warmer Sonne und kaltem Bier.

Helene schauderte. Sie verzog das Gesicht vor Überraschung, dann vor Empörung und sprang auf: »Sach mal, spinnst du komplett?! Dir hamse wohl uff 'n Kopp gehauen als Kind!« Mit diesen Worten verpasste sie dem frechen Kerl eine schallende Ohrfeige.

»Boah«, sagte Margot anerkennend mit Blick auf die flammend rote Stelle auf der Wange des jungen Mannes. »Dit hat jesessen! Verdient haste det aber ooch. Unverschämtheit! Dich hamse wohl mit dem

Klammerbeutel jepudert, mach 'ne Fliege, sonst lass ick deine Zähne tanzen.« Sie hob drohend ihren kleinen Beutel mit Wechselgeld, geklautem Lippenstift und Taschentüchern über den Kopf und holte aus.

»Immer mit der Ruhe«, beschwichtigte der Geschlagene die beiden Mädchen, die ihn wütend anstarrten. »War doch nur 'n Spaß ...«

»Für dich vielleicht«, schnaubte Margot. »Hau bloß ab. Du siehst doch, wat du anjerichtet hast ...« Helene setzte sich mit zitternden Knien, immer noch hochrot im Gesicht, und wischte sich wiederholt mit dem Handrücken über den Mund.

»Da wird die Süße nich gleich von sterben ...«, setzte der Typ an, aber Margot war schon bei ihm und funkelte ihn böse an. »Mach, datt de Land jewinnst. Sofort!«

»So 'n Uffstand wegen 'nem kleinen Kuss, mein Gott. Isse katholisch oder wat?«

»Verzieh dich endlich!«

»Aber ...«

»Kratz die Kurve, sonst helf ick nach!«

»Ja, ick jeh ja schon, Madame!« Der junge Mann schien nicht sonderlich geknickt angesichts der Abfuhr der beiden Neuen. Er drehte sich sogar noch einmal um. »Wer nich will, der hat schon. Falls ihr et euch aber anders überlegt, fragt nach Harald. Der wilde Harald«, grinste er. Er erhob sich schwungvoll und stiefelte zu seiner Maschine.

So ein Schlickenfänger, dachte Helene. Margot und sie sahen einander an, aufgewühlt, sauer und mussten lachen.

»Selbstbewusst isser ja«, räumte Helene ein. »Hoffentlich war det nich zu doll«, setzte sie hinterher, »hat janz schön geschallt«.

»Wat'n, die Ohrfeige? Quatsch, war jerecht. Wat scharwenzelt der noch so um uns rum. Na, und denn der Kuss, dit war ja wohl die Höhe ...«

»War ja gar keen richtiger Kuss«, widersprach Helene schüchtern.

»Na, sollte et aber werden.« Margot schüttelte nachdrücklich den Kopf. »Nee, nee, dit war jenau richtig. Immer ruff! Und: So wat is der jewohnt. Der sammelt doch Körbe. Und Backpfeifen wahrscheinlich ooch, bei seinem Jesicht.«

Helene überlegte: »Und wenna wiederkommt? Vielleicht isser böse.«

»Ach wat. Den rooch ick doch in 'ner Pfeife.« Margot strich ihre Haare nach hinten, sah sich um, nahm noch einen letzten Schluck und musterte ein paar Minuten die anderen. »Aber der da, der könnte wat für dich sein ...«

»Ach nee! Ick hab jenuch. Und den Hannes ...«, protestierte Helene.

»Na, du bist mir ja 'ne Marke. Haste 'n Stempel uff'm Hintern: ›Eigentum von ...‹? Mannmannmann: Hannes hier, Hannes, da. Der is doch jetzt ja nich hier und was er nich weiß, macht ihn nich heiß ... Also: Dit hier is 'n echter Knaller. Trauste dir nich?«, spottete Margot.

Helene schüttelte bockig den Kopf. »Ick will gehen.«

»Jetzt?! Wir sind doch gerade erst gekommen. Jetzt wird es lustig, du wirst sehen ... Komm, ick bestelle uns mal 'ne Berliner Weiße mit ordentlich Schuss.«

Helene verschränkte die Arme vor der Brust: »Na gut. Aber so toll ist es hier nun auch nicht ...« Ihre Stirn legte sich in Falten; ihr war der Gedanke gekommen, was Hannes wohl sagen würde, wenn er sie hier so herumschäkern sähe.

Nun war Margot beleidigt. »Ick hab dich extra rausjeputzt und hergelotst. Dit war 'n hartet Stück Arbeit. Und jetzt spielste die eiserne Jungfrau?«

»Wat heißten dit nu wieder? Weil ick so 'n Mauerblümchen bin oder was?!«, fragte Helene aufgebracht. Sie fühlte sich unsicher, nicht hierher gehörend. Andererseits faszinierte sie der Ort und die neuen Eindrücke.

Margot ließ sich nicht provozieren: »Nu sei keen Spielverderber. Jetzt lach doch mal!« Sie kniff Helene großmütterlich in die Wange.

Helene verzog die Lippen zu einem ausdruckslosen Grinsen. Sie war etwas beleidigt, auch wenn sie es ungern zugab. Margot posierte hier wie ein Mannequin und sie kam sich vor wie Staffage daneben. Das sah man ihr wohl an, denn nun schlug Margot aufgebracht mit der flachen Hand auf die Tischplatte.

»Wat'n? Ick spiele doch nicht den Babysitter für dich hier.«

»Ich brauche keinen Babysitter«, insistierte Helene. Und wünschte sich doch genau das, hätte sich jedoch eher die Zunge abgebissen als das zuzugeben vor Margot, der tollen Margot mit der verführerischen Ausstrahlung und dem immensen Selbstbewusstsein ...

Margot musterte sie sauer. »Willste wieder nach Hause, an Mamas Schürzenzippel? Den Schwestern die Spucke vom Kinn wischen und deinem Schatz hinterherturnen? Hier is mal wat anderet. Hier ist det Leben. Die Jugend. ’N bisschen Spaß. Jetzt trau dich, du Hasenfuß! Sonst zeige ick dir mal, wo der Hammer hängt. Und du bist die längste Zeit meine Freundin gewesen …«

Helene ließ sich nicht darauf ein; sie kannte Margots Hang zur Theatralik. Wegen sowas würde sie ihr nicht die Freundschaft kündigen, da war sie sich sicher. Trotzdem war sie verletzt und gab zurück: »Nun mach mir nicht die Hölle heiß! Du wolltest doch unbedingt hier hin zu den ganzen Lackaffen …«

Margot musste unwillkürlich lachen bei diesem Begriff. »Stimmt ja«, lenkte Margot schon wieder versöhnlich ein. Sie deutete zufrieden auf die jungen Leute um sich. »Ick find dit schau hier!« Sie nahm einen großen Schluck und hielt Helene das Glas hin. »Hier, trink mal wat, denn wirste lockerer.«

Helene winkte ab. »Du weißt: Ick vertrag doch nüscht. Und: Vorsicht ist die Mutter der Porzellankiste.« Sie fuhr mit dem Zeigefinger durch die Luft. Dann nahm sie aber doch einen großen Schluck. Es schmeckte herrlich.

»Und nun?«

»Laaaaangweilig«, erwiderte Margot nur und machte eine ausladende Handbewegung, die ihre Hand schließlich vor ihren aufgerissenen Mund führte, als würde sie ein Gähnen verdecken wollen. Margot ließ den Blick wandern, wandte sich halb um. »Kiek mal, der da; der würde mir jefallen. Ma gucken, ob er kommt …« Sie legte die Finger zwischen die Zähne und pfiff. Alle Köpfe drehten sich zu ihrem Tisch herum. Helene verdrehte die Augen, mit Margot unterwegs zu sein, war auf jeden Fall nie langweilig.

Margot war es auch gewesen, die Helenes Mutter überzeugt hatte, dass ihre Tochter mal raus müsse.

»Dass du mir ja nich mit 'nem dicken Bauch nach Hause kommst«, hatte Helenes Mutter ein ums andere Mal gemahnt. Nichts lag Helene ferner, das müsste ihre Mutter wissen, hatte sie doch tagtäglich vor Augen, was es hieß, Kinder in Armut aufzuziehen. Sie selbst war so aufgewachsen und wünschte es ehrlich gesagt keinem. Noch immer träumte sie von leeren Brotkästen, Hunger, der einem den Magen verkrampfte, von Kälte, die jeden schönen Gedanken erfrieren ließ, und die weißen Kondensstreifen am Himmel, die das Bombengeschwader im März '45 am blauen Frühlingshimmel über Berlin hinterlassen hatte. Der Himmel, den sie so wunderschön und so todbringend in Erinnerung behalten hatte. Sie würde sich kein Kind anhängen lassen; so schön konnte gar kein Mann sein, sagte sie sich. Nicht einmal Hannes. Aber mal etwas anderes zu sehen, würde ihr sicher guttun, und so hatte sie Margots Vorschlag zugestimmt.

Jetzt saßen sie hier, jung, den Kopf voller Flausen, mit Wespentaille und auf der Suche nach Unterhaltung. Es blieb nicht bei der einen Tasse Erdbeer-Bowle … Margot konnte Helene zum Bleiben überreden, und wie sie vorhergesagt hatte: Es wurde noch lustig! Eine heitere kleine Gesellschaft hatte sich schließlich um ihren Tisch versammelt und Helene saß tatsächlich an diesem Tag zum ersten Mal auf einem Motorrad. Der Fahrtwind fuhr ihr durch die Haare und sie sog die Luft und den leicht herben Geruch des Fahrers, »Tach, ich bin der Erwin«, dessen Oberkörper sie nervös umklammerte, tief ein, während sie unter alten Bäumen und an hübschen Einfamilienhäusern entlangfuhren. Die Jungs wollten gern weitere Treffen arrangieren, aber Margot und Helene beschlossen, sich rar zu machen. Vielleicht würden sie einander mal wiedertreffen, vielleicht auch nicht. Helene verspürte ohnehin die meiste Zeit über ein kleines Flackern in der Magengegend, sobald sie an Hannes dachte, auch wenn Margot ihr immer wieder versichert hatte, dass sie doch nichts Unrechtes tat.

Auf dem Nachhauseweg schwankten die beiden Mädchen auf den Rädern bedenklich. Als sie nur noch Schlangenlinien fuhren, beschlossen sie, lieber abzusteigen und die Fahrräder zu schieben.

»Wollen ja unser Kapital nich ruinieren«, kicherte Margot und strich sich zum wiederholten Male die Haare hinter die Ohren. Helenes Pferdeschwanz hatte sich gelockert, er saß nun eher im Nacken als am Hinterkopf und einige Strähnen hatten sich aus dem Haargummi gelöst und umrahmten Helenes erhitztes Gesicht. Im Ganzen machten die beiden Freundinnen einen ziemlich derangierten und fröhlichen Eindruck. Helene konnte sich nicht erinnern, wann sie das letzte Mal so viel Spaß gehabt hatte.

Diese verrückte Art von Spaß. Vielleicht noch nie. Ihre Kiefer- und Gesichtsmuskeln schmerzten leicht vom vielen Lachen. Die Clique war aber auch lustig gewesen, und Margot hatte alle bestens unterhalten. Mit ihren unterhaltsamen Geschichten über ihre Brüder, die Pauker und nicht zuletzt Sieglinde, ihre Lieblingscousine, hatte sie keine Langeweile aufkommen lassen, was stetigen Getränkenachschub zur Folge hatte. Als sie aufbrachen, schien es Helene, als kannten sie sich schon jahrelang statt lediglich einen Nachmittag.

Helene hatte ein bisschen schlechtes Gewissen Hannes gegenüber, weil sie so viel Spaß gehabt hatte. Ohne ihn. War das nicht ein schlechtes Zeichen?

»Papperlapapp«, hatte Margot insistiert, »du hast dir absolut nichts zuschulden kommen lassen. Nur geplaudert und jetrunken, viel jetrunken«, lachte sie. »Und außerdem seid ihr nich verheiratet.«

Prompt begegneten sie Hannes und seinem Freund auf dem Rückweg. Er staunte nicht schlecht, als er von ihrem Ausflug erfuhr. Sie versuchte, ordentlich zu sprechen, um sich ihren Schwips nicht anmerken zu lassen. Doch vergeblich, schon beim dritten Satz von Margot brachen sie in schallendes, albernes Gelächter aus. Helene fühlte sich schäbig wie nie, während ihr gleichzeitig die Lachtränen aus den Augen liefen. Erst als Margot die Geschichte mit dem Kuss, »Und dann, dann hat so ein Strolch deine Liebste geküsst. Einfach so, voll auf die 12«, zum Besten gab, da wurde Helene bewusst, dass das jetzt in die völlig falsche Richtung lief. Helenes Laune sank augenblicklich, als sie sah, wie verletzt er war. Enttäuschung sprach aus seinem Gesicht. Es riss ihr ein Loch ins Herz.

Sie rührten unbeholfen in der Stille zwischen ihnen. Hannes drehte sich wortlos um und ließ die beiden gackernden Hühner stehen. Helene rief ihm nach, wollte die Sache klarstellen, doch Hannes drehte sich nicht um.

»Wat denn?«, fragte Margot. »Dit war doch nur Spaß«, aber Helene schüttelte den Kopf. Genau das war der Unterschied zwischen ihrem Freund und ihrer besten Freundin.

31

Am nächsten Morgen kam Helene nicht aus dem Bett. Das war ungewöhnlich. Ihre Glieder fühlten sich so schwer und ihre Zunge so dick an, dass sie sich kaum bewegen konnte.

Die Mutter befühlte ihre Stirn: »Na ja, Fieber haste nich. Aber janz in Ordnung biste ooch nich. Dit seh ick sofort. Irgendwas is …«

Helene stöhnte beim Umdrehen: »Mir jehts heute dreckig.« Sie vergrub ihren Kopfschmerz und ihre Scham unter dem Kissen.

Nebenan hörte Helene die Schwestern zanken: »Du Schweinepriester, gib her.«

»Nu halt ma die Backen still. Du klingst ja wie 'ne Jassenjöre! Hast denn jar nüscht jelernt?«

»Quatsch nich so jeschraubt. Und jetzt gib dit endlich wieder her! Dat is meins! Mach die Oojen zu, dann siehst, wat deins is!«

»Arschgeige!«

»Du hast wohl 'n Sockenschuss! Na warte …«

Helene hörte es rumsen, dann heulte eine. Die Mutter ging rüber und Helene schlief wieder ein. Sie sank in einen tiefen traumlosen Schlaf und erwachte erst wieder, als der Nachmittag schon weit fortgeschritten war.

Die Wirklichkeit strömte durchs Fenster und setzte sich an das Fußende ihres Bettes. Sie vertrieb die Träume der Nacht aus dem Halbschatten in den Ecken ihres Zimmers. Helene betrachtete die Tulpen im Marmeladenglas auf ihrem Nachttisch. Gelb und Rot. Sie dachte an Hannes. An ihr Zusammensein, ihre Ausflüge, die großen und die kleinen. Das Mundharmonikaspielen. An seine Hände. Seine Küsse. Sein Lachen. Die schwere Süße der Wollust. Sie vermisste ihn schrecklich. Ein Schatten sank in ihr Herz.

Sie hatte geschrieben über die Liebe: »Wenn ich an dich denke, habe ich Sonne in den Augen. Liebe ist nicht rot«, fand sie. »Sie ist blau wie der Frühlingshimmel.«

»Oder lila – wie der letzte Versuch«, hatte Oma immer gewitzelt.

»Sieh doch!«, hatte Hannes gesagt im Herbst. Sie hatte den Kopf gehoben, um in den Himmel zu schauen, da hatte er sie sanft am Kinn gefasst und geküsst. So schön und so überraschend, dass sie zusammengezuckt war. »Ick könnte dich ufffressen«, hatte er ihr zärtlich ins Ohr geflüstert. Und sie hatte nichts anderes gewollt. Ihre Gefühle glichen einem Wildgarten: bunt, chaotisch, unübersichtlich; wunderschön mit viel Unkraut dazwischen.

Helene roch den Müll in der Ecke. Sie wandte sich ab, wollte wieder schöne Momente sammeln: Sonne auf den Knien spüren, ihm eine Strähne aus dem Gesicht streichen, eine Birne mit ihm teilen … Sie wollte diese Momente am liebsten aufbewahren, wie Murmeln in einem Säckchen, oder auf eine Kette fädeln wie Perlen, sortiert nach Farbe oder Größe.

»Liebe macht nur Falten«, grinste Margot immer. »oder schlimmer …«

Und vor ein paar Monaten, als sie Astrid – eine gemeinsame Freundin aus dem Kiez – getroffen hatten, waren beide erschüttert über das blaue Auge gewesen, das ihr ihr Verlobter verpasst hatte. Warum wusste niemand. Vielleicht nicht einmal Astrid selbst …

Helene dachte daran, wie sie als Kinder gemeinsam durch Pfützen gehüpft waren und Kartoffeln geklaut hatten. Astrid war immer die Ältere gewesen, hatte das auch gern betont und die beiden anderen ganz schön gegängelt. Trotzdem waren sie gern mit Astrid unterwegs gewesen; meist hatten sie danach ein Lachen im Gesicht oder etwas zu Essen im Bauch gehabt.

»Der hat janz schön hingelangt.«

»Ja, dann is' se auf und davon. Und denn: Katzenjammer uff beiden Seiten.«

»Hätta sich halt vorher überlegen sollen, Mistkerl!«

Astrids Verlobter hatte an jenem Abend ganz schön Rabatz gemacht. »Du ausgekochtes Luder«, hatte er sie beschimpft, dass es die ganze Straße mitbekam.

Margot war voll informiert: »Da war se sauer und hat ihm wat jehustet, als er wieder angekrochen kam uff allen Vieren und um Verzeihung gebettelt hat. Aber nicht lange … Sie sind dann doch wieder ein Paar geworden. Kurz darauf war Astrid schwanger und ihr Kerl hat die Kurve gekratzt.«

»Ach du lieber Vater! Wat für 'n Schlamassel«, sagte Helene.

»Vater werden is nich schwer, Vadder sein dagegen sehr«, rezitierte Margot.

»Nur gut, dass se den los is'. Wenn dit schon so anfängt …«

»Und det Würmchen?«

»Ach, dit kriegen se ooch noch groß, sagt se. Ihre Schwestern haben doch schon 'n janzen Stall voll. Eens mehr oder weniger fällt da nich uff.«

Helene nickte stumm.

32

Dann war es so weit: Am Samstag brach alles zusammen. Der Haushalt, ihre Mutter, das ganze fragile Konstrukt. Zu lange hatten sie alles immer weiter hinausgeschoben, einen Tag nach dem anderen hinter sich gebracht, und dabei das große Ganze aus den Augen verloren:

Sie hatten die meisten Rechnungen wieder einmal nicht bezahlen können, die Schränke waren leer und die Schwestern meuterten – zu recht. Helene ahnte Schlimmes: Wieder war es an ihr, den Karren aus dem Dreck zu ziehen.

Eine schwierige Phase begann: Ihre Mutter saß da und starrte aus dem Fenster ins trübe Licht des Hinterhofes. Ihre Hände zitterten. Sie war wieder in den schwarzen Gedankenwolken gefangen, aus denen man sie so schwer hervorziehen konnte. Sie aß, sie wusch die Kinder, sagte aber wenig und hatte diesen Blick, den Helene mehr fürchtete als alles andere.

Was zum Teufel sollte sie, Helene, denn noch tun, um ihre Familie zu unterstützen? Neulich erst hatte Helene zusätzlich eine Stelle als Putzfrau angenommen: Zweimal die Woche schrubbte sie nun nach Feierabend und am Sonntag die Böden in den westlicher gelegenen Mietshäusern. So würde es gehen. So musste es gehen. Hätte sie einen Blick dafür übrig gehabt, hätte sie sich direkt an den schönen

Gründerzeitfassaden, original viktorianischen Steinfliesen und geschliffenen Flurglasfenstern erfreuen können. Die Arbeit war in Ordnung, nur war sie nach einem langen Tag am Obststand stets so müde ...

Die mit Wasser voll gefüllten Blecheimer alle vier oder fünf Stockwerke hochzuschleppen war das Anstrengendste, auf den Knien Stück für Stück die Stufen zu wischen ging dann wieder. Sie arbeitete sich stets systematisch nach unten vor.

Sie wünschte sich oft, sie hätte Musik. Manchmal pfiff sie ein Lied, ein Stück, das sie gern auf der Mundharmonika spielte. Leider hatte sich Hannes als ziemlich unbegabt herausgestellt, was das Mundharmonikaspielen anging. Sie musste bei dem Gedanken lächeln, wie ungeschickt er das Instrument traktiert hatte. Seine Stärke lag im Zeichnen. Sicher würde er auch hier auf seinem Block kritzeln. Er fand immer ein Motiv. Er sah Dinge, die andere gar nicht wahrnahmen. Sie stellte sich sein ernstes Gesicht vor und seine Hände, wie sie die Zeichenkohle hielten und wie er den Blick hob, sie ansah.

Hannes konnte sie nur noch tagsüber sehen, am Stand, wo er eigentlich nicht sein durfte. Helene wurde durch den ganzen Stress wortkarg, fahrig. In den folgenden Wochen war sie oft so müde, dass sie ohnehin keine Lust zum Reden oder zum Scherzen hatte. Die Waren und die Kunden forderten ihre gesamte Aufmerksamkeit. Der Ausflug mit Margot an ihrem Geburtstag schien in einem anderen Leben gewesen zu sein.

Doch ihr Freund ließ nicht locker: Hannes zeichnete mehr denn je und überraschte sie oft mit einem neuen Blatt oder einem Gedicht nach Feierabend. Doch sie brachte nicht einmal mehr die Kraft auf, sich für seine Kunst zu begeistern. Sie wollte nichts als schlafen ... Sie funktionierte nur noch. Wie eine Marionette: aufstehen, Arbeit, putzen, Kinder und Haushalt versorgen, schlafen, aufstehen, Arbeit ...

Hannes verstärkte seine Anstrengungen, doch Helene wirkte immer erschöpfter. Irgendwann war sie genervt, weil jeder etwas von ihr wollte, wie es schien – auch Hannes. Sie konnte nicht mehr, wollte nur noch ausruhen, nicht mehr zuständig sein. Einfach nichts tun und denken müssen. Sie zog sich zurück, spielte nicht mehr mit den Schwestern, hatte auch keine Zeit dazu. Sie traf weder Margot noch Gertrud, dann nicht einmal Hannes. Obwohl er ihr schrieb. Und auf sie wartete ...

Der Riss wurde tiefer. Das Nichtsehen hatte sich eingeschlichen. Aus den erschöpfenden Wochen wurden Monate. Dass er ihr beim Treppenputzen half, wie angeboten, wollte sie auf keinen Fall. Und nach der Arbeit war es zu spät, um sich zu treffen. Sie war einerseits traurig, dass er sie mehr und mehr in Ruhe ließ, andererseits erleichtert. Sie hatte einfach keine Kraft für Fragen und Diskussionen übrig.

Nur manchmal, wenn wieder eine ihrer Bekannten unter schwerem Liebeskummer litt, kam sie doch ins Grübeln. Sie hatte so einen lieben geduldigen Freund und wie dankte sie es ihm? Mit Nichtachtung. Das war nicht fair. Aber was sollte sie machen? Ihre Kraft reichte einfach nicht für alles, wieder hatte sie Gewicht verloren. Ihre Bluse schlotterte an ihrem Oberkörper, ihre Ellenbogen wurden immer spitzer und ihr Teint glich allmählich dem grauen Berliner Pflaster. Außerdem war sie immer müde. Es war einfach zu viel. Und das seit Monaten. Ach was, seit Jahren. Im Grunde seit Omas Tod.

»Du taugst zu nüscht!«, schalt sie sich selbst. Nicht einmal für die Liebe. Dabei gab er sich doch solche Mühe.

Helene konzentrierte sich auf ihre Aufgaben und Pflichten und sperrte die störenden Gefühle in ihr Herz, so weit möglich, gewährte ihnen nur an besonderen Abenden Ausgang, wenn sie allein und nachdenklich im Dunkeln lag. Wenn die Stube gefegt und das Geschirr abgespült war, die Kinder satt und gewaschen in ihren Betten lagen. Dann gestattete sie sich ein paar Minuten, das »Was wäre wenn«-Spiel zu spielen, während bunte Lichter unter ihren geschlossenen Lidern vorbeizogen: Was wäre, wenn sie reiche Eltern hätte? Wenn sie in einem der vornehmen Wohnhäuser mit den verspiegelten Foyers geboren worden wäre? Ja, was wäre dann?

Dann müsste sie wohl nicht arbeiten. Könnte zur Schule gehen und müsste gute Noten nach Hause bringen. Zumindest so lange, bis sich eine gute Partie für sie fand. Und Hannes? Nun, den dürfte sie sicher auch nicht sehen. Mit seinen Hochwasserhosen, der verkrümmten Hand und der mageren Gestalt wäre er bestimmt nicht das, was sich ihr Elternhaus für ihr Töchterchen wünschen würde.

Wie man es auch dreht und wendet: Schiet bleibt Schiet, dachte sie und drehte sich zum Einschlafen auf die Seite. Außer, ihre Mutter würde vielleicht doch noch einen anständigen Mann finden, der die Familie unterstützte. Nein, nein, diesen Gedanken schüttelte sie schnell ab. Bislang hatte ihre Mutter kein Händchen für taugliche Männer gehabt.

33

Dann kam die Sonne hinter den Wolken hervor. Die Arbeit wurde nicht weniger, ging aber wieder besser von der Hand. Sie hatten ein neues Lehrmädchen bei Bratzke. Helene aß wieder mehr und schlief regelmäßiger und besser. Sie nahm sich sogar die Zeit, mit Hannes spazieren zu gehen. Als sie ihn etwas kleinlaut danach fragte, verschmolzen seine Lippen zu einem glücklichen Lächeln. Der Zwist war vergessen, die Abweisungen, die Enttäuschung; sie fühlten sich verliebt.

Helene fühlte den alten Zauber, der sie verband, stärker denn je. Sie hielt daran fest und schwor sich, nichts mehr zwischen sie beide kommen zu lassen. Ganz gleich, wie schwierig die Umstände waren. Jetzt waren sie schon so lange ein Paar. Auch wenn alle ihre Verbindung irgendwann belächelt hatten, noch immer fühlten sie sich zueinander hingezogen; freundschaftlich, romantisch, praktisch. Sie beide würden es schaffen. Das wäre doch gelacht.

Hannes war geduldig und bescheiden und wurde nicht müde, ihr in Bildern, Texten und Gesten seine Liebe auf humorvolle Weise kundzutun. Helene schloss kurzzeitig Frieden mit ihrem Herzen. Sie würde ihr Bestes tun, und verdammt noch mal, es würde reichen. Würde reichen müssen. Wie jedes Mal …

Die Zeit rannte: Irma feierte Geburtstag, dann Susi. Helene staunte, wie schnell ihre Geschwister groß wurden, dachte wehmütig zurück, als sie noch mehr Zeit für sie übrig gehabt hatte. Gemeinsam hatten sie Puppen gebastelt, Autos geschnitzt, Mehlsuppe gekocht und widerspenstige Milchzähne befreit. Einen erst neulich:

»So, dit haste druff, Lene«, hatte sich Irma an sie gewandt. »Wackelzahn rausrupp'n. Dich haut dit nich aus'n Latschen. Is wieder fällig.«

Helene nickte und fragte nur: »Klinke?«

Jetzt doch etwas blass um die Nase nickten Irma und Susi zustimmend. Also band Helene das eine Ende des festen Bindfadens um den betreffenden Zahn im Mund ihrer kleinen Schwester, das andere wickelte sie straff um die Klinke der Tür.

»Bereit?«, versicherte sich Helene, bevor sie mit einem scharfen Ruck die Klinke hinunterdrücken wollte. Sie hörte nur ein ängstliches Wimmern. Sie drückte, vernahm einen spitzen Schrei und lief hinüber.

Helene tröstete, stillte die Blutung und bestaunte und bewunderte mit angemessener Hingabe den hellen Milchzahn in der Hand ihrer weinenden Schwester. Die war sauer.

»Dusselige Kuh«, schimpfte sie, »ich war noch nicht fertig jewesen.«

Helene drückte das strampelnde Mädchen an sich und sagte mit bester Große-Schwester-Stimme: »Dafür haste es jetzt jeschafft. Jut jemacht. Wir sind stolz auf dich.«

Da stahl sich ein Lächeln auf das Gesicht ihrer Schwester, das trotz des blutigen Speichelfadens am

Kinn von großem Kleinmädchenstolz zeugte. Danach gönnten sie sich eine Runde Kunsthonig direkt vom Löffel.

Nach und nach änderte sich das Stadtbild: Die Miet-Schlafstellen in den Wohnungen verschwanden genauso wie die Hundefuhrwerke von der Straße. Und auch im Leben von Helenes Familie traten Veränderungen ein: die blassrosa Schlüpfer der Geschwister wurden grau vom häufigen Waschen, die Holzpantoffel waren blank von drei Paar Füßen und die Augen der Mutter beruhigten sich endlich so weit, dass sie eine Halbtagsstelle als Küchenaushilfe antreten konnte. Sie blühte förmlich auf, setzte Fleisch an und summte mit dem Waschbrett in der Hand vor sich hin. Helene freute das. Sehr sogar. Aber gerade als sie dachte, wir schaffen das, kam das größte Problem von allen auf sie zu.

34

»Na, läufste wieder in Räuberzivil rum?« Der schlaksige junge Mann musterte sie kritisch. Helene begrüßte am Sonntag ihren Kollegen Alfred, der nie um einen flotten Spruch verlegen war. Er legte großen Wert auf angemessene, ja geradezu elegante Kleidung, sofern man sich das in ihrem Milieu leisten konnte. Sogar während der Arbeit am Verkaufsstand trug er Sachen, die Helene schon für den Feierabend zu schade gewesen wären. Sein Traum war es, eine Stelle in einem der großen Berliner Kaufhäuser zu bekommen. Dort würde er mit ernster Miene und Engagement die feinen Herrschaften adäquat beraten und sich zwischen dem feinen Zwirn und den edlen Schnitten sehr wohl fühlen. Doch bislang waren stets seine ausgesprochen schlechten Zähne in die Quere gekommen. Er machte bei jedem Bewerbungsgespräch einen sehr guten Eindruck, bis er den Mund aufmachte und unfreiwillig den Blick auf zwei schiefe, krumme und abgebrochene Zahnreihen freigab. »Mundruinen« nannten die anderen seine Beißerchen, die nicht nur verfärbt oder krank, sondern auch zum Teil einfach nicht mehr vorhanden waren.

Helene tat er sehr leid, denn seine an Wahnsinn grenzende Angst hatte ihn bislang um jede zahnärztliche Behandlung gebracht. Und es wurde immer schlimmer. Alfred musste unerträgliche Schmerzen ausgehalten haben in den letzten Jahren, doch seine Zahnarztphobie war stärker. Mehrmals hatte Helene ihm Unterstützung angeboten. Doch immer hatte er lachend, mit vorgehaltener Hand, abgewunken.

»Halb so wild, dit sieht schlimmer aus als es ist.« Doch er konnte Helene kein X für ein U vormachen. Sie hatte doch Augen im Kopf. Je schlimmer der Zustand seines Gebisses wurde, desto gepflegter wurde sein Äußeres.

Unwillkürlich schaute Helene an ihren eigenen Klamotten hinunter. Nun, keine Abendgarderobe, aber es war auch schon schlimmer gewesen. Achselzuckend grinste sie.

Sie war auf dem Weg in den Park. Endlich konnte und wollte sie wieder einmal mit Hannes ein paar Stunden verbringen, auch wenn zu Hause schon wieder eine Reihe an Aufgaben auf sie wartete. Aber die würden nicht weglaufen. Es kamen immer nur weitere hinzu.

Auf ihrem Weg kam ihr ihr gut gekleideter Kollege entgegen.

»Und, Alfred, was macht die Kunst?«, fragte sie lachend und befingerte seinen glänzenden, wenn auch bereits fransenden Schal.

»Nur IBs unterwegs«, antwortete er und sah sich demonstrativ um.

»IBs?«

»Idioten und Bekloppte.« Er betrachtete pikiert den Mann in Arbeiterkluft, der sich so ausgiebig wie ungeniert im Schritt kratzte.

»Ach so, die seh ick ja schon nich mehr …«

Alfred richtete seinen Schal. »Umso schlimmer.«

Helene ging nicht darauf ein. »Biste auf'm Weg zur Bibelstunde?«, neckte sie ihn.

»Ach, du stellst Fragen!« Er senkte geziert den Blick. »Natürlich, was soll man sonst am Sonntag machen?«, konterte er schmunzelnd.

Die Bibelstunde, wie Helene sie nannte, war in Wirklichkeit ein Tête-à-Tête: Angefangen hatte es damit, dass ein älterer, gut betuchter Herr einen »Gesellschafter« für die Sonntage suchte, der ihm in seiner Wohnung in Dahlem vorlas – daher kam das mit der »Bibelstunde« –, mit ihm Tee trank und plauderte, erzählte, was draußen in der Welt vor sich ging. Dafür zahlte er mehr, als Helene in einer Woche als Lehrmädchen verdiente. Sie ahnte, dass es sonntags hinter zugezogenen Vorhängen wohl nicht beim Plaudern und Lesen blieb, aber das war nicht ihre Angelegenheit.

Alfred schien sich auf die Zusammenkünfte zu freuen, machte sich extra schick; dieses Arrangement schien ihm gutzutun, und das war das einzige, was zählte. Er war eine Seele von Mensch, hatte Helene mehr als einmal gegen Bratzke verteidigt, wenn er auf ihr herumhackte. Dafür war sie Alfred sehr dankbar. »Holzauge, sei wachsam!«, hatte er ihr eingebläut. »Du kannst bei dem Chef allet machen. Darfst dich nur nicht erwischen lassen.«

»Und sonst so?«, versuchte Helene auf ein anderes, unverfänglicheres Thema auszuweichen.

»Jut. Nur die Kauleiste macht wieder Probleme«, erzählte Alfred und setzte eine sorgenvolle Miene auf. »Langsam hab ich die Faxen dicke. Am liebsten wär mir: Alle raus und neue rein.«

»Ach du lieber Vater«, sagte Helene. »Dann würdest ja aussehen wie 'n alter Zausel.«

»Ja, das ist leider kein Pappenstiel. Zaubern müsste man können ...«

Oh ja, dachte Helene, das wär was! Doch sie antwortete nur: »Ach was, das wäre doch langweilig. All das Geld und gute Essen, die feinen Klamotten und Möbel ...« Sie lachten zusammen. Er berührte sie am Arm.

»Du, ick muss weiter; der ...«, er stockte, »er wartet schon.«

»Na sicher!«, sagte Helene. »Na los: Zieh Leine!

»Welche Leine?«, scherzte Alfred, während er sie anstrahlte. Wieder versetzte der Anblick der faulen Zähne Helene einen Stich. Alfred war wirklich nicht auf den Kopf gefallen und freundlich und fleißig. Er könnte etwas aus sich machen, da war sie sich sicher, wenn es da nicht dieses augenscheinliche Problem gäbe. Vielleicht würde er mal seinen generösen Galan fragen können ... Vielleicht kannte dieser einen Zahnarzt, der auf solche Fälle spezialisiert war, und würde auch die sicher horrenden Kosten übernehmen.

Einmal hatte sie Alfred darauf angesprochen, doch der hatte nur den Kopf geschüttelt. »Da ist nüscht zu holen«, hatte er leise gesagt und flüsternd ergänzt: »Aber ich mag ihn trotzdem ...«

Als Helene aus ihren Gedanken auftauchte, hatte sich Alfred bereits winkend abgewendet und lief Kusshände werfend forschen Schrittes die Straße hinauf. Sie winkte zurück, unsicher, ob er das noch sah.

Ein Auto hupte. Helene überquerte die Fahrbahn, beeilte sich nun auch, zu ihrem Ziel zu gelangen, wollte keine Zeit mehr verplempern, keine einzige Minute. Es zog sie zum Park, zu Hannes. Die Sehnsucht hing ihr am Ärmel und hatte sie durch den Tag geschleift. Nun war es Zeit für Zärtlichkeiten, für Träume, Lachen und eine Auszeit. Schließlich war Sonntag. Und das war ihre ganz eigene Andacht: Sich mit Hannes die Zukunft ausmalen.

Sie hatten sich ein paar Tage nach dem unglücklichen Treffen ausgesprochen. Sie hatte ihm erzählt, was an Margots 17. Geburtstag auf den Seeterrassen passiert war: nämlich gar nichts. Sie hatten sich versöhnt und waren noch am selben Tag ins Kino gegangen. Nach langer Zeit mal wieder und mit ihrem letzten Geld. Es war toll gewesen. Sie hatten sich eine Packung Eiskonfekt geteilt und waren ganz begeistert aus der Vorstellung gekommen, hatten die Lichter am Bahnhof genossen, die Pärchen heimlich beobachtet und einander lange im Arm gehalten. Es war wunderbar gewesen. Und hatte Helene ihre Erschöpfung gänzlich vergessen lassen. Auch wenn sie manchmal Augenringe dunkel wie Kohle und Tränensäcke dick wie Teebeutel hatte. Als sie nun zu Hannes in den Park trat, sie hatten sich direkt am Eingang verabredet, dachte Helene glücklich: Was für ein schöner Ort manche Menschen sind.

35

Und dann kam der Tag, der alles verändern sollte. Der Alltag rannte an Helene vorbei, so viele Pflichten, so viele Termine, so viel Arbeit. Doch sie war halbwegs glücklich. Vor allem wegen Hannes. Umso härter traf sie die Ankündigung ihrer Mutter. Mit allem hatte Helene gerechnet, mit einem weiteren Geschwisterchen, der Zwangsräumung, einer zusätzlichen Aushilfsarbeit, aber niemals damit:

Eines Tages trommelte ihre Mutter die Familie zusammen. Irma kratzte sich unter der Achsel, Susi pulte die Krümel aus den Ritzen der Küchenbank, Helene musterte ihre Mutter aufmerksam, als sie beieinander saßen. Am Küchentisch, gerade als sie nach dem Besteck griffen und zu essen beginnen wollten, ließ die Mutter die Bombe platzen.

»Ich habe mich verliebt!«, verkündete sie mit ungewohnt rosigen Wangen.

Keiner war erstaunter als Helene. »Was?«

»Ja, er ist Koch in der Kantine, wo ich aushelfe. Kinderlieb, stattlich. Er ist sehr charmant … Franzose«, schob sie vielsagend nach. »Er will euch kennenlernen. Wenn wir es richtig anstellen, nimmt er uns mit nach Paris.«

»Ich glaube, mich tritt ein Pferd«, murmelte Helene. »Paris?!«

»Ja, wir gehen alle weg von hier. In Frankreich is alles leichter für uns mit den Kindern. Dann musste nich' mehr putzen. Die Kleinen kriegen 'ne extra Betreuung. Vielleicht bekommen wir als Familie sogar ein Haus. Und wir müssen nie mehr hungern: Alain ist Koch …«

»Alain?«

»Ihr werdet ihn mögen«, versprach die Mutter schnell. »Er hat 'n großes Herz. Und tiefe Taschen. Uff seiner Arbeit gibt es immer wat zu beißen. Und er liebt Kinder. Will noch viele eigene dazu …«

Irma schwieg, Susi kippelte aufgeregt mit dem Stuhl und die Kleinste kaute versonnen auf einem Strumpf herum. Helene traute ihren Ohren nicht. Ein neuer Mann? Noch mehr Geschwister? Und dann nannte ihre Mutter sie eine dumme Nuss, wenn sie sich mit Hannes traf, ohne … Sie konnte es nicht glauben. Was war in ihre Mutter gefahren? War sie wirklich so naiv, dass sie dachte, damit würde alles plötzlich schön werden? Leicht und schön? Und ihre Wünsche und die ihrer Schwestern zählten gar nicht?

Fort von hier. Ihr wurde plötzlich übel. Alain? Frankreich? Weg aus Berlin? Ein Monster schlüpfte in ihren Magen, das schmerzhaft in ihrem Innern wühlte und riss. Helene war der Appetit vergangen, was ausgesprochen selten vorkam. Sonst hatte sie einen Magen wie ein Pferd.

Sie war in Berlin geboren, kannte hier jeden Pflasterstein. Andererseits wollte sie immer schon weg, mehr sehen, erleben, wie es in Paris und Rom und London war. Aber jetzt? So ohne Hannes? Das konnte sie sich nun doch nicht mehr vorstellen. Irgendwie fühlte sie sich hier festgewachsen, verwurzelt; trotz aller Widrigkeiten. Das war ihr Kiez, ihre Stadt, ihr Berlin. Ihr Hannes … Schmerz wilderte in ihrer Seele und sie musste sich umdrehen. Beim Gedanken daran, für immer von hier und von Hannes fortzugehen, stürzten sich ihre Gefühle aus dem Fenster.

Helene grübelte und grübelte. Und kam zu keinem Ergebnis. Ihre Gedanken rasten, kreisten wie ein Goldfisch im Glas, sie bekam keinen zu fassen. So schnell würde sie nicht die Segel streichen. Zur Not musste sie eine dicke Lippe riskieren oder eine Finte ersinnen. Sie musste sich selbst helfen, wie sonst auch … Zur Not würde sie einfach behaupten, sie wäre schwanger von Hannes.

»Du bist doch meschugge«, kommentierte Gertrud nur trocken Helenes Gejammer, als sie ihr von den spontanen Plänen der Mutter erzählte. Margot hatte keine Zeit; Helene brauchte aber unbedingt jemanden zum Reden – da kam Gertrud gerade recht.

»Dit is die Chance deines Lebens, Frollein! Frankreich, ich glaub, mich tritt ein Pferd.«

»Aber Hannes …«

»Hannes, Hannes. Nu lass doch mal. Andere Mütter haben ooch schöne Söhne … Wie lange haste ihn schon nich jesehen? Drei Wochen? Du entwöhnst dich, Schätzchen, dit is wie mit Kaffee. Zuerst denkste, du kannst ohne ihn gar nicht erst uffstehen, und denn bums, haste ihn janz schnell vergessen …« Helene heulte nun. Doch Gertrud blieb pragmatisch: »Ja, da wächst Gras drüber, sach ick dir. Kommt immer wat Neues.«

»Also so was, so eine Jelegenheit, dem Kladderadatsch hier zu entkommen, kriegst nich oft. Andre würden sich alle zehn Finger danach lecken. Die würden ihren rechten Arm dafür jeben und dir fällt nichts anderes ein als rumzuheulen? Also weeßte«, schalt sie Helene.

»Ich weiß, ich weiß das alles. Aber ick möchte trotzdem jetzt hierbleiben, hier bei ihm«, schluchzte Helene. Ihr Herz fühlte sich wund an bei dem Gedanken, tausende Kilometer von Hannes entfernt zu sein. Und: Hier war ihre Heimat, hier war sie aufgewachsen, hier kannte sie jeden Grashalm und jedes Gesicht. Plötzlich war ihr der manchmal so verhasste, beengende Kiez so viel wert. Sie verstand sich selber nicht. Sie wollte doch raus hier aus all dem Elend. Aber doch nicht so, ins Ausland, und ohne Hannes, den sie so lieb gewonnen hatte. Es war, als risse ihr jemand die Wurzeln aus. Ihr ganzer Leib schmerzte bei dem Gedanken.

Gertrud sah Helene wirklich erstaunt an. Ärger mischte sich in ihren Blick. »Hierbleiben? Wozu?«, fragte Gertrud verständnislos. »Schau dich um in der Straße: Keener über dreißig hat mehr alle Zähne, die meiste Zeit loofen die Menschen gebeugt und griesgrämig herum. Alle paar Monate hat wieder eine 'n dicken Bauch, obwohl dit letzte Blag noch an'ner Brust hängt. Mühsal, Ärger und Arbeit jeden tag. Dit war's. Wenn de Glück hast, mal 'n Rippchen und 'n Tanzfest oder 'n Ausflug anne krumme Lanke. Mehr is nich. Denn steigst in die Grube. Und kiekste dir die Radieschen von unten an, während deine Kinder dit gleiche Schicksal ereilt, wenn nich eh wieder 'n Krieg dazwischenkommt ...«

Helene senkte den Kopf, Gertrud hatte ja verdammt noch einmal recht. Jedoch: Das änderte nichts an Helenes Wunsch zu bleiben. Sie wollte nicht weggehen, nicht jetzt, nicht so, nicht allein – ohne Hannes. Und sie wollte auch nicht, dass ihre Geschwister fortzogen. So weit, dass sie sie kaum noch wiedersehen würde.

»Mensch, du hast die Möglichkeit, wat zu machen aus deinem Leben. Wer weiß, was dich da drüben erwartet. In der Weltmetropole, in der Stadt der Liebe ...«

»Du quatschst wie 'n Wasserfall. Willst du nicht statt meiner gehen?«

»Liebend gern«, sagte Gertrud. »Ich bin in einer Minute weg, dit gloobste abba! Mir hält hier nüscht.« Sie nahm Helene in den Arm, drückte sie fest: »Sieh mal, dein Hannes, der würde doch auch wollen, dass du glücklich bist. Wenn der dich so doll mag, dann wird er nur das Beste für dich wollen. Und ob das wirklich hier ist? Zwischen Ruinen und Straßendreck? ... Ick bezweifle det stark.« Helene hatte nun Tränen in den Augen. »Und überhaupt, ihr seid doch noch so jung. Wenn ihr wirklich immer noch wollt, könnt ihr euch doch wiedersehen. Denn kann man immer noch weiterschauen ...«

»Dit erlaubt meine Mutter im Leben nicht!«

»Ach, irgendwann kann sie eh nichts mehr machen.«

»Ja, aber bis ich volljährig bin, dit dauert noch so lang. Soll ich echt bis 21 warten? Bis dahin bin ich ja ein alter Knochen. Und er ooch.«

»Ach Quatsch!«

»Was, wenn er 'ne andere trifft, die er mehr mag?« Ihr Bauch verkrampfte sich.

»Dann hat er dich nicht verdient.«

Doch Helene wollte sich nicht fügen, dieses Mal nicht. Sie spürte, dass es um ihre Zukunft, ja, ihr Leben ging ... »Vielleicht kann ick vorher abhauen ...«

»Abhauen is nich, hörste, denn landeste inne Gosse. Nee, dit find ich nich flockig!« Sie tätschelte ihr die Schulter. »Nu mal langsam mit de jungen Pferde. Jetzt ma eins nach dem andern. Im Ernst, vielleicht lernst da jemand so Charmantes kennen, dass du gar nichts anderes mehr als französisch parlieren mit dem willst ... Denn hat sich dit Problem von janz alleine gelöst.«

Auf Helenes Stirn bildete sich eine steile Falte: »Niemals!«

Gertrud schaute skeptisch drein: »Warten wa mal ab. Ick habe schon Pferde kotzen sehen ... Zur Not musste ihn in die Wüste schicken. Is doch sonst eh für die Katz.«

36

Helenes Schwestern waren noch anhänglicher als sonst. Sie konnte zu Hause kaum einen Schritt tun, ohne dass eine an ihr klebte wie Kleister. Es war, als wollten sie sicherstellen, dass Helene sie beschützte, begleitete, da war, wenn er, der neue Mann kam. Sie waren alle sehr aufgeregt und verunsichert.

Als er kam und sie ihn bei dünnem Kaffee kennenlernten, schien es gar nichts Besonderes zu sein. Er war unverbindlich nett, hatte eine leisere, ruhigere Art als die meisten anderen und sah sich unauffällig in der kleinen Wohnung um. Er trug einen seltsam gemusterten Schal, so etwas hatte Helene noch nie gesehen, sprach langsam und wenig und hatte fast nur Augen für ihre Mutter. Das war Helene nur recht. So konnte sie sein Mienenspiel, besonders, wenn er sich unbeobachtet fühlte, in Ruhe studieren. Sie hatte keinerlei Interesse daran, ihn kennenzulernen, da sie nach wie vor nicht vorhatte, mit nach Frankreich zu kommen. Keiner sollte dorthin gehen, wieder ein Hirngespinst ihrer verzweifelten Mutter. Das würde sich schon geben. Spätestens wenn er nach ein paar Monaten die Nase voll hatte und von allein das Weite suchen würde. Helene hoffte, das aussitzen zu können. Wie schon einmal.

Doch dieses Mal täuschte sie sich. Der Mann, der nun mit ihrer Mutter zusammen war, machte keine

Anstalten, fortzugehen, im Gegenteil, er verbrachte immer mehr Zeit mit Helenes Mutter. Bald erschlich er sich sogar das Vertrauen und die Zuneigung der Mädchen, indem er regelmäßig Aufmerksamkeiten, Leckereien und gute Laune mitbrachte. Er drängte sich niemals auf, machte sich nützlich, wurde nicht laut und vertiefte die Beziehung so Woche für Woche. Irgendwann musste sich Helene eingestehen, dass sie den Kampf verloren hatte. Der Wegzug nach Frankreich, der Start in ein besseres Leben schien beschlossene Sache zu sein, nichts sprach mehr wirklich dagegen. Nichts, außer Helenes Wünsche; ihre Wurzeln, ihre Freunde, Hannes. Sobald sie ihre Lehre beendet hatte, würden sie fahren. Ihr Veto verklang ungehört. Irma fragte zwar einige Male bang, ob sie auch mitkäme, und Helene brachte es nicht übers Herz, ihr zu sagen, dass sie sich nicht das nicht einmal in ihren kühnsten Träumen vorstellen konnte.

»Du hast doch versprochen, uns niemals zu verlassen«, erinnerte Irma sie.

»Ja«, bekräftige Susi, »du bist doch unsere Lene!«, als sei damit alles gesagt.

Helene wand sich unter den Blicken ihrer Schwester, genauso wie unter denen von Hannes, der mit wachsender Besorgnis registrierte, wie über ihre Köpfe und Wünsche hinweg entschieden wurde. Mehr als einmal schmiedeten die beiden Pläne, durchzubrennen und ihr Glück woanders zu versuchen. Auf der Flucht, weit weg, zusammen. Doch die Realität war ihnen zu nahe, um solch kindische Pläne in die Tat umzusetzen.

Am letzten Tag, am Abend vor der letzten Nacht zu Hause, bot Helene an, das zu tun, was sie so lange hinausgeschoben hatten. Sie wollte wenigstens einmal so mit ihm zusammen sein, wie es nur Liebende sein können. Ganz und gar. Mit Haut und Haar. Sie wollte ihm so nahe sein, dass sie es niemals vergessen würde, ob in Frankreich oder sonst wo. Sie wollte sich erinnern; sie wollte seinen Duft einatmen, seinen Atem hören und die Wärme seiner Haut für immer in ihr Gedächtnis brennen.

Doch Hannes lehnte ab: »Nicht heute«, sagte er ernst. »Es soll ein freudiger Augenblick sein, kein Abschied.« Er nahm ihr Gesicht in seine Hände und küsste sie sanft. Helene erwiderte seinen Kuss, sah ihn an, streichelte seine Hand an ihrer Wange, und nickte.

»Gut, dann also, wenn wir uns wiedersehen.« Sie waren sich einig. Sie kuschelten sich in die Decke, rutschten etwas tiefer und hielten einander fest, ohne ein weiteres Wort zu sagen.

Ende

Hannes stand am Bahnsteig. Seine feinen Gesichtszüge, die markante Nase, die leicht zusammengekniffenen Augen, als blende ihn die Sonne. Er sah blass aus. Sie spürte ein heftiges Jucken im Herzen, ihre Stirn brannte.

»Ist dit Leben dazwischen jekommen«, würde Oma sagen.

Sie, Helene, würde nach Frankreich fahren mit ihrer Familie, dem Stiefvater, und Hannes würde hier in Berlin bleiben. Sie schluckte … ob sie sich wohl jemals wiedersehen würden? Schlieren zierten die Scheiben des Zuges, Taubendreck den Boden des Bahnsteigs. Helene stand auf der Treppe des Zuges, ihre Augen glänzten. »Ich komme zurück«, flüsterte Helene stumm.

Sie steckte Hannes den Brief zu, den sie damals in den Weihnachtsfeiertagen geschrieben hatte. Vier Seiten lang. Er sollte ihn haben, er sollte wissen, dass es echt war, alles … Und dass sie sich nichts sehnlicher wünschte, als mit ihm zusammen zu sein. Egal wo. Doch es sollte nicht sein. Nicht jetzt. Wenn sie volljährig wäre, ja, noch am selben Tag, würde sie zurückkommen nach Deutschland. Zu Hannes.

Er nahm den Brief ohne ein Wort entgegen. Seine Zunge musste tonnenschwer sein.

Sie mussten los. Irma zog an ihrer Hand. Wachsam und ängstlich, ihre große Schwester könnte ohne sie hierbleiben. Helene stieg eilig zurück in den Zug, drehte sich noch einmal um. Ihre Glieder fühlten sich steif und hölzern an, als würden sie nicht zu ihr gehören, als wäre es nicht ihr eigener Körper, der sich an die Haltestange klammerte. Sie würde zurückkommen. Sie würde ihre eigenen Entscheidungen treffen.

Ein Signal erklang, die Türen schlossen sich mit einem wischenden Geräusch, und sie sah Hannes durch die Scheibe hindurch an. Er winkte verzweifelt. Suchte ihre Augen und lief noch ein gutes Stück mit, als der Zug anfuhr. Er rannte neben ihnen her, bis der Bahnsteig endete. Zurück blieb nur ein graues Stück Himmel über Berlin.

Weitere Bücher von Barbara Schilling

Mit Erbsen auf Soldaten
224 Seiten
ISBN 978-3-475-54189-6

Herbst 1944: Inmitten des kriegsgebeutelten Berlin lebt der elfjährige Egon. Sein Vater ist vermisst, die Mittel zum Leben sind knapp, die Zukunft ist ungewiss. Die einzige Ausflucht ist das Fußballspiel und die Freundschaft zu Kalle. Dann scheint sich ein Ausweg aus dem Elend zu öffnen: ein bekannter Verein sucht einen Nachwuchsspieler. Nur ein Junge soll aufgenommen werden, nur ein Junge kann damit dem Kriegsdienst entgehen. Die Freunde stehen plötzlich zwischen Gewissen und Rivalität, Sport und Überlebenskampf.

Im Rosenheimer Verlagshaus bereits erschienen:

Meine verlorene Heimat
208 Seiten
ISBN 978-3-475-55455-1

Als Sonja in Mähren auf ihre große Liebe, den deutschen Soldaten Franz trifft, scheint ihr Glück vollkommen. Doch wenig später wird Franz eingezogen, denn der Krieg beginnt. In kurzen Phasen des Wiedersehens schaffen sie es, zu heiraten und eine eigene Wohnung zu finden, in der ihr Sohn Peter zur Welt kommt. Doch dann muss Sonja mit Peter und ihrer Mutter aus der Heimat vor den Russen fliehen. Wird Sonja ihren Franz je wiedersehen?

Fort, nichts wie fort
240 Seiten
ISBN 978-3-475-54857-4

Mit dem Ende des Krieges beginnt für viele Deutsche die Katastrophe ihres Lebens. Sie fliehen aus ihrer angestammten Heimat, um den Gräueltaten der Besatzer zu entkommen. Nur mit dem Allernötigsten ausgestattet machen sie sich auf den Weg in den Westen. Die größte Last der Flucht müssen die Frauen tragen, viele ihrer Männer sind nicht aus dem Krieg zurückgekehrt. Ergreifende Schicksale, wie nur das Leben sie schreiben kann.

Morild
208 Seiten
ISBN 978-3-475-54832-1

9. April 1940. Deutschland überfällt das neutrale Norwegen und damit endet das bisher sorglose Leben der jungen Norwegerin Morild. Obwohl der Kontakt zu Besatzungssoldaten von ihren Landsleuten verachtet wird, verliebt Morild sich Hals über Kopf in den deutschen Soldaten Max, bekommt sein Kind und heiratet ihn schließlich in Oslo. Mit ihrer Tochter flieht sie über Schweden durch das kriegsgebeutelte Deutschland in die Heimat von Max im Süden des Landes und Jahre bangen Wartens auf Max' Rückkehr beginnen für sie …

Agnes
208 Seiten
ISBN 978-3-475-54554-2

Viktoria Schwenger erzählt das außergewöhnliche Leben der Weinbäuerin Agnes. Inmitten der fränkischen Weinberge wird diese bereits als Kind zu schwerer Arbeit erzogen, die sie bis ins hohe Alter begleitet. Sie hat den Krieg erlebt, die Hoffnung auf ihre heimkehrende Liebe und das Glück zahlreicher Kinder. Trotz vieler Sorgen und Schicksalsschläge behielt sie stets ihren Lebensmut und die Freude an den kleinen Dingen.

Über Nacht war alles anders
320 Seiten
ISBN 978-3-475-54148-3

Elfi wächst ohne Sorgen auf dem elterlichen Gut in Polen auf. Die Eltern lassen dem naturverbundenen Kind so manches durchgehen und verzichten meist darauf die geliebte Tochter zu tadeln. Mit Ausbruch des Zweiten Weltkrieges wird ihre Familie wird aus Polen vertrieben. Aus dem unbedarften Kind Elfi wird eine starke Frau, die sich tapfer allen Schwierigkeiten dieses neuen Lebens stellt. Die Hoffnung aufzugeben, kommt für sie trotz bitterer Armut und harter Arbeit, nicht in Frage.

Ins warme Licht der Freiheit
256 Seiten
ISBN 978-3-475-53867-4

Es hätte eine behütete, schöne Kindheit und Jugend sein können im sächsischen Dreiländereck. Doch nach und nach brechen die Schatten der Zeitgeschichte in Ursulas Leben ein: der Nationalsozialismus und der Zweite Weltkrieg. Schorsch, ihre erste Liebe, fällt in den Kämpfen gegen Kriegsende. Als die Niederlage besiegelt ist, flieht die junge Frau wie viele andere Menschen aus dem Dorf vor der Roten Armee. Man will sich nach Prag in Sicherheit bringen – ohne zu ahnen, dass diese Flucht geradewegs in die Hölle führt.

Von Liebe und Hoffnung
496 Seiten
ISBN 978-3-475-55451-3

Die Familien Sedlmayr und Sternlicht aus Rosenheim sind schon lange befreundet. Die Sedlmayrs durchleben, wenige Jahre vor Beginn des Zweiten Weltkriegs, eine sorgenlose Kindheit. Im Gegensatz dazu sieht sich die jüdische Familie Sternlicht schon früh mit dem Hass gegen Juden konfrontiert. Als dann noch Erich Winter, ein Angehöriger der SS, in die Stadt kommt, spitzt sich die Lage der Familie immer weiter zu. Trotz all dieser Gefahren verlieben sich Hannah und Jacob Sternlicht ineinander und riskieren dafür ihr Leben.

Von Sehnsucht und Träumen
576 Seiten
ISBN 978-3-475-55473-5

Europa 1941. Hannah Sedlmayr studiert in Berlin Medizin und trifft dort auf einen alten Bekannten. Der skrupellose Oberführer Erich Winter geht für seine Karriere über Leichen und bedrängt sie. Hannahs Familie in der Heimat droht zu zerbrechen, da die älteren Brüder ihren Dienst fürs Vaterland tun müssen. Währenddessen kämpft die jüdische Familie Sternlicht im Osten ums nackte Überleben. Hannahs Freundin Marlene Liebreiz infiltriert die Reihen der NSDAP und erfährt von ihren schrecklichen Plänen.

Tagebuch einer Landhebamme
256 Seiten
ISBN 978-3-475-54332-6

Diese Aufzeichnungen von Rosalie Linner über die Jahre 1943 bis 1980 spiegeln das weite Spektrum der Arbeit einer Landhebamme wider: Von freudig erwarteten, aber auch von unerwünschten Kindern ist die Rede, von der Freude und den Nöten in den Familien. Als in seiner Art einmaliges Zeit- und Alltagsdokument sowie als historisches Zeugnis eines ganzen Berufsstandes sind Frau Linners Aufzeichnungen gar nicht hoch genug einzuschätzen.

Hoffnung auf das große Glück
304 Seiten
ISBN 978-3-475-54666-2

Ingolstadt 1916: Nach dem tragischen Tod ihrer Mutter wächst die kleine Fanny bei ihren Großeltern auf. Den Ersten Weltkrieg erlebt sie als junges Mädchen im Kreis einer Familie, zu der sie doch nie richtig gehört. Als uneheliches Kind ist sie stets auf der Suche nach Liebe und Geborgenheit und wird doch immer wieder enttäuscht. Trotzdem verliert sie nie die Hoffnung. Geprägt von Entbehrungen und Schicksalsschlägen geht sie als junge Frau ihren eigenen Weg.

Eine eigenwillige Bauerntochter
256 Seiten
ISBN 978-3-475-54906-9

Als jüngste von acht Geschwistern verbringt Ursula auf dem ärmlichen Einödhof ihrer Eltern eine sehr behütete Kindheit. Schon früh weiß sie, sie möchte alles werden, nur nicht Bäuerin. Doch im Alter von 18 Jahren verliebt sie sich in den Sohn eines begüterten Bauern. Damit scheint ihr Weg vorgezeichnet. Der Zweite Weltkrieg wirbelt allerdings ihre Lebensplanung völlig durcheinander, und das Schicksal hält für sie zahlreiche Erschütterungen bereit. Trotz allem geht Ursula unbeirrt ihren Weg und meistert alle auftauchenden Schwierigkeiten.

Vom harten Leben einer Bauernmagd
272 Seiten
ISBN 978-3-475-55469-8

Nach dem Tod ihrer geliebten Großmutter kommt Franziska auf den Hof ihrer Tante, wo sie klaglos alle Schikanen erträgt, die ihr überwiegend vonseiten des Onkels zuteilwerden. Mit 21 flüchtet sie zu einem Großbauern. Im Winter arbeitet sie dort als Stallmagd und im Sommer als Sennerin. Obwohl sie auch hier hart arbeiten muss, gefällt es ihr auf dem Berghof, denn die Bauersleute sind sehr nett zu ihr. Doch als nach dreißig Jahren der Hof an die Jungbauern übergeht, wird sie erneut schikaniert. Aber sie ist nicht gewillt, die Demütigungen und die Ausbeutung durch den Jungbauern und seine Frau länger zu ertragen.

Der Einödhof und sieben Töchter
272 Seiten
ISBN 978-3-475-55453-7

Liesi wächst auf einem Einödhof im oberbayerischen Dorfen als älteste von acht Geschwistern auf. Von klein auf besteht ihr Leben aus Arbeit und Pflichten. Mit 14 Jahren wird sie Dirn bei einem Großbauern. Schon bald lernt sie Hans kennen, ihre große Liebe. Sie ist überglücklich, als sie ein paar Jahre später als seine Frau in seinen Einödhof einzieht. Ihr Leben könnte perfekt sein, wäre da nicht die Schlange in Gestalt seiner Stiefmutter.